PRIEZ POUR PETIT PAUL

Janine Boissard est l'auteur d'une trentaine de romans. Première femme à avoir écrit dans la Série Noire sous le nom de Janine Oriano, elle connaît le succès avec une suite romanesque pleine de tendresse et d'expérience vécue : *L'Esprit de famille*. Un feuilleton télévisé dont elle signe adaptation et dialogues est réalisé et emporte le suffrage des téléspectateurs. *Une femme en blanc, Belle-grand-mère* et *Marie-Tempête*, également portés à l'écran, réunissent un vaste public.

Paru dans Le Livre de Poche :

JANINE BOISSARD

Priez pour petit Paul

FAYARD

REMERCIEMENTS

Merci à Jacques Delarue, commissaire divisionnaire honoraire, historien et ami, qui l'un des premiers m'a encouragée à me lancer dans l'émouvante histoire de petit Paul.

À Frédéric Pechenard, chef de la brigade criminelle, qui, par son humanité, m'a inspiré le personnage du commissaire Francis Müller.

Et à Stéphane Goldmann, expert en Internet, à qui est revenue la tâche difficile de guider une accro de la plume dans le monde magique du Web.

PREMIÈRE PARTIE

Priez pour petit Paul

1.

L'aube pointait lorsque l'homme arrêta sa voiture au bord du chemin qui menait au lac. Il prit garde à ne pas mordre sur le bas-côté, il ne fallait pas laisser de traces de pneus. Il avait également pensé à mettre des chaussures à semelles lisses ; pour plus de précaution, il s'en débarrasserait ce soir.

Il éteignit les veilleuses et sortit. L'air était vif, piquant, imprégné de l'odeur des sapins. Certains trouvent à ces arbres un côté funèbre. Lui, en tirait plutôt une sensation d'apaisement.

Bientôt l'automne. Ferait-il aussi beau aujourd'hui qu'hier ? Les promeneurs seraient-ils au rendez-vous ? La saison des girolles et des cèpes commençait, celle de la pêche se terminait. Son premier souvenir du Jura : une truite aux cèpes. Non qu'il attachât beaucoup d'importance à la nourriture, plus maintenant, mais en dégustant les saveurs mêlées de terre et d'eau, il lui avait semblé communier avec l'âme de ce pays farouche et altier, fait de grottes, de cascades, de reculées, percé de caches imprenables, qu'il avait choisi pour s'y arrêter un peu.

Il passa derrière sa voiture et ouvrit le coffre. Le sac, un sac de couchage, y avait tout juste trouvé place. Machinalement, il tendit l'oreille. Après tant de cris, d'injures, de menaces, le silence qui en émanait le surprenait presque. Pourquoi avait-il fallu que les choses se passent ainsi ? « Laissez-moi partir, vous n'avez pas le droit, je dirai tout... » Rien que de la haine alors

qu'il ne demandait qu'un peu de patience et de commi-
sération.

Il se pencha, glissa ses mains gantées sous le sac et
le sortit en prenant soin de ne pas le heurter. Le corps
était encore tiède, souple. On n'y trouverait aucune
trace de violence. Nul ne pourrait dire que l'enfant
avait été la proie d'un sadique, ou d'un pédophile, ces
monstres qui assassinent l'innocence.

Son fardeau contre sa poitrine, il prit le chemin du
lac. On en distinguait la tache argentée, couverte d'un
fin linceul de brume, entre les sapins.

À quelques mètres de la rive, un hêtre étendait ses
branches jusqu'au-dessus de l'eau. Son feuillage
commençait à dorer. Là, il serait bien.

À nouveau, la révolte souleva son cœur. Une si
minutieuse préparation, tant d'espoirs, pour aboutir à
ce voyage funèbre accompli malgré lui. Tu aurais été
traité comme un prince !

Il posa le sac sur le sol, le haut contre le tronc tapissé
de lichen. Le tissu épais protégerait l'enfant d'éventuelles bêtes sauvages. Ce rouge criard, qu'il n'aimait
pas, aurait l'avantage de le signaler aux regards.

Les parents des jeunes disparus disent inévitable-
ment : « Nous préférerions savoir notre enfant mort
plutôt que de penser qu'il souffre et nous appelle sans
que nous puissions lui répondre. L'incertitude est la
pire des tortures. »

La mère de Jean-Lou ne subirait pas, par sa faute,
cette torture-là. D'après ses calculs, on aurait retrouvé
le petit avant la fin de la matinée.

Un cri d'oiseau le fit sursauter. Allons, il était temps
de rentrer, le jour serait bientôt levé et il lui fallait
prendre un peu de repos avant de commencer sa
journée.

Il s'agenouilla sur le sol et descendit de quelques
centimètres la fermeture du sac. Le visage de Jean-Lou
apparut, apaisé. Il était parti dans son sommeil, sans

souffrir, l'homme préférait dire « parti ». En des temps
meilleurs, sa grand-mère lui racontait que les âmes
d'enfants avaient directement accès au Ciel et qu'elles
intercédaient auprès de Dieu pour les vivants. Jean-
Lou était là-haut, il avait compris son erreur. Il serait
entendu.

Il effleura le front lisse de ses lèvres.

« Prie pour petit Paul », murmura-t-il.

2.

Dans un lourd froissement d'ailes, le pigeon atterrit
sur le balcon. Instantanément, le cœur de Blanche
s'emballa tandis que sa bouche se desséchait.

C'était un gros oiseau au jabot palpitant mêlé de fils
verts, comme phosphorescents. Ses pattes enserraient
étroitement la balustrade de fer forgé, la tête piquait
de-ci, de-là, tel un ressort. Mon Dieu, pourquoi ai-je
ouvert ma fenêtre ?

Il ne te fera aucun mal, se raisonna confusément la
jeune femme. Il va s'envoler et tu n'y penseras plus.
Aucun pigeon, aucune aile, aucune plume, ne pourront
jamais rien contre toi.

Hélas, la définition d'une phobie était justement
cette totale imperméabilité à tout raisonnement. Et,
bien que Blanche connût la sienne par cœur, qu'il lui
arrivât même d'en sourire, c'était à chaque fois un scé-
nario identique : qu'un oiseau, une libellule, un banal
papillon de nuit s'approchent trop près d'elle et elle se
retrouvait en état de catalepsie.

Sur sa table de dessin, le téléphone sonna. Ses doigts
se crispèrent autour du crayon qu'elle avait choisi la
minute précédente avec soin, avec allégresse, ne pensant qu'à son plaisir de créer. Un coup, deux, trois.

Mais, pas plus qu'elle n'avait la force de crier pour chasser le pigeon, elle ne trouvait celle d'imposer à sa main le parcours des quelques centimètres qui la séparaient de l'appareil.

Quatre, cinq, six... La sonnerie s'arrêta et ce fut comme si un fil de plus se rompait entre la vie et Blanche. Les yeux ronds de l'oiseau, jaune-noir, des yeux d'oiseau de proie, ne cessaient de revenir à elle. Il allait se poser sur sa table...

La porte de son atelier s'ouvrit brusquement et le pigeon s'envola.

— Maman ! Pourquoi t'as pas répondu ?

Son cartable à l'épaule, un gâteau entamé dans la main, Sophie dardait sur elle un regard accusateur. Blanche prit une profonde inspiration. Elle leva son crayon ; les gestes étaient encore un peu difficiles.

— Tu vois, je dessinais. Je n'ai pas entendu.

Sophie leva les yeux au ciel.

— C'est Marie-Thé. Elle veut te parler. Elle pleure. J'y vais.

La petite fille lui tourna le dos et quitta la pièce, laissant la porte grande ouverte. Blanche décrocha. Sa main était lourde.

— Marie-Thé ?

Des sanglots lui répondirent ; ils retentissaient en écho dans le salon où Sophie s'était bien gardée de raccrocher. Comme la porte laissée ouverte... Sa Fichini ne détestait pas ces petites représailles.

— Marie-Thé, que se passe-t-il ?

— Jean-Lou ! hoqueta son amie. Jean-Lou a disparu.

Le portable à l'oreille, Blanche se leva pour refermer la fenêtre.

— Disparu ? Que veux-tu dire ?

— À la clinique. Ce matin, il n'était plus dans son lit.

Jean-Lou, neuf ans, venait de subir une opération de

l'appendicite à la clinique des Quatre Lacs, à Saint-Rémi.

— Mais ce n'est pas possible !

— Les gendarmes parlent d'une fugue, reprit Marie-Thé. Une fugue... en robe de chambre et en chaussons. Tu y crois, toi ? Et pourquoi aurait-il fugué puisqu'il rentrait à la maison ce matin ?

— Où es-tu ? demanda Blanche.

Les sanglots redoublèrent.

— Chez moi, bien sûr !

— Ne bouge pas. J'arrive.

Elle raccrocha. Son regard passa avec regret sur ses bouquets de crayons : les tendres, les moyens, les durs. Et, à côté, les fusains. Et, plus loin, les pastels. Mes amis, mon univers. Toute petite déjà, bien avant l'âge de Sophie, onze ans, elle savait que son avenir passerait par ces fines tiges de bois aux mines de toutes les couleurs. Ce qu'on appelle une vocation.

« Aussi irrésistible qu'une phobie », se railla-t-elle. « Impossible d'y échapper. »

Et c'est ainsi que l'on devient illustratrice de livres pour enfants. Et, comme cela ne nourrit pas sa femme, professeur de dessin.

Jean-Lou a disparu !

Décidément, elle n'arrivait pas à s'inquiéter vraiment. Sans doute le fait qu'hier elle l'avait vu à la clinique où, c'était son luxe, elle se rendait chaque mercredi pour apprendre aux petits malades à mettre en couleur leurs souffrances, leurs craintes, leurs espoirs. Jean-Lou était tout content de sortir le lendemain. Il adorait faire des tours : il devait se cacher quelque part.

Elle ferma son classeur sur les croquis du matin, passa dans le salon où elle remit sur son support l'appareil laissé décroché par Sophie. Elle entendait encore les sanglots de son amie. D'ici que j'arrive, on l'aura retrouvé.

Après une douche rapide, elle enfila survêtement,

pull et tennis. Elle reviendrait se changer avant son
cours à l'école, en début d'après-midi. Les enfants
aiment que l'on se fasse beau pour eux ; ils reconnais-
sent la beauté d'instinct.

Après avoir passé un peu de crème sur son visage,
elle s'adressa une grimace dans la glace. « Tu ne te
maquilles pas ? » aurait feint de s'étonner Marc s'il
avait été là. Il lui reprochait de n'être pas coquette.
L'avantage de n'avoir plus de mari : on peut être soi.
Et, à trente-cinq ans, il était temps !

« Tu ne vis pas vraiment avec moi, se plaignait également Marc. Tu vis avec tes images. » Pour ne pas
dire : « tes gribouillages ». L'une des raisons de leur
divorce : le manque de respect de « l'homme de sa
vie » pour ce qui faisait sa vie à elle, l'accro des
crayons de couleur qui, plutôt que de câliner son cher
et tendre ainsi que l'aurait fait toute femme digne de
ce nom, s'envolait du lit avant l'aube pour assouvir
furieusement sa passion.

Pas de surprise ! Sophie avait tout laissé en plan
dans la cuisine : bol de céréales à moitié plein, bouteille de jus de fruit non rebouchée — et tu as bu au
goulot, sale dégoûtante ! — paquet de gâteaux éventré.
Ouvrir convenablement t'aurait pris trop de temps,
n'est-ce pas ?

Demain, je déjeunerai avec toi, se promit Blanche
en rangeant en vitesse. Je ne me contenterai pas de
préparer ton repas avant de filer à ma table à dessin
sans attendre ton passage éclair à la cuisine et tes yeux
d'ayatollah. Demain, promis-juré, tu subiras ta mère
jusqu'à ta dernière bouchée, ta dernière gorgée — dans
un verre s'il te plaît — et je t'accompagnerai à la porte
avec le sourire radieux et le gros « je t'aime » des
mamans américaines (superbement maquillées et coiffées) dans les films.

Et je me ferai jeter ! conclut Blanche avec un sourire
intérieur.

Elle enclencha le répondeur, descendit les deux étages de la maison. Au premier, logeait Myriam, patronne du bistrot portant son nom, sis au rez-de-chaussée. Par la force des choses et de l'amitié, « Chez Myriam » était devenu « Chez Sophie », qui préférait faire ses devoirs dans le brouhaha de l'arrière-salle plutôt que dans « l'appart », lorsque sa mère n'était pas là. Et aussi « Chez Blanche », invitée permanente de la maison et ses fourneaux.

Après avoir récupéré son vélo dans la cour, elle sortit. Le ciel se couvrait. En pédalant bien, dix minutes d'ici à chez Marie-Thé. Le temps de prendre une douche supplémentaire ?

La restauratrice arrosait les plantes devant sa porte : une optimiste.

— J'ai vu passer Sophie, annonça-t-elle. Pas vraiment de bonne humeur, la choute ! Il paraît que tu l'as mise en retard. Rien de grave ?

— Je ne sais pas encore. Je te raconterai.

Blanche prit son élan, suivie par le regard de Myriam. Tout bien pesé, si, après son divorce, elle avait choisi de s'installer dans ce trou perdu dont on disait qu'il était l'un des plus froids de France, c'était sans doute pour pouvoir dire à quelqu'un : « Je te raconterai. »

Et s'entendre répondre par un « j'espère bien », chauffé à quarante degrés.

3.

Une voiture de gendarmerie était garée devant le pavillon de Marie-Thé. Blanche poussa la barrière et entra son vélo dans le jardin. C'était pour ces quelques mètres de bonne terre qu'après son divorce, son amie avait commis la folie d'acquérir cette maisonnette dont les traites la laissaient pratiquement sur la paille. Étalagiste à Dijon où son ex-mari exerçait le métier de dentiste, Marie-Thé n'avait trouvé à Saint-Rémi qu'un emploi de vendeuse au supermarché.

« Je me rattrape avec mes fleurs », plaisantait-elle. Et il est vrai que celles-ci offraient à sa demeure la plus coquette des devantures.

Le ciel se faisant de plus en plus gris, Blanche poussa son vélo dans le garage. Son cœur se serra en y découvrant le VTT de Jean-Lou ainsi que son skateboard.

La porte de la maison était entrouverte. Elle entra. Dans le living, deux hommes en uniforme interrogeaient Marie-Thé, effondrée dans un coin de canapé. Elle, d'habitude si coquette et qui adorait qu'on lui demande si Jean-Lou n'était pas son petit frère par hasard, était en robe de chambre, coiffée à la diable.

Voyant entrer Blanche, les gendarmes s'interrompirent.

— Blanche Desmarest, se présenta-t-elle. Une amie.

— Reste, supplia Marie-Thé en tendant vers elle une main de noyée. Ils ont presque fini.

Blanche lança un regard interrogateur aux militaires qui acquiescèrent. Elle prit place près de Marie-Thé ; celle-ci serrait contre elle un téléphone sans fil.

— Vous nous disiez que monsieur Girard, votre ex-mari, n'avait pas souhaité avoir la garde de son fils ? interrogea l'un des hommes.

— Qu'est-ce qu'il en aurait fait ? répondit Marie-Thé avec agressivité. Il a été bien content que Jean-Lou reste avec moi.

J'aurais pu répondre exactement la même chose, pensa Blanche. Marc aurait été salement embêté d'avoir la garde de Sophie. Finis, les voyages et les petites amies. Et il savait très bien que je la lui donnerais lorsque sa fibre paternelle se réveillerait.

Publicitaire, Marc vivait à Paris. Pour Sophie, l'op-
portunité de faire, de loin en loin, une orgie de cinéma
et de MacDo avec un papa copain qu'elle appréciait à
l'occasion.

— Savez-vous où monsieur Girard se trouve actuel-
lement ? poursuivit l'un des gendarmes.

— Mais à Dijon, bien sûr ! C'est là qu'il a son
cabinet.

— L'avez-vous averti ?

L'air misérable, Marie-Thé secoua négativement la
tête. Sans doute n'en avait-elle pas eu le courage.

— Si vous voulez, nous nous en chargerons, proposa gentiment un gendarme. Ne vous en faites pas
trop quand même.

Il fit signe à son voisin et tous deux se levèrent.

— Ne pas m'en faire ? Ne pas TROP m'en faire ?
cria soudain Marie-Thé. Mais comment voulez-vous ?

Les gendarmes affichèrent une mine contrite et
Blanche les plaignit. Dans de telles situations, même
les mots de réconfort blessaient. Après avoir adressé
un salut embarrassé aux deux femmes, ils s'éclipsèrent.
Elle entoura de son bras les épaules de son amie qui
pleurait à nouveau.

— Quand as-tu été avertie ?

— À sept heures et demie. Je venais de me lever. Ils
espéraient que Jean-Lou serait ici. J'ai cherché partout,
même dans le garage. Mais pourquoi se serait-il
échappé cette nuit puisqu'il sortait ce matin ? J'avais
gardé ma journée.

Elle eut un rire : « Ça tombe bien. » Sa voix
dérailla : « Mais où il est, Blanche ? Où il est ? »

Blanche montra la pendule sur la cheminée : neuf
heures.

— Écoute, dit-elle. Il « vient » de disparaître. On va
forcément le retrouver. En attendant, je crois qu'on a
toutes les deux grand besoin d'un café.

Elle se leva et tendit la main à son amie. Cellc-ci la

suivit, serrant le téléphone sans fil sur son cœur ; espérant ou redoutant qu'il sonne ? Sans doute les deux à la fois. Marie-Thé mit une bouilloire d'eau à chauffer et retomba sur un siège.

C'était grâce à son métier que Blanche avait connu la jeune femme : Jean-Lou était l'un de ses élèves à l'école : un petit garçon espiègle, joyeux. Que peut-il s'être passé, mon Dieu ? Depuis qu'elle avait vu les gendarmes, elle commençait à s'inquiéter vraiment.

Le regard de Marie-Thé changea brusquement.

— Mais tu l'as vu hier ? s'exclama-t-elle. C'était mercredi. Tu es allée à la clinique, n'est-ce pas ?

— J'y suis allée, confirma Blanche. Et Jean-Lou m'a fait un joli dessin.

— Comment t'a-t-il semblé ? demanda avidement Marie-Thé.

— Pas du tout le genre à mijoter une fugue.

Sitôt dit, sitôt regretté. Le visage de la pauvre mère s'était décomposé. Si ce n'était pas une fugue, qu'est-ce que c'était ? Un enlèvement ? La piste que suivaient les gendarmes lorsqu'ils l'interrogeaient sur son ex-mari ?

— Tu verras que lorsqu'on l'aura retrouvé, l'explication nous paraîtra toute simple, affirma Blanche pour se rattraper.

L'eau frémissait, elle la versa sur la poudre de café. Marie-Thé entoura son bol de ses mains comme pour se réchauffer. Le téléphone sonna et elle eut un geste si brusque pour prendre l'appareil qu'un peu de breuvage se répandit sur la table.

« Ah, c'est vous ? dit-elle, et les larmes affluèrent à nouveau. Oui... Oui... bien sûr. Si vous voulez. Merci ! »

Elle raccrocha et tourna vers son amie un regard incrédule.

— C'était le docteur Lagarde. Il va passer. Maintenant !

Les larmes étaient de reconnaissance. Roland Lagarde avait opéré Jean-Lou de l'appendicite à la clinique des Quatre Lacs.

— Mais je ne peux pas le recevoir comme ça, s'exclama soudain Marie-Thé. Tu veux bien lui ouvrir ?

Elle se précipita dans l'escalier. Blanche demeura quelques minutes sans bouger. Bon, ce silence, ce répit ! Le premier depuis le pigeon. Marie-Thé avait à peine touché à son café, elle termina le sien, déposa les bols dans l'évier et passa dans le living.

Tout un coin de la pièce était consacré à sa Sainteté la Vidéo : téléviseur, magnétoscope, ordinateur. Sans compter la prise Internet. Internet, la grande mode à Saint-Rémi.

L'école avait donné l'élan : école pionnière qui avait adopté la semaine de quatre jours et s'était dotée de deux ordinateurs pour la plus grande joie des enfants qui, à peine sortis de maternelle, apprenaient à surfer avec une facilité déconcertante.

Ne voulant pas être en reste, la clinique des Quatre Lacs s'y était mise aussi, et, grâce à Internet, certains petits malades pouvaient rester en contact avec leurs parents ou amis qui étaient abonnés.

C'était ainsi qu'un journal local avait titré : « Saint-Rémi se met à l'heure du Web. »

Suis-je un dinosaure, comme le prétend ma fille pour refuser tout ça ? s'interrogea Blanche en regardant les instruments qu'elle qualifiait en elle-même de barbares. Est-ce que je ne fais que reculer pour mieux sauter ? Serai-je obligée, un de ces jours, de céder à Sophie ?

Vraiment, elle n'en avait aucune envie !

Lorsqu'elle lui en expliquait les raisons, celle-ci ricanait. À moins qu'elle ne se mît en colère, Blanche trouvait préférable de lire plutôt que de s'abrutir devant un écran.

« Mais tu n'y es pas du tout, maman ! On LIT sur l'écran. Ceux qui ne savent pas sont paumés. »

Elle, préférait admirer un seul beau tableau « en vrai », dans une exposition, plutôt que de visiter dix musées sur le Web. Le pire étant que les gens s'imaginaient ensuite connaître la peinture alors qu'ils en avaient perdu l'essentiel : l'émotion.

« Alors là, maman, tu dérailles complètement ! Il y a des gens qui ne mettront JAMAIS le pied dans un musée. Comme ça, au moins, ils ont une idée. »

Etc. Etc.

Le débat se terminait sans que l'une ou l'autre ait cédé d'un pouce. Si sa Fichini lui ressemblait physiquement : blondinette aux yeux clairs, petit nez et bouche un peu trop forte, cela s'arrêtait là. Elles n'avaient pas les mêmes gourmandises.

Une jolie chanson dans le jardin tira Blanche de ses réflexions : bruit de pluie sur rosiers. Elle ne put résister à la tentation d'aller ouvrir la fenêtre. Pour les odeurs. Oh, pas celle des sapins, ni de la terre mouillée. Des odeurs d'anciennes parties de cartes, de dames, de Monopoly. Odeurs de paix, de bien-être, bien-vivre, auprès de sa grand-mère saint-rémoise, morte, hélas, peu de temps après que Blanche eut décidé de venir s'installer au pays des grandes vacances heureuses.

Un sale coup qu'elle lui avait fait !

Elle tendit son visage vers l'averse et ferma les yeux. Plongée dans le passé, elle ne vit pas la voiture s'arrêter ni en sortir le conducteur, un bel homme dans la quarantaine qui s'arrêta un instant pour la regarder avec curiosité. Elle ne rouvrit les yeux qu'alertée par le bruit de son pas dans l'allée aux rosiers : Roland Lagarde, le chirurgien.

Un peu confuse, elle lui fit signe et referma vite la fenêtre pour aller l'accueillir.

Il était trempé, ce qui semblait être le cadet de ses soucis.

— Entrez vite, dit-elle. Marie-Thé descend tout de suite. Je suis une amie : Blanche Desmarest.

Le chirurgien lui serra la main : une poignée éner-
gique. Jamais elle ne l'avait vu de si près. Roland
Lagarde n'était arrivé à Saint-Rémi que depuis environ
un an et, jusque-là, ils n'avaient fait que se croiser à la
clinique.

Il était grand, au moins un mètre quatre-vingt-sept
alors qu'elle-même atteignait tout juste cent soixante
centimètres. Brun, yeux gris, élégant.

Elle le précéda dans le salon. Là-haut, la douche
s'était arrêtée.

— Blanche Desmarest... répéta-t-il songeusement.
Ne seriez-vous pas la fée bénévole du mercredi ? Celle
qui vient avec ses crayons magiques faire rêver nos
petits malades ?

Elle ne put s'empêcher de sourire.

— Existerait-il des fées non bénévoles ? Pour ma
part, je suis payée au prix fort : des tonnes d'amour.
Sans compter les chefs-d'œuvre.

— Puis-je espérer qu'un jour vous me les montre-
rez ? demanda-t-il.

4.

Son premier cours de dessin, à l'école, Blanche ne
l'oublierait jamais.

Elle avait sept ans, le professeur, une « vieille »
d'une cinquantaine d'années, avait placé sur une table
un vase avec quelques fleurs et demandé à la classe de
le reproduire le plus fidèlement possible. Sur l'une des
fleurs, Blanche avait dessiné un beau papillon de
couleur.

« Mais je ne vois pas de papillon », avait remarqué
l'enseignante, visiblement choquée par cette initiative.

« Et pourtant il est là », avait répondu Blanche avec conviction.

Bien que son dessin fût le meilleur — elle n'en doutait pas —, sa note avait été médiocre. Était-ce dû à ce cuisant souvenir ? Elle imposait rarement un modèle à ses élèves, tout au plus un thème sur lequel ils brodaient librement.

Lorsqu'elle arriva à l'école primaire de Saint-Rémi, à treize heures trente, après être repassée chez elle pour se changer et grignoter un peu de fromage et un fruit, la plupart des enfants savaient qu'un de leurs copains avait disparu. Ceux de la cantine l'avaient appris par les camarades qui étaient rentrés déjeuner chez eux. Sous le coup de l'émotion, certains parents les avaient même raccompagnés jusqu'à la porte de l'école plutôt que de les laisser aller seuls comme d'habitude. On ne sait jamais.

Les petits étaient plus excités qu'inquiets. Nourris quotidiennement de drames divers et variés sur l'écran de leur téléviseur, pratiquant la violence au moyen de leurs jeux vidéo, ils avaient du mal à imaginer le malheur « en vrai ». Jean-Lou allait revenir et on n'en parlerait plus.

La classe de Blanche rassemblait une vingtaine d'élèves de six à dix ans. Le dessin n'étant pas obligatoire, ils pouvaient préférer la musique, ou encore les marionnettes qui remportaient un grand succès. C'était chez les plus jeunes que l'on trouvait un réel goût pour cette « matière » comme on disait : leur façon instinctive de s'exprimer, comme nos lointains ancêtres sur les parois de leurs grottes. Sitôt qu'ils savaient lire et écrire... et avaient pris goût à la télévision, la plupart laissaient tomber. Blanche aimait à penser que ceux qui poursuivaient avaient senti que, derrière cette forme d'art, se trouvait une vérité qui enrichirait leur cœur et leur vie.

Dans le brouhaha joyeux des écoliers, elle remarqua

Charles, seul à une table. Charles, adorable petit rouquin à lunettes de couleur, était le meilleur ami de Jean-Lou. Même âge, même classe, ils s'asseyaient toujours côte à côte pour dessiner. Il avait gardé sa place en y étalant des affaires. Elle s'approcha de lui.

— Il va revenir, n'est-ce pas, madame ? demanda-t-il.

— Mais j'espère bien ! Et le plus vite sera le mieux. D'ailleurs, hier il a dessiné pour notre projet.

Elle retourna à son bureau et sortit de sa serviette le dessin qu'avait exécuté Jean-Lou la veille à la clinique : un amusant petit singe. Tandis qu'elle l'affichait au mur parmi d'autres croquis d'animaux, il y eut des rires et quelques applaudissements.

Blanche avait proposé aux enfants de réaliser une bande dessinée qu'ils offriraient à leurs parents pour Noël. L'idée avait déclenché l'enthousiasme, mais chut ! Il ne fallait parler de rien à la maison, ce serait une surprise. Les enfants avaient choisi eux-mêmes le thème de leur histoire : une révolte des animaux contre les humains qui détruisaient la nature, et eux par la même occasion. Sujet bien dans le vent !

Mais tous les enfants ne se sentent-ils pas proches de leurs cousins, les animaux ? Par Marie-Thé, Blanche avait entendu parler d'un site, sur Internet, qu'appréciait beaucoup Jean-Lou, site sur la vie sauvage, baptisé : Hacuna-Matata.com. La formule magique du film *Le Roi Lion*.

Hacuna Matata : un nom bien propre à faire rêver les petits ! pensa-t-elle. Il faudrait qu'elle demande à Sophie quelle en était la signification.

Elle distribua à chacun feuille de papier et crayons. Il avait été décidé que durant les premiers cours, les enfants dessineraient leurs animaux favoris entre lesquels, plus tard, ils éliraient les protagonistes de leur bande dessinée. Les bulles seraient remplies avec le concours des institutrices.

Un rayon de soleil se glissa soudain dans la classe ; le ciel se dégageait. Mais où peux-tu bien te cacher, Jean-Lou ? se demanda-t-elle une fois de plus. La question revenait à intervalles réguliers dans sa tête, comme un signal d'appel. Marie-Thé avait promis d'avertir aussitôt l'école s'il y avait du nouveau. De toute façon, Blanche retournerait la voir après son cours. Elle ne pouvait la laisser attendre seule.

Elle passa entre les rangs, s'arrêtant près de l'un ou l'autre. Madeleine, six ans, dessinait avec application un lion à tête de chat et pattes d'araignée. Les pattes, comme les mains, étaient le plus difficile à exécuter. Les peintres dits « primitifs » en savaient quelque chose. Elle guida un instant la petite puis reprit son chemin. Tout artiste aime à ce que l'on s'intéresse à l'élaboration de son œuvre.

Charles était en train de dessiner un singe qui ressemblait à celui de Jean-Lou qu'elle venait de mettre à l'honneur sur le mur. En mieux, car il était plus doué. L'animal tenait un crayon dans sa main.

— Un babouin ? demanda-t-elle au hasard.

Le garçonnet laissa échapper un rire.

— Pas du tout : un capucin. On l'appelle aussi « sapajou ».

— Et c'est bien un crayon qu'il tient ?

— Les singes capucins adorent dessiner, affirma l'enfant. Mais ils ont besoin d'un modèle : ils ne savent pas inventer.

— Je vois que tu es rudement savant ! admira Blanche. Et où as-tu appris tout ça ?

— J'ai un copain qui en a un, répondit Charles. C'est un secret. Peut-être que je le verrai bientôt. Il s'appelle Mister Chance.

— Mister Chance ? s'exclama Blanche, impressionnée. Et tu dis que tu le verras bientôt ?

Charles s'apprêtait à répondre lorsque la porte s'ouvrit sur la directrice de l'école. Le cœur de Blanche s'emballa : Jean-Lou aurait-il été retrouvé ? La classe avait cessé de dessiner, tous les museaux étaient levés vers celle qui venait d'entrer. La jeune femme alla vivement à sa rencontre.

Mais hélas, il n'y avait rien de neuf. Ayant appris que Blanche avait passé la matinée avec la mère de Jean-Lou, la directrice venait elle-même aux nouvelles.

C'est une vaste salle voûtée en sous-sol. L'éclairage, très perfectionné, rappelle la lumière du jour qui ne passe que chichement par les soupiraux grillagés.

Le sol est dallé, les murs couverts de posters dont beaucoup représentent des animaux sauvages. Mais il y a également des photos de sportifs, de champions. L'exploit, l'excellence sont à l'honneur.

Sur des étagères se trouvent les jeux, des quantités de boîtes de couleur, et aussi des cassettes, livres, bandes dessinées. Presque tout cela semble neuf.

Mister Chance grimpe sur le tabouret placé près du réfrigérateur, sort de celui-ci une bouteille de lait, referme la porte du meuble, saute à terre et ouvre adroitement le récipient.

À présent, il insère une paille dans le goulot. Il y en a tout un bouquet dans un gobelet. L'enfant dont il a la charge veut boire avec une paille. Tout en agissant, le singe émet une sorte d'aboiement doux : wou... wou... qui exprime sa satisfaction.

Sa face, entourée de poils blancs, tout comme une partie de son poitrail et le haut de ses bras, justifie pleinement son nom : capucin. Ses yeux sont vifs, malicieux, par moments tendres.

Aujourd'hui, Mister Chance l'a senti, son maître n'a pas envie de jouer. Depuis le temps qu'il est à son service, il connaît parfaitement ses humeurs. Le petit infirme est demeuré silencieux toute la matinée. Il a pleuré et l'ordinateur n'a pas fonctionné.

La veille, au contraire, l'enfant était très gai. Il riait

aux éclats aux grimaces du singe qui a été abondamment récompensé à coups de friandises et d'insectes qu'il adore.

Si les capucins savaient lire sur les lèvres, il aurait pu déchiffrer ce cri de bonheur, maintes fois répété par le garçonnet, prisonnier de son fauteuil.

— Un ami, Mister Chance. Je vais avoir un ami. Un vrai !

C'était hier.

Le singe a comme un soupir. La bouteille de lait pressée contre sa poitrine, il s'approche de petit Paul.

5.

Le jardin-vitrine de Marie-Thé crépitait sous le soleil lorsque, vers trois heures, Blanche le traversa de nouveau. Par les fenêtres du living, elle constata que celui-ci était plein de monde. La porte était fermée, elle sonna. La femme du maire vint lui ouvrir.

— C'est à cause des journalistes, s'excusa-t-elle. Deux sont déjà passés, vous vous rendez compte ? Les mauvaises nouvelles circulent vite...

— Toujours rien ? demanda Blanche qui se fichait des journalistes.

— Rien du tout. Le mari a été prévenu. Il sera là ce soir.

En cas de malheur, ne parlait-on plus « d'ex » ?

Il y avait bien une dizaine de personnes dans la pièce. Certaines discutaient par petits groupes, les autres entouraient Marie-Thé effondrée dans un fauteuil. Elle semblait épuisée, à bout de larmes. Elle se redressa pour désigner à Blanche la table de la salle à manger.

— Tu as vu ?

La table était couverte de victuailles : fruits, gâteaux, boissons. Chacun, chacune, avait tenu à apporter son offrande : un buffet de fête.

Normal, pensa Blanche. Le malheur, comme le bonheur sont occasion de rassemblement, d'échange de chaleur. Après un enterrement, ne fait-on pas un bon repas pour se prouver que la vie continue ? La grand-mère de Blanche avait, quant à elle, prévu avant de partir son propre repas de funérailles : conserves diverses, plats surgelés, cuisinés par ses soins. « Pour que tu ne te donnes pas trop de mal. » Depuis toujours la devise de la paysanne : ne pas donner trop de mal aux autres...

Mais grand-mère, pensa Blanche, le cœur serré, il arrive que, comme aujourd'hui, on ait envie de se donner du mal pour ceux que l'on aime. Et sans savoir comment.

Buffet de fête ou non, la vie de Marie-Thé ne pourrait repartir tant qu'elle ne serait pas fixée sur le sort de son petit.

— La clinique a été fouillée de fond en comble, apprit à Blanche la femme du maire en l'entraînant vers la table. Tout le personnel a été interrogé, mais personne n'a rien entendu, ni remarqué. À croire qu'il s'est évaporé. On ne sait même pas à quelle heure il a disparu. Mon mari a proposé d'organiser une battue, mais les gendarmes pensent que cela ne servirait à rien. Et par où commencer ?

La sonnette retentit, quelqu'un alla ouvrir et tous les regards se tournèrent vers le nouvel arrivant. Thomas Riveiro avait la cinquantaine. Grand, presque maigre, le regard un peu flou derrière les lunettes à épaisses montures, il était vêtu d'un jean et d'un pull de grosse laine. Sa seule recherche vestimentaire résidait dans de coûteuses chaussures de cuir. Celles-ci indiquant son statut ? Thomas Riveiro, anesthésiste, était tout autant apprécié dans sa partie que Roland Lagarde dans la sienne. Ils travaillaient ensemble à la clinique des Quatre Lacs.

Le médecin s'était figé sur le seuil de la porte, impressionné par la nombreuse assemblée. Blanche lui adressa un signe d'amitié. Elle l'aimait bien. Le mercredi, lorsqu'elle venait enseigner le dessin aux petits malades, il s'arrangeait souvent pour passer. Thomas était un fervent partisan des méthodes antidouleur et s'indignait que celles-ci ne soient pas automatiquement administrées aux enfants ; il faisait en sorte d'y remédier.

« Moi, je m'occupe de la souffrance physique, disait-il à Blanche. Vous, avec le dessin, vous soulagez les âmes. »

À l'arrivée de l'anesthésiste, Marie-Thé s'était levée. Si ! Il lui restait quelques larmes : de celles qu'une main tendue, un sourire de compréhension, le sentiment de n'être pas abandonné, tirent du plus profond de votre solitude. Elle les versait sur l'épaule de son visiteur.

— Alors, on vous a dit ? On vous a dit ? répétait-elle.

— Je n'étais pas à la clinique ce matin, j'intervenais à l'hôpital de Champagnole, expliqua Thomas Riveiro d'une voix altérée. Dès que j'ai appris ce qui était arrivé, je suis venu. Toujours pas de nouvelles ?

Marie-Thé vacilla. Deux hommes se précipitèrent. On la réinstalla dans son fauteuil et le cercle se reforma autour de sa douleur. Au bout d'un court moment, Thomas s'en échappa et rejoignit Blanche près de la table. Celle-ci avait les larmes aux yeux. Il posa la main sur son épaule.

— Mon Dieu, la pauvre femme ! soupira-t-il. Que peut-on faire ?

— Justement, rien ! Et c'est cela le pire, répondit Blanche avec un rire d'impuissance. Elle montra le buffet : « Rien, sinon se restaurer et espérer. Certains n'assurent-ils pas que les pensées positives écartent le mal ? Je vous sers quelque chose à boire ? »

Voilà qu'elle jouait les maîtresses de maison : ce matin, un café pour le chirurgien, à présent un jus de fruit pour l'anesthésiste. Tout en servant ce dernier, elle se fit la remarque que l'on ne pouvait faire plus différents.

À ce qu'elle avait pu en juger, Roland était un homme à l'aise, solide, plutôt sûr de lui. Thomas se tenait toujours... comme en retrait. Discret, parfois gauche. Timide ? Tous deux avaient en commun d'être des hommes seuls : Roland, le veuvage, Thomas, le divorce. Seuls et sans enfants.

Et Marie-Thé, et moi... Que de personnes « isolées » comme on dit, pensa Blanche douloureusement. Une brusque bouffée de reconnaissance l'emplit : mais moi, j'ai Sophie. J'ai ma Fichini !

— Vous avez vu Jean-Lou hier, n'est-ce pas ? l'interrogeait l'anesthésiste, et elle revint sur terre. Vous êtes venue à la clinique pour le dessin ?

— Comme tous les mercredis, acquiesça-t-elle. Et je peux vous dire que Jean-Lou était en pleine forme. Ravi de rentrer chez lui ce matin.

— Il ne vous a rien dit de particulier ? Il vous a paru... normal ?

— J'ai passé toute la matinée à me poser cette question. Sans résultat. Nous avons parlé de skate-board et il m'a fait un joli dessin de singe. Cet animal semble très en vogue chez les enfants. Connaissez-vous les capucins ?

— Pas plus que d'autres races, répondit Thomas.

Il se tourna vers le buffet pour se servir une tranche de cake. Il n'a pas dû prendre le temps de déjeuner, pensa Blanche. Elle regarda sa montre : bientôt quatre heures. Sophie, en sixième au collège de la ville, n'allait pas tarder à rentrer. Elle eut soudain une envie impérieuse de la serrer dans ses bras. Elle vida son verre, le posa sur la table et sourit à Thomas.

— Je crois que je vais m'éclipser, dit-elle. Si Sophie n'a pas été mise au courant, je préférerais le faire moi-même.

— Allez vite, l'encouragea l'anesthésiste avec un air un peu douloureux qui la surprit. Et n'oubliez pas de l'embrasser de ma part. Vous avez une petite fille exquise.

6.

Finalement, le ciel n'avait pas été avec lui. Dès neuf heures, de gros nuages s'y étaient formés et la pluie s'était mise à tomber en abondance, décourageant les promeneurs, retardant la découverte.

En fin de matinée, les choses s'étaient enfin arrangées et, à deux heures, le soleil perçait. S'il n'avait pas consulté cent fois sa montre !

À présent, il était seize heures trente et aucune nouvelle n'était encore venue du lac de Bonlieu. Le sac devait être trempé, cela le souciait ; il avait l'habitude du travail propre. Jean-Lou serait-il découvert avant la nuit ?

Il avait pu dormir quelques instants avant que le téléphone sonne. Cela irait. Il n'avait jamais eu besoin de beaucoup de sommeil, et son sommeil ressemblait à la veille d'une sentinelle que nul ne vient jamais relever.

À la clinique, les choses s'étaient passées comme prévu. L'infirmière ne s'était pas inquiétée tout de suite ; il n'était pas rare que les enfants se visitent les uns les autres, parfois aux heures les plus improbables. Il arrivait aussi à certains de se cacher. Puis on avait pensé que Jean-Lou était peut-être rentré chez sa mère... Où, bien entendu, on ne l'avait pas trouvé.

Sitôt la nouvelle connue, la solidarité s'était

déployée autour de madame Marchand : soupirs, caresses, apitoiements sucrés, cachant la satisfaction d'être, soi, épargné, chouchou du destin, moi, moi, moi... Il connaissait ! Il avait vécu jusqu'à la nausée l'empressement des bonnes âmes : le pauvre homme... un si grand malheur... une telle injustice...

Mais ne vous avisez pas de les décevoir. Que les bonnes âmes s'aperçoivent qu'elles ont mal placé leur pitié, investi à fonds perdus dans la générosité, bref, qu'elles ont été flouées, et vous les verrez se transformer en bêtes féroces, déchiquetant cruellement ceux que, la veille encore, elles caressaient avec tant de douteux plaisir.

Que le père fût suspecté ne l'avait pas surpris. C'était dans l'ordre des choses : pères mis à l'écart, pères privés de la garde des enfants, niés, rejetés. Les ventres, les ventres, les ventres. Comme si le fait d'avoir porté l'enfant donnait aux femelles pouvoir absolu sur lui quand bien même elles se montraient incapables de l'aimer, lui donner le bonheur auquel tout être a droit.

Cela aussi, il l'avait vécu.

Mais il n'en voulait pas à Marie-Thérèse Marchand. Il avait grande hâte que le sac soit repéré sous le hêtre et considérerait comme un affront personnel si le petit passait cette nuit dehors. Tout autre n'y aurait attaché aucune importance.

Pas lui. Lui qui avait agi par amour.

Pierre Rondeau, banquier à la retraite, habitant Champagnole, la perle du Jura, était un passionné de pêche, et, dans cette région de lacs où la truite abonde, celui de Bonlieu était son préféré.

Le banquier était également féru de poésie et tout en lançant sa ligne dans une eau qui, selon la couleur du ciel ou celle de ses fonds garnis de végétation diverse, passait du bleu au vert et du vert à l'or, il aimait à se réciter quelques vers de Lamartine, autre amoureux de ces paysages.

Ce soir, 15 septembre, la pêche fermait et Pierre Rondeau, qui avait prévu une dernière journée près de son lac favori avait été fort déçu lorsque, dès neuf heures du matin la pluie s'était mise à tomber. Pour comble de malchance, son épouse avait imaginé, puisqu'il était libéré, de l'emmener bridger avec elle.

Libéré... les femmes ont de ces idées.

Par bonheur, le ciel s'était dégagé après le déjeuner et, sans écouter les reproches de madame qui aurait tout l'hiver pour lui pardonner, le pêcheur-poète s'était mis en route.

Protégé du froid par ses cuissardes, casquette sur la tête et sac imperméable en bandoulière, il suivait la berge, pieds dans l'eau, attentif au moindre mouvement de sa ligne à laquelle il avait accroché une mouche sèche, appât le plus efficace en cette saison.

Le poisson est plus difficile à prendre à la fin de l'été. Ne dirait-on pas que le coquin sent que trêve lui sera bientôt accordée et répugne à se laisser avoir si près de l'armistice ? Cependant, dès trois heures, le pêcheur avait réussi à ferrer une truite arc-en-ciel alors que l'imprudente moucheronnait en surface. Il était à présent seize heures trente et il songeait à faire demi-tour pour être rentré chez lui avant la nuit lorsqu'il remarqua, sous un hêtre, une longue tache rouge, comme une couverture oubliée là.

Personne ne se tenant alentour, il s'approcha de la rive et constata qu'il s'agissait d'un sac de couchage. Celui-ci semblait renfermer quelque chose.

Pourquoi Pierre Rondeau fit-il l'effort de ramener sa ligne et monter sur la berge afin de voir de quoi il retournait ? Il se poserait souvent la question et, avec un peu de honte, regretterait de n'avoir pas passé son chemin. Il regretterait même de n'être pas allé bridger avec sa femme et ses assommantes amies.

Des rigoles d'eau de pluie s'étaient formées sur le dessus du sac. Il se pencha pour en baisser la fermeture. C'est ainsi que le pêcheur ne pourrait plus jamais sortir de l'eau une truite arc-en-ciel, ni le poète évoquer Lamartine, sans voir apparaître le visage livide d'un enfant mort.

7.

Les gendarmes avaient établi un large périmètre de sécurité autour du sac rouge. Deux d'entre eux exploraient minutieusement le sol à la recherche de traces de lutte ou d'éléments propres à alimenter l'enquête à venir. Il était cinq heures trente de l'après-midi. Il ne restait que peu de temps avant la tombée de la nuit. Il leur fallait se hâter.

En même temps que les militaires, une ambulance était arrivée et, sous le regard attentif de deux hommes en blanc, un médecin, portant des gants chirurgicaux, agenouillé sur le sol, examinait le corps de l'enfant.

Le cœur de Pierre Rondeau refusait de se calmer. Était-ce sa course éperdue sur la route, jusqu'à ce qu'il parvienne à arrêter une auto, ou la vision, lorsque le médecin avait totalement ouvert le sac de couchage, d'un petit en robe de chambre et en chaussons ? Une tenue pour dire « Bonsoir, mon ange », comme Pierre le faisait avec ses petits-enfants, pas une tenue pour ange assassiné. Sans doute était-ce stupide mais le crime lui aurait semblé moins atroce si Jean-Lou avait porté des vêtements de jour.

Car l'ange s'appelait Jean-Lou. Avant même de venir sur place, les gendarmes connaissaient son identité. Rondeau les avait entendus prononcer son nom lorsqu'il avait appelé sur le téléphone de voiture du bûcheron qu'il avait arrêté : Jean-Lou Marchand. On le cherchait depuis le matin.

L'adjudant lui avait posé quelques questions, prenant des notes dans un carnet. Rondeau y avait répondu sans pouvoir retenir ses larmes ; si peu à dire : je pêchais, j'ai remarqué cette tache rouge, j'ai ouvert le sac. Non, il n'avait vu personne. Il n'avait entendu aucun bruit de fuite ni aucune voiture démarrant sur la route. Rien qu'un assourdissant silence. De qui était-ce l'« assourdissant silence » ? C'était exactement cela : un silence qui vous emplissait la tête de hurlements.

Ce silence avait été fracassé par deux journalistes débarquant sur leurs grosses motos et cela avait profondément choqué Rondeau, comme si quelqu'un, durant une messe, se mettait à blasphémer dans une église.

Les gendarmes leur avaient interdit de photographier la victime.

« On fait notre boulot », avaient-ils protesté.

C'était l'un de ces journalistes qui avait appris à Pierre Rondeau que le petit avait disparu de la clinique des Quatre Lacs où il se remettait d'une opération de l'appendicite. Les quatre lacs en question, situés près de Saint-Rémi, s'appelaient en fait : lac de Narlay, d'Ilay, du grand et du petit Maclu. Celui de Bonlieu n'en faisait pas partie.

Le retraité avait le sentiment de s'être fait piéger. D'abord, les journalistes l'avaient photographié sans lui demander son avis. Puis, mine de rien, mines d'hypocrites, ils l'avaient soumis à un véritable interrogatoire. Ainsi, il pêchait ? Il avait attrapé une truite ? Belle, la truite ? Et qu'est-ce que ça lui avait fait quand il avait ouvert le sac ? Rondeau avait compris où ils voulaient en venir lorsqu'ils lui avaient déclaré que, demain, il serait une vedette : l'homme qui avait découvert le corps. C'étaient des charognards et lui un imbécile. À présent, il se tenait le plus près possible de l'adjudant pour leur échapper.

Le médecin légiste remonta la fermeture du sac, il se releva et retira ses gants.

— Aucune trace apparente de violence, annonça-t-il. L'enfant n'a pas été frappé. Il n'a très probablement pas subi de sévices sexuels.

Il parlait d'une voix étonnée. Il est vrai que sans la couleur du visage, on aurait pu croire que le petit Jean-Lou dormait.

— Il va falloir attendre l'autopsie pour connaître la cause de la mort, ajouta le médecin.

— J'appelle le procureur, décida l'adjudant.

Un nom qui faisait peur même si vous n'aviez rien à vous reprocher. Surtout si vous y ajoutiez la République. Procureur de la République.

D'autres militaires étaient arrivés, six au total : toute la brigade de Saint-Rémi. Son coup de téléphone donné, l'adjudant distribua des ordres et les ambulanciers posèrent le corps sur un brancard après que le médecin l'eut totalement enveloppé dans un plastique orange. Ils l'emportèrent. Le médecin les suivit.

— Où l'emmènent-ils ? demanda Pierre Rondeau.

— À Champagnole pour l'autopsie, répondit un gendarme.

— La pauvre mère ! soupira l'adjudant. J'étais chez elle ce matin. J'essayais de la rassurer. Si nous avions pu imaginer cette horreur !

Il proposa à Rondeau de signer sa déposition sur place, cela lui éviterait de venir à la gendarmerie. Celui-ci accepta. Ses doigts tremblaient autour du stylo. Le gendarme le regarda plus attentivement.

— Vous sentez-vous en état de conduire ? demanda-t-il. Sinon, l'un de mes hommes vous raccompagnera.

— Cela ira, affirma le pêcheur.

À présent, presque toutes les voitures étaient parties, suivies par les journalistes. Seuls deux hommes étaient restés, qui continuaient à battre les alentours en parlant à mi-voix.

Rondeau ramassa son sac. Il l'ouvrit et rejeta à l'eau la truite dont la livrée arc-en-ciel avait terni. S'il avait peine à quitter les lieux, s'il aurait préféré y demeurer seul, c'est que, comme un enfant, désespérément, il demandait au temps de faire marche arrière, jusqu'à ce moment de grâce où il lançait sa ligne dans son lac préféré en se sentant le roi.

Mais seuls les poètes ont le pouvoir de suspendre le vol du temps. Et encore le font-ils généralement en pleurant.

8.

— Mange, ordonna Myriam à Blanche.

Elle poussa sous son nez l'assiette qu'elle venait de remplir : potage aux légumes. Cela sentait bon le « comme tous les jours », le « la vie continue », mais c'était une odeur mensongère, démentie par la pancarte « FERMÉ », suspendue à la porte du restaurant. Myriam aurait pu ajouter : « Fermé pour cause d'assassinat. »

Les coudes sur la table, le menton sur les poings, Sophie observait sa mère, ne perdant aucune de ses réactions.

Elle attend que je pleure, pensa Blanche. Mon silence l'inquiète. De bons gros sanglots lui conviendraient mieux. Mais, « pleurer tout fort », Blanche n'avait jamais su. Et même, plus la douleur était grande et plus elle l'enfouissait profondément en elle, très exactement le contraire de ce que préconisaient les psys qui — c'était la mode — couraient partout où il y avait de la souffrance pour aider les gens à l'exprimer, sinon, affirmaient-ils, la gangrène s'y mettrait : cette infection de l'âme qu'on appelle dépression.

« On a retrouvé Jean-Lou. » Quand le père du petit l'avait appelée, vers six heures du soir, alors qu'elle tentait, sans grand succès, de dessiner, la voix était telle qu'elle avait tout de suite compris qu'il était mort. Et, pour la troisième fois de la journée, elle avait enfourché son vélo, direction le jardin aux roses ; elle avait même trouvé le moyen de se casser la figure à son arrivée et sentait dans sa paume la brûlure des gravillons qui s'y étaient incrustés.

Lorsque, deux heures plus tard, elle était revenue, son couvert était mis chez Myriam.

— Est-ce qu'on est sûr ? demanda Sophie. Est-ce qu'on est vraiment sûr qu'il est mort, Jean-Lou ? Est-ce qu'il a des blessures ?

Blanche avala sa salive avec difficulté.

— Il n'a pas de blessure mais on est sûr quand même. Son cœur s'est arrêté.

Jean-Lou n'avait pas été brutalisé. Ni abusé sexuellement. La première chose que les gendarmes, accompagnés du maire, avaient dite à Marie-Thé : « Votre petit garçon n'a pas souffert. »

— Je veux le voir, avait supplié celle-ci.

— Demain. Il est à l'hôpital de Champagnole pour l'autopsie.

Le mot avait fait hurler la mère.

— Est-ce qu'on va attraper celui qui l'a tué ? demanda Sophie. Et pourquoi il a enlevé Jean-Lou puisqu'il lui a rien fait ?

— C'est sûrement un fou, répondit Myriam d'une voix enrouée. Il a enlevé le petit et après il a pris peur.

René, le cuistot et mari de la patronne, large, solide armoire à glace faite du bon bois de la tendresse, vint poser sur la table un bol de croûtons dans lequel Sophie puisa aussitôt. Il s'assit à côté de Blanche, et Myriam remplit son assiette.

— Mais alors, pourquoi le fou l'a pas laissé partir ? insista Sophie, la bouche pleine. Pourquoi il l'a pas rendu ?

— Parce que, tu vois, ça m'étonnerait qu'on l'ait félicité, ce salaud ! s'emporta René.

— Pauvre, pauvre Marie-Thé ! soupira Myriam. Le mari reste avec elle, au moins ?

— Tu voudrais qu'il s'installe à l'hôtel ? tenta de plaisanter Blanche, ce qui lui valut un regard furieux de sa Fichini.

Elle avait laissé son amie bien entourée. Le mari, comme disait Myriam, et surtout Thomas. L'anesthésiste était venu lui apporter de quoi l'aider à dormir. Marie-Thé l'avait presque insulté. Dormir ? Et puis quoi encore ? Le spécialiste de la douleur avait pris le temps et le ton qu'il fallait pour la convaincre que le lendemain elle aurait besoin de toutes ses forces et que prendre un peu de repos ne serait pas trahir Jean-Lou.

Blanche avait admiré la façon dont il s'y était pris. À la vérité, elle ne se serait pas attendue à tant de fermeté de sa part.

— Est-ce qu'on en parlera à la télé ? demanda Sophie en regardant le poste en hauteur dans la salle, éteint faute de clients.

— Ça, tu peux y compter ! répondit Myriam sombrement.

Blanche acquiesça : les journalistes étaient revenus à la charge chez Marie-Thé. On ne les avait pas laissés entrer.

Jean-Lou est mort, se répéta la jeune femme, mais au fond d'elle-même, là où elle enfermait sa peine et sa révolte, elle refusait toujours d'y croire. Elle entendit la voix du petit garçon, pure, naïve, et en même temps pleine de couleurs. Cette voix qui ressemblait à ses dessins.

« Dis, Blanche, quand est-ce que je pourrai refaire du skate-board ? »

Les larmes lui sautèrent aux yeux.

— Maman, ta soupe, elle va être froide ! dit Sophie en y répandant une poignée de croûtons.

Geste d'amour.

Myriam dormit mal cette nuit-là. Répondant aux questions de Sophie, une idée lui était venue dont elle n'arrivait pas à se débarrasser, une idée insultante, outrageante : l'assassin était peut-être de Saint-Rémi, cette ville-village où elle s'était toujours sentie à l'abri des horreurs quotidiennement exploitées par les médias. Partout dans le monde, d'accord, mais pas ici. Pas chez elle !

« Pourquoi il l'a pas rendu ? » avait demandé Sophie.

La réponse s'imposait : parce que Jean-Lou connaissait son ravisseur et qu'il l'aurait dénoncé.

« Tu vois, je ne pense pas qu'on l'aurait félicité », avait répondu René.

La même idée.

Celui-ci avait tenté de raisonner sa femme. Ce n'était qu'une simple hypothèse. Il fallait bien répondre à la petite. Myriam n'avait pas été convaincue ni rassurée. Car il y avait autre chose dont elle n'avait pas osé parler à René qui l'aurait traitée d'idiote : regardant Sophie laper sa soupe comme un délicat chaton, si innocente et fragile, soudain Myriam avait eu peur pour elle. Une peur irraisonnée, viscérale. Après tout, la fillette avait à peu près le même âge que Jean-Lou. Et si cela avait été elle la victime ?

Myriam avait connu Blanche, enfant, lorsque celle-ci venait en vacances chez sa grand-mère. Puis elle l'avait perdue de vue et lorsque, après son divorce, Blanche était venue s'installer à Saint-Rémi, elle en avait été tout heureuse. Après la mort de la grand-mère et la vente de la ferme, elle avait, sans trop y croire, proposé à la jeune femme de lui louer l'appartement au-dessus de son bistrot. À sa surprise, Blanche avait accepté, la vie de Myriam en avait été transformée.

Elle qui n'avait jamais pu avoir d'enfant — sa douleur, sa blessure — voici que le ciel lui envoyait d'un coup grande et petite filles.

Lorsque Sophie, revenant du collège, s'installait d'autorité au fond de son café pour y faire ses devoirs, son cœur, tout simplement, explosait de bonheur.

Si Myriam dormit mal cette nuit-là, ce fut aussi parce que la fenêtre de sa chambre donnait sur celles de la mairie, de l'autre côté de la place des Faïenciers et que ces fenêtres restèrent éclairées jusqu'à pas d'heure.

René était conseiller municipal. Elle l'envoya aux nouvelles. Il y en avait ! Devant la gravité de l'affaire, la police prenait le relais de la gendarmerie. Ainsi en avait décidé le procureur. À minuit, deux hommes du SRPJ étaient arrivés de Besançon. Ils se mettraient au travail dès le lendemain.

9.

Un oiseau... un oiseau de proie au regard perçant, long bec, plumage gris noir, tout y est, pensa Blanche lorsqu'elle croisa le commissaire Müller alors qu'elle arrivait chez Marie-Thé ce vendredi matin. Vendredi... deux jours seulement depuis le jour du pigeon, l'appel de son amie : « Jean-Lou a disparu. » Quarante-huit heures. Est-ce possible ? Il me semble que cela fait une éternité.

Le policier lui demanda de bien vouloir passer dans la matinée à la mairie où il avait installé son quartier général.

« Madame Marchand m'a appris que vous étiez

l'une des dernières à avoir vu l'enfant vivant », lui dit-il.

« L'enfant vivant... » Elle pensa qu'il aurait pu lui épargner ces mots. Mais plus aucun mot ne convenait pour Jean-Lou. Tous rappelaient qu'il n'était plus.

Marie-Thé était encore sous le choc des questions que le commissaire Francis Müller lui avait posées. Avait-elle reçu des lettres ou appels de menace ? Existait-il dans sa vie quelqu'un qui aurait pu se montrer jaloux de son fils ? Comment étaient les rapports entre celui-ci et elle ?

« On aurait dit qu'il m'accusait. De quoi, mon Dieu, de quoi ? »

Blanche ne resta que peu de temps : famille et belle-famille arrivaient.

Francis Müller la reçut dans le bureau spacieux mis à sa disposition par le maire. Téléphones, fax, ordinateurs étaient déjà en place ; ces instruments que Blanche qualifiaient de barbares mais qui, de plus en plus, aidaient à retrouver les criminels.

Il l'interrogea longuement sur le comportement de son élève au cours de sa leçon de dessin. Lui avait-il semblé comme d'habitude ? Avait-il reçu des coups de téléphone ? Une visite ? Lui avait-il parlé d'un rendez-vous ?

— Un rendez-vous ? s'étonna Blanche. Vous pensez que Jean-Lou pouvait avoir rendez-vous avec son ravisseur ?

— Nul n'a rien entendu et aucune trace de lutte n'a été relevée dans la chambre du petit. Il est sorti en tenue de nuit comme s'il pensait n'en avoir que pour un moment. Il est donc probable qu'il connaissait son meurtrier.

À quelle heure l'avait-il suivi ? On n'en avait aucune idée. La dernière personne à avoir vu Jean-Lou mercredi était l'infirmière, venue à dix-neuf heures trente vérifier que tout allait bien. Passant un peu plus tard, elle avait constaté que la lumière était éteinte et pensé que l'enfant dormait.

Était-il encore dans son lit à ce moment-là ?

— Les séances de dessin ne se passent pas dans les chambres, expliqua Blanche. J'avais cinq enfants hier, aucun n'a eu de visite ou reçu de coup de téléphone. Jean-Lou a dessiné un singe pour une bande dessinée que nous préparons à l'école. Il avait hâte d'y retourner.

Elle ajouta, non sans agressivité, que les rapports entre Marie-Thé et son fils étaient excellents, que Jean-Lou était un enfant heureux et que la séparation de ses parents avait eu lieu dans les meilleures conditions possibles.

— Nous n'avons le droit d'écarter aucune hypothèse, lui répondit sèchement Müller.

Elle se retint de lui demander si ce droit ne s'accompagnait pas du devoir de se montrer humain.

Comme elle sortait de la mairie, Blanche croisa le petit Charles, accompagné de sa mère. Celle-ci était allée le chercher à l'école pour le ramener déjeuner à la maison.

— Une psychologue spécialiste des enfants est venue parler à leur classe, apprit-elle à Blanche.

Le garçonnet fixait le sol d'un air buté. La mère s'éloigna un peu pour qu'il n'entende pas.

— Charles n'a rien voulu dire : pas un mot !

C'était hier qu'il avait demandé à Blanche : « Il va revenir, n'est-ce pas ? » Blanche avait répondu : « Le plus tôt sera le mieux. » Le cœur de la jeune femme se serra. Charles avait-il perdu confiance en ceux sur qui il aurait dû pouvoir s'appuyer ?

— À la maison, on ne peut plus rien en tirer, poursuivit la mère à voix basse. Même son ordinateur ne l'intéresse plus alors qu'avant il y était tout le temps collé. Il s'enferme dans sa chambre et ne répond pas quand on l'appelle. Vous comprenez, Jean-Lou était son meilleur copain.

Blanche se souvint de la façon dont Charles avait farouchement gardé la place de Jean-Lou près de lui lors du dernier cours de dessin à l'école. Leur brève conversation sur le singe capucin lui revint aussi à l'esprit. Comment l'appelait-il déjà ? Ah oui ! Mister Chance... un nom de film. Était-ce aussi un capucin que Jean-Lou avait dessiné à la clinique ?

Elle s'approcha du petit garçon et le serra longuement contre elle. Il n'y avait rien d'autre à dire.

Les « envoyés spéciaux » des radios et journaux commencèrent à arriver en fin de matinée avec leurs appareils photo, leurs mobiles et leurs fax portatifs. Il n'y avait qu'un seul hôtel à Saint-Rémi : l'hôtel du Centre. Le commissaire Müller y avait réservé quelques chambres pour ses hommes et lui. Les journalistes se partagèrent les autres. La télévision régionale était annoncée pour le soir.

Le résultat de l'autopsie tomba à la mairie dès deux heures de l'après-midi.

Jean-Lou Marchand était mort d'une crise cardiaque provoquée par une piqûre de chlorure de potassium, pratiquée à la saignée du bras droit. L'enfant n'avait subi aucun sévice physique ou sexuel. L'heure de la mort se situait entre trois et six heures du matin. Les examens portant sur la lividité cadavérique indiquaient que le corps de l'enfant avait été transporté près du lac peu de temps après son décès.

Aux informations de dix-huit heures, plusieurs radios parlèrent de « crime inexplicable ». Le mot « gratuit » fut prononcé. Le substitut du Procureur apparut brièvement au journal télévisé du soir et se contenta de déclarer qu'aucune piste n'était, pour l'instant, écartée, et que tout serait mis en œuvre afin de retrouver rapidement le coupable.

Des phrases mille fois entendues mais qui plongèrent dans le désarroi et le soupçon les habitants de la petite ville.

Francis Müller avait réuni son équipe, composée d'une dizaine d'hommes, pour faire le point sur la situation et établir un premier profil psychologique du meurtrier.

Tout d'abord, il s'agissait probablement d'un homme. Dans le meurtre d'un jeune enfant, si le coupable est féminin, on le trouve dans la famille proche. L'innocence de la mère du petit Jean-Lou était indubitable et la famille se résumait à elle.

Le ravisseur connaissait sa victime qui l'avait suivi sans opposer de résistance : aucun bruit, pas de traces de lutte. Il connaissait également la clinique et ses horaires. La chambre de Jean-Lou se trouvait près d'une sortie de secours, laquelle débouchait, un étage plus bas, sur le parking. Sans doute étaient-ils passés par là. Le parking n'était fermé au public qu'à partir de vingt et une heures. Le personnel disposait d'une carte. Cela pouvait indiquer que l'enlèvement avait eu lieu dans la soirée.

Le criminel savait pratiquer une piqûre intraveineuse. À la clinique, aucune disparition de chlorure de potassium n'avait été constatée. Il s'était donc fourni ailleurs.

Il n'avait pas cherché à dissimuler le corps. On pouvait même affirmer : « au contraire ». Il lui aurait été facile de faire quelques pas de plus et le jeter dans le lac. La couleur éclatante du sac, l'endroit où il avait été déposé — s'il n'avait plu toute la matinée on l'aurait retrouvé bien plus tôt — indiquait que l'assassin n'avait pas jugé nécessaire de se donner le temps de prendre le large.

Se jugeait-il intouchable ?

Ni traces, ni indices, ni mobile apparent. Seul le soin qu'avait pris le ravisseur du corps de l'enfant, son souci qu'il soit retrouvé vite pouvaient se lire comme un message : « Voyez, je ne suis pas le monstre que vous croyez. »

10.

Il descend les quelques marches qui mènent au sous-sol de sa maison et longe un bref couloir. Arrivé devant la porte, comme toujours l'angoisse lui noue le ventre : comment sera-t-il accueilli ? Après ce qui s'est passé la veille cela risque d'être plus douloureux encore.

Le code formé, la lourde porte pivote sans bruit sur ses gonds. Avant même qu'il l'ait refermée, Mister Chance est dans ses bras, poussant des cris de joie. Au moins, le capucin lui fait-il toujours fête.

L'espace est vaste. Il occupe pratiquement tout le bas de la demeure ; c'est pour celui-ci qu'il l'a choisie. Un professionnel de la photo y avait installé autrefois studios et laboratoire de développement. Il y a eu peu à faire pour le remettre en état. Le sol était dallé, l'eau y venait et l'éclairage, si important pour l'enfant, était proche de la lumière du jour. L'essentiel des travaux a été exécuté par un artisan recruté en Suisse et grassement payé. Il ne parlera pas. L'homme a lui-même grillagé étroitement les soupiraux après que Mister Chance a eu la malencontreuse idée de s'échapper par l'un d'eux pour faire un tour de parc.

— Papa ?

Au cri de petit Paul, le capucin s'envole. Quarante centimètres, trois kilos : une plume. Durant ses cinq premières années, il a appris à communiquer avec les humains et respecter les contraintes de la vie en leur société. Il est propre, il se douche. Après la puberté, il a été placé auprès de petit Paul et s'est adapté à lui. Il sait répondre à ses besoins et s'en occuper en l'absence de son père. En cas d'urgence, l'enfant dispose d'un bouton d'appel communiquant directement avec l'appareil mobile de celui-ci. Jusque-là, il n'en a jamais abusé.

Comme à l'accoutumée, l'enfant est face à son ordinateur, son autre compagnon de toujours. Il l'éteint et se tourne vers son père. Ses longs cheveux clairs, noués en arrière, pourraient, si besoin est, le faire passer pour une fille. Ils n'ont pas été coupés depuis leur départ du Québec. L'homme préfère parler de « départ ». Une « fuite » serait indigne de lui.

Dans le ravissant visage très pâle, diaphane, l'éclat du regard est presque insoutenable. On dirait que toute l'énergie dont est privé le bas du corps de petit Paul s'est concentré dans ses yeux si beaux, si bleus, dont il sait, à l'occasion, se servir comme d'une arme.

— Où est Simba ? demande-t-il. Pourquoi il n'est pas revenu ?

— Finalement, Simba a préféré rentrer chez lui, répond l'homme.

— Je ne le reverrai pas ?

— Je ne le crois pas.

— Pourquoi il s'est mis en colère ? insiste l'enfant.

— Il ne s'attendait pas à te trouver comme ça.

— Infirme ?

Le mot a été dit sans révolte et le père acquiesce. Petit Paul ne s'est jamais connu autrement que paraplégique. Sa paralysie des membres inférieurs date de sa naissance : marcher, courir, sauter sont pour lui une langue étrangère.

— Et puis il croyait que c'était seulement une visite qu'il te faisait, ajoute le père. Il ne pensait pas que nous l'inviterions à rester quelque temps.

L'enfant tourne son fauteuil à commande électrique. Son regard fait le tour des jeux ; ce qu'il préfère ? Construire. Il a réussi, sans aide aucune, des maquettes très compliquées.

— Pourtant, on se serait bien amusés, soupire-t-il.

L'estomac du père se noue à nouveau. Choisis sur catalogue par son fils pour les futurs amis dont il rêve, la plupart des jeux n'ont pas été ouverts.

— Et si nous en étrennions un ? propose-t-il avec une gaieté forcée.

Petit Paul secoue fortement la tête.

— Je ne veux pas jouer avec toi. Je veux un autre
ami, papa. Un vrai.

C'est ainsi que tout a commencé.

11.

« Un ami, un vrai. »

Depuis le jour fatal où petit Paul a découvert sur
Internet le site fréquenté par quelques enfants de Saint-
Rémi : Hacuna-Matata.com.

Du *Livre de la Jungle* à Tarzan, en passant par
Dumbo, Bambi, Winnie l'ourson et, bien sûr, le Roi
Lion dont vient la formule magique, petit Paul a tout
lu, tout vu sur son écran. Les animaux sauvages, les
animaux en liberté, sont la passion du garçonnet
condamné à vivre enfermé entre les bras d'un siège
roulant. Il a tour à tour été chacun des héros. C'est le
nom de Mowgli qu'il a choisi pour entrer dans le site
et dialoguer avec les autres abonnés.

Jean-Lou avait pris celui de Simba.

À Simba et à d'autres, petit Paul a parlé de Mister
Chance. Il a entamé une correspondance quotidienne
avec eux. Il a souhaité les voir. Il a exigé de les rencontrer.

« Un ami, papa, un vrai. »

Qui pourrait comprendre ce qu'il a fait sans avoir
subi jour après jour, nuit après nuit, la supplication ?
Supplication... Supplice... Jean-Lou-Simba avait neuf
ans, le même âge que petit Paul. C'était un enfant vif,
joyeux. Il ne le garderait que quelque temps et s'arran-
gerait pour que la mère en ait des nouvelles. L'enfant
l'avait suivi sans hésiter lorsqu'il avait appris qu'il
allait enfin rencontrer Mister Chance.

Puis l'horreur.

Sa réaction devant l'infirme. Le regard qui descend vers les jambes, le doigt qui se tend, accusateur.

— Alors, tu ne peux pas marcher ? Et puis t'as l'air d'une fille.

Et, très vite, la peur et la colère : « Ramenez-moi à la clinique. » La peur et les menaces : « Je dirai tout. » La peur et la cruauté : « De toute façon, je ne jouerai pas avec lui. »

Que pouvait-il faire ? Le retenir de force ? Impossible. Le rendre à sa mère ? Jean-Lou l'aurait dénoncé, ils auraient été séparés. À jamais.

Tu n'as pas eu le choix.

L'homme se penche vers son fils, sa douleur, son remords, son déchirant amour.

— Bientôt, je te promets, tu auras un ami. Et même plusieurs. Beaucoup d'amis.

— Tu dis toujours « bientôt », riposte l'enfant avec colère. Je le veux maintenant. Ou alors laisse-moi sortir.

— Tu sais bien que ce n'est pas possible pour l'instant. Rappelle-toi ta promesse.

Accepter, quelque temps, de vivre caché.

C'était petit Paul qui l'avait conjuré de le retirer de cette abominable institution, cet enfer pour innocents, où l'avait placé sa mère, le privant de son ordinateur qu'elle détestait, de Mister Chance qu'elle avait pris en grippe. « Emmène-moi, papa, vite, loin. »

Il avait supporté admirablement le voyage en voiture, les longues journées sur l'océan, tout à sa joie d'être sorti de ce qu'il appelait sa prison. Ici, son royaume lui avait plu. Durant les premiers mois, il avait accepté sa solitude, sachant que s'il était découvert, on le reprendrait à son père et l'enfermerait de nouveau.

Jusqu'à la découverte du site.

Mister Chance saute sur les genoux du garçonnet,

quémandant une caresse. Son dressage s'est fait au Canada. Le sapajou est la race la plus douce, la plus affectueuse qui soit. Il aime également beaucoup jouer. Un câlin, une friandise, un fruit le récompensent. Cette récompense est indispensable pour qu'il continue à accomplir sa tâche.

Petit Paul le repousse brutalement.

— Va-t'en !

Le singe se drape dans sa queue pour manifester son mécontentement, mais ses yeux restent attachés à ceux de son maître et l'on dirait qu'il l'interroge : « Pourquoi me traites-tu ainsi ? »

— Tu ne dois pas le brutaliser, reproche son père à petit Paul tout en offrant une clémentine au capucin qui s'en saisit prestement avant de l'éplucher avec des grognements de satisfaction. Si tu continues, il cessera de t'obéir.

— Je m'en fous, crie l'enfant. Je ne l'aime plus.

Il en était si fier, pourtant ! C'est grâce à Mister Chance qu'il a eu ses premiers interlocuteurs sur le site. Il a montré des photos, vanté son intelligence, sa douceur, ses multiples capacités. Mais certains refusaient de croire qu'il possédait une telle merveille.

« Avec toi ! montre-nous des photos avec toi. »

Petit Paul n'en a pas. N'en a plus. Trop dangereux. Toutes sont restées là-bas.

Dès que l'on ne nous cherchera plus, je te sortirai d'ici, se promet le père avec désespoir. Nous irons là où je pourrai te montrer au grand jour. Nous serons un père avec son fils paraplégique, voilà tout. Des amis, tu en auras plus que tu n'en voudras.

Il regarde, au mur, la pendule lumineuse. Huit heures du soir. Dehors, la nuit. Tant que petit Paul est condamné à vivre caché, il est important qu'il conserve la notion du temps, respecte des horaires et, si peu que ce soit, voit la lumière du jour par les soupiraux.

— As-tu faim ? demande-t-il. C'est l'heure de dîner. Que penserais-tu de raviolis au gratin ?

Le plat préféré de l'enfant. Au Québec, déjà. Une cuisine facile à faire pour sa mère : une barquette à passer au four. Mais sans doute était-ce encore trop lui demander...

— Je ne veux pas dîner, déclare l'enfant. J'ai mal au cœur.

Il tourne le dos à son père, allume l'ordinateur, se connecte sur Internet. Les lignes de termes techniques s'affichent. Avec dextérité, il manie la souris. Petit Paul vit avec le Web depuis plus longtemps encore qu'avec son capucin. Sa mère l'appelait : « l'enfant-ordinateur ». Pourquoi pas « l'enfant virtuel » ? À nouveau, le feu de la colère embrase le corps tout entier de l'homme. Ses mains tremblent. Pourquoi Roselyne s'est-elle acharnée à le séparer de ce qu'il avait de plus cher au monde ?

Elle n'a eu que ce qu'elle méritait.

Les mots Hacuna-Matata.com. s'affichent sur l'écran. Dans une musique appropriée, exaltante, mystérieuse, toutes sortes d'animaux libres courent, galopent, sautent. À présent, petit Paul cherche le forum de discussion. Il y est. Le singe regarde, fasciné, les doigts de l'enfant courir sur le clavier pour inscrire son message. On dirait qu'il soupçonne qu'on parle de lui.

« De Mowgli à Zazou. »

« Est-ce que tu veux rencontrer Mister Chance ? J'ai aussi une maison de fourmis. On lui en donnera. Réponds-moi. »

Petit Paul relit son message puis se tourne à nouveau vers son père.

— Zazou, c'est l'oiseau du Roi Lion : un colao, explique-t-il. Il a très envie de rencontrer Mister Chance. Lui, il voudra bien rester, j'en suis sûr. Il ne criera pas comme Simba.

Le cœur de l'homme a bondi. Zazou s'appelle Charles Laurent. C'est lui qui, à la clinique, lui a révélé son nom de code, lui qui l'a mené à Simba — Jean-Lou, son meilleur ami.

— Et il t'a répondu ? Zazou t'a répondu ? chuchote-t-il.

— Pas encore.

Un vertige brouille la vue de l'homme. Et si Zazou révélait à Mowgli ce qui est arrivé à Jean-Lou ?

Cet ordinateur devient dangereux.

Mais petit Paul n'a jamais vécu sans. En être séparé, là-bas, l'avait presque rendu fou : « Emmène-moi, papa, emmène-moi. »

— Alors, pour Zazou, c'est d'accord ? interroge l'enfant d'une toute petite voix.

Le père ne répond pas. « Non », se promet-il en serrant les dents. « Non ! »

Les larmes coulent à présent sur le visage du petit garçon, si fragile, si blessé. L'homme se détourne : le voir pleurer est pour lui une torture. Il préfère cent fois les cris.

— Laisse-moi un peu de temps, murmure-t-il. On verra.

L'enfant-ordinateur, l'enfant virtuel, le très adroit manipulateur de souris à qui le monde répond « présent » dès qu'il le sollicite, a appris à cliquer sur les sentiments de son père pour l'amener à satisfaire ses désirs. Il sait déceler la moindre inflexion de sa voix. Le « on verra » que celui-ci vient de prononcer peut se traduire par « peut-être ».

Petit Paul sourit dans ses larmes.

— C'est d'accord pour les raviolis au gratin, acquiesce-t-il. Mais sur tes genoux. Comme avant.

Pour ce sourire, ces paroles, l'homme se sent prêt à tout.

12.

Pierre Rondeau regarda, devant l'autel, le petit cercueil de bois clair couvert de roses, et un sanglot monta en lui. C'était cette musique aussi, quelle idée ! Violons, violoncelle, à vous dévaster le cœur. Sa femme eut un geste affectueux vers son épaule. Il n'avait pas osé lui dire qu'il préférait venir seul. Elle n'aurait pas compris que ce qui s'était passé près du lac de Bonlieu était une histoire qui ne concernait que lui. Une histoire entre lui et le temps qui lui restait à vivre, entre avant et après. Et, lorsque sur le parvis, la mère de l'enfant était venue lui serrer la main et qu'elle lui avait soufflé à l'oreille : « Grâce à vous, Jean-Lou n'a pas passé la nuit dehors », d'une certaine façon atroce il s'était senti payé de sa peine.

L'intérieur de la petite église romane avait été réservé aux proches de madame Marchand et aux Saint-Rémois. Le reste du public, formé en majorité de curieux, ainsi que les journalistes et la télévision, avaient été priés de rester à l'extérieur de la maison du Seigneur. Des haut-parleurs, installés dans les arbres de la place, leur permettaient de suivre l'office. Mais pouvait-on appeler ceux-là des « fidèles » ?

Dans l'église, les premiers rangs de gauche étaient occupés par les parents de Jean-Lou entourés par leurs familles et amis. Ceux de droite rassemblaient les enfants de l'école primaire, encadrés par leurs institutrices. Ils apprenaient ce matin que la mort pouvait frapper « pour de vrai » jusque dans leurs rangs.

Debout au fond de l'église, le commissaire Müller regardait ce père et cette mère réunis par la douleur et il ne pouvait s'empêcher de penser que s'ils n'avaient pas divorcé — pour une banale histoire d'infidélité — la mère n'aurait pas quitté Dijon et le petit garçon serait encore vivant.

Kyrie... Il ferma quelques secondes les yeux, s'abandonnant à la musique. Lorsqu'il était étudiant en droit, ses parents se moquaient gentiment de lui quand, pour travailler, il mettait ce qu'ils appelaient sa « musique d'église ». Mais n'était-ce pas le propos de celle-ci ? Calmer les esprits, les aider à se concentrer sur l'essentiel ? Elle l'avait toujours, quant à lui, aidé à voir plus clair dans ses pensées et sentiments.

Son regard passa sur l'assemblée, ces gens bien vêtus, respectueux, en principe respectables, dont beaucoup pleuraient, et il se dit que parmi eux se trouvait peut-être l'assassin.

C'est en premier lieu dans l'entourage de la victime qu'il faut chercher le meurtrier, là qu'il se trouve la plupart du temps. De plus en plus, l'idée que Jean-Lou connaissait son ravisseur et lui faisait confiance s'imposait au policier. Un ravisseur diaboliquement habile dont il n'arrivait pas à cerner les motivations.

Au cours de sa carrière, Müller avait approché un grand nombre de criminels et il avait fini par les diviser en deux catégories.

Il y avait les cas simples : des êtres mus par la haine, un désir de vengeance ou, de plus en plus, hélas, dans une société où l'argent était roi et les consciences muettes, par l'appât du gain. Dans cette catégorie des cas simples, on trouvait les coups de folie, des accidents qui, dans la majorité des cas, ne se renouvelleraient jamais : la jalousie en faisait partie. À cas simples, réponses simples, ceux-là ne posaient pas de trop gros problèmes à la police.

Et il y avait les « autres », qu'autrefois on appelait les fous ou les détraqués et, aujourd'hui, les psychotiques, névrotiques, paranoïaques et compagnie. Ceux-là se présentaient souvent comme des Messieurs Tout-le-monde, donnant plutôt bien le change à leur entourage. Certains aimaient à signer leur crime, laisser leur empreinte. D'autres jouaient au chat et à la souris avec leurs poursuivants comme si une petite lueur au fond de leur conscience les faisait souhaiter être mis hors d'état de nuire. Il fallait en général remonter à leur enfance pour expliquer leur geste.

L'assassin du petit Jean-Lou faisait partie des « autres ». Müller en était convaincu.

En ne cherchant pas à cacher le corps de sa victime, en livrant celui-ci intact hormis la fine trace d'aiguille qui avait provoqué une mort immédiate, il semblait clamer : « Voyez, je n'ai pas voulu le faire souffrir. » Aussi étrange que cela puisse paraître : il plaidait non coupable.

Et ce qui souciait le plus Müller en cette matinée d'enterrement, tandis que son regard passait sur les participants à la messe, c'était que dans cette catégorie des « autres » se trouvaient en général les tueurs en série.

« Mon Dieu, pria-t-il, bien qu'il ne fût plus très sûr de croire. Si tel était le cas, Faites que nous trouvions ce malade avant qu'il recommence. »

L'homme se tenait quelques pas derrière les écoliers. L'homélie du curé, bien qu'un peu grandiloquente à son goût, lui avait plu. « De là-haut, avait prêché celui-ci, Jean-Lou vous regarde. Il sait combien vous l'aimiez. Il prie Dieu pour que dans vos cœurs déchirés la paix prenne peu à peu la place de la douleur. »

De là-haut, Simba regardait Mowgli.

L'homme regardait les enfants.

Il regardait ces épaules serrées les unes contre les autres, ces têtes proches, et il éprouvait un profond sentiment d'injustice. Quelle que soit leur peine, ils avaient l'immense privilège de ne pas en porter seuls le fardeau, ils étaient ENSEMBLE. Et un peu plus tard, il n'en doutait pas, ils reprendraient leurs jeux, leur course joyeuse vers un avenir ouvert à tous leurs rêves, leurs désirs. Alors que tout près d'eux, dans son royaume désert, un Pinocchio brisé ne rencontrerait jamais la fée bleue qui lui permettrait de devenir : « Un enfant, un vrai. »

Parmi les élèves, il repéra Charles Laurent : un petit rouquin à lunettes, père commerçant, mère à la maison, deux grandes sœurs. « Alors, pour Zazou, tu voudras bien ? Lui, acceptera de rester, j'en suis sûr. Il ne criera pas comme Simba. » Charles-Zazou.

« Non », se promit-il. « Non. »

Comme attiré par le regard de l'homme, Charles se retourna, le reconnut et lui adressa un pâle sourire. Il dut faire effort pour y répondre.

Une queue se formait à présent dans la nef pour que chacun puisse bénir Jean-Lou. L'homme y prit place. L'odeur un peu âcre de l'encens — l'odeur du paradis, affirmait sa grand-mère et il n'était pas d'accord — se mêlait à celle, douceâtre, des fleurs. La musique berçait sa douleur. Ce fut son tour. Une femme lui tendit le goupillon. En traçant le signe de croix sur le cercueil couvert de roses, il ferma une seconde les yeux.

« Prie pour petit Paul », murmura-t-il.

Sur la place de l'église, parmi les autres personnes qui n'avaient pu entrer, Julien Manceau, envoyé spécial d'une importante radio nationale, écoutait la musique sortant des haut-parleurs, indiquant que l'office se terminait.

C'était une belle journée ensoleillée, l'air était léger, douceur bleu doré comme une étoffe jetée sur le malheur. Les chants d'oiseaux, au-dessus de sa tête, semblaient démentir ce qui se passait dans cette ville aux balcons fleuris : les funérailles d'un enfant assassiné le plus simplement, le plus mystérieusement du monde.

Julien était arrivé le matin même de Besançon. C'était lui qui avait demandé à couvrir l'événement, sans ignorer que cela ne ferait que rouvrir l'ancienne blessure, mais comment agir autrement ? Il le devait à Nina.

Nina était sa petite sœur, partie à sept ans acheter des bonbons au supermarché voisin et que l'on n'avait jamais revue : évaporée, disparue ! Cela se passait à Lyon dans une famille sans histoire.

Aucune demande de rançon ni revendication n'étaient parvenues à ses parents. Les habituels coups de fil de cinglés qui ne faisaient qu'ajouter à l'horreur le supplice de fugitifs espoirs.

De ce jour-là, les parents de Julien avaient vécu dans l'attente. Non du retour de leur petite fille mais d'avoir une preuve de sa mort afin de pouvoir en faire le deuil. Vingt années avaient passé.

Cette attente vaine n'avait certainement pas été étrangère au choix du métier de Julien : reporter. Tout enlèvement ou meurtre d'enfant l'atteignait personnellement et lorsqu'un coupable était pris et châtié, il ne pouvait s'empêcher de penser : « C'est peut-être celui de Nina », et il la sentait un peu vengée.

Dans les haut-parleurs, un *Ave Maria*, interprété par des petits chanteurs à voix ailées, le fit revenir douloureusement à la réalité : un de plus ! Un enfant de plus arraché à la vie et à l'amour des siens.

Le portail de l'église s'ouvrit à deux battants et une femme en noir apparut : la mère. Un homme au visage ravagé la soutenait : l'ex-mari. Tout de suite derrière eux venait une jeune femme blonde, menue, qui serrait visiblement les dents pour ne pas pleurer. Pressée contre elle, une fillette, lui ressemblant comme deux gouttes d'eau, tenait près de son visage un rond bouquet de roses blanches. Et dans cette atmosphère de douleur, d'écrasement, de nuit à l'âme, toutes deux offraient, si l'on peut dire, un spectacle... rafraîchissant.

— Qui sont-elles ? demanda Julien au correspondant du journal local avec qui il avait sympathisé à son arrivée à Saint-Rémi.

— Blanche Desmarest et sa fille, répondit celui-ci.

La meilleure amie de la mère du petit Jean-Lou. Elle est professeur de dessin ; l'enfant était l'un de ses élèves.

Ils apparaissaient sur le parvis, les élèves, se pressant les uns contre les autres, regardant la foule avec des yeux ronds, oisillons sans doute pressés de s'envoler.

« Prof de dessin, ça lui va bien », décida Julien en suivant des yeux Blanche qui descendait les marches et se mêlait aux enfants. Il ne l'aurait pas vue faire autre chose.

La petite foule s'écarta pour laisser passer les porteurs puis se disposa derrière le cercueil pour se rendre au cimetière, tout proche. Julien ne bougea pas. Si ses parents avaient pu accompagner Nina jusqu'à sa dernière demeure, nul doute que leur vie en eût été transformée. La sienne aussi.

Le sort d'une enquête se joue dans les tout premiers jours. Après, trop de paroles ont été prononcées, trop de bruits, vrais ou faux, ont couru. La vérité s'égare. Pour Nina, des erreurs avaient été commises. Julien ne l'avait appris que beaucoup plus tard. Trop tard.

Regardant disparaître les dernières personnes du cortège, celles qui à voix basse refont déjà les événements à leur manière, Julien se promit que, de cette enquête à venir, il serait dans la mesure du possible, et même de l'impossible, l'aiguillon.

DEUXIÈME PARTIE

Charles-Zazou

13.

La sonnerie du téléphone réveilla Blanche en sursaut à six heures trente du matin : la voix de Roland.

— Pouvez-vous venir à la clinique, Blanche ? Votre amie...

— Elle est morte ?

Le cri lui avait échappé. Bien sûr, Marie-Thé était morte : on avait enterré son petit hier.

— Mais non, mais non, fit la voix calme du chirurgien. Elle a seulement pris un peu trop de comprimés. Tout va bien maintenant.

— Je viens.

Blanche raccrocha. Son cœur battait encore. Tout va bien... Il en avait de bonnes. Elle mit pied à terre et alla écarter le rideau. La nuit se faisait plus légère. C'était l'heure à laquelle elle aimait se lever, autrefois, quand elle dormait l'esprit en paix ses huit heures d'affilée. Se lever avec dans sa poitrine le ronronnement joyeux d'un moteur qui la poussait vers sa table à dessin.

Le moteur repartirait-il ? Depuis jeudi dernier, le jour du pigeon, chaque réveil avait été lourd, gris : oiseau de mauvais augure. Et l'enterrement de Jean-Lou n'avait rien résolu. Au milieu des roses qui recouvraient le cercueil — toutes celles du jardin de Marie-Thé — chacun avait pu lire un immense point d'interrogation.

Elle sortit dans le couloir. Aucun bruit du côté de chez Sophie. Apparemment le téléphone n'avait pas interrompu son sommeil, tant mieux ! On était mercredi, sa Fichini allait traîner au lit en grignotant des gâteaux, de préférence au chocolat, dont Blanche trouverait le souvenir sur sa couette. Et dire que je t'ai grondée pour ça alors que cela fait partie du quotidien d'une petite fille bien vivante, oh ma chérie, ma chérie...

Pas de douche à cause du bruit. Une brève toilette. Un café ? Non ! Plus tard, quand elle serait tout à fait rassurée pour Marie-Thé. Sur la table de la cuisine, sous le paquet de gâteaux... au chocolat, elle laissa un message : « *Je dois sortir, déjeune bien, à tout à l'heure, mon cœur.* »

Le genre de douceurs qu'elle aurait tant aimé trouver dans son enfance !

Roland l'attendait dans le hall de la clinique. Un hall élégant aux murs ornés de photos des quatre lacs dont l'établissement portait le nom. Le lac de Bonlieu n'en faisait pas partie : une chance pour la réputation de la maison. Le chirurgien avait les traits tirés, lui non plus n'avait pas dû trop bien dormir. Il retint quelques secondes la main de Blanche dans la sienne.

— Pardonnez-moi de vous avoir inquiétée. J'ai pensé que votre amie serait contente de vous trouver à ses côtés lorsqu'elle s'éveillerait. Le mari est KO. Heureusement qu'il s'est rendu compte de ce qu'elle avait fait.

— Vous avez parlé de comprimés, desquels s'agissait-il ? interrogea Blanche.

L'air surpris, Roland lui en cita le nom. C'était bien ceux que Thomas avait apportés l'autre soir à Marie-Thé et qu'elle avait refusé de prendre. Blanche se souvint de son cri : « Dormir ? Et puis quoi encore ! » À moins que ce ne soit pour toujours ?

— La totalité de la boîte, accompagnée de quelques verres de whisky. Pas assez pour nous quitter, mais suffisamment pour se rendre très malade. Nommons ça un appel au secours.

Il l'entraîna dans le couloir. La même odeur douceâtre partout. « Une odeur de piqûre », disaient les enfants. Pour Jean-Lou, la piqûre avait été mortelle.

— On lui a fait un lavage d'estomac, expliqua Roland. Elle vient de quitter la salle de réanimation. Ne vous laissez pas impressionner par la tuyauterie. Mais vous êtes une femme forte, n'est-ce pas ?

Blanche s'arrêta.

— Ne me dites jamais ça !

Il la regarda, surpris. Elle s'efforça de lui sourire.

— C'est une phrase que j'ai un peu trop entendue... quand j'étais petite et faible.

« Une grande fille... Une fille sur laquelle on peut compter... Une fille à la hauteur... » Quelle hauteur, bon Dieu ? Vous pouvez démolir un enfant en lui répétant qu'il est nul ; vous le chaussez de semelles de plomb en lui demandant d'être trop fort, trop haut pour lui. Entre un père du genre despote et une mère dépressive, longtemps Blanche n'avait pas su qui elle était.

Est-ce que je le sais seulement aujourd'hui ? se demanda-t-elle avec humour.

— Si vous le voulez bien, nous nous reverrons tout à l'heure, proposa Roland en la laissant à la porte de la chambre.

Marie-Thé avait les yeux ouverts. Son visage était livide, creusé. Blanche s'assit au bord du lit et prit la main reliée aux tuyaux. Comme son amie avait vieilli en quelques jours ! Il est vrai que plus personne ne lui demanderait si elle n'était pas, par hasard, la grande sœur de Jean-Lou.

Son regard appela Blanche ; elle remua les lèvres mais aucun son n'en sortit.

— Tu n'as pas besoin de parler, je sais, murmura celle-ci.

Les seuls mots que la soi-disant femme forte trouvait en elle étaient : « Je te comprends. Si une telle horreur était arrivée à Sophie, j'aurais fait pareil que toi. Et moi, je ne me serais pas ratée. »

Les larmes brûlèrent ses paupières. Voilà que je m'attendris sur moi-même, bravo ! N'était-ce que cela, la pitié ? S'émouvoir devant sa propre chance et donner un peu pour compenser ?

Elle garda la main de Marie-Thé serrée dans la sienne jusqu'à l'arrivée du mari, pardon, de l'ex, accompagné par la mère de son amie.

Alors que Blanche quittait la chambre, elle tomba sur Thomas. L'anesthésiste achevait de boutonner sa blouse. Sous les lunettes, le regard était anxieux.

— Roland m'a appris ce qui s'était passé. Comment va-t-elle ?

— Elle s'en tirera.

Blanche avait failli dire : « pour cette fois », mais cela aurait été cruel. Thomas ne devait pas ignorer que c'était avec les comprimés qu'il avait laissés à Marie-Thé que celle-ci avait lancé son appel au secours et sans doute se le reprochait-il.

Il avait l'air si malheureux qu'elle posa la main sur son bras. Aussitôt, il la recouvrit de la sienne. Son regard gris l'interrogeait. Souvent, Blanche avait eu l'impression qu'il n'attendait qu'un signe d'elle pour se déclarer. Signe qu'elle était bien décidée à ne jamais lui donner ; elle n'éprouvait pour lui que de l'amitié.

Elle retira sa main et Thomas détourna la tête avec une expression qui la surprit : farouche ?

— Viendrez-vous cet après-midi ? demanda-t-il d'une voix brusque.

Tout d'abord, elle ne comprit pas sa question, puis elle se souvint. Aujourd'hui était son jour de dessin avec les jeunes malades. La « fée du mercredi », comme disait Roland. Comme fée, tu peux aller te rhabiller... en noir, pensa-t-elle.

— Bien sûr que je viendrai ! Il n'y a pas de raison. Les pauvres petits...

L'anesthésiste eut un soupir. De soulagement ? Blanche ne comprit pas pourquoi, avant de disparaître dans la chambre de Marie-Thé, il lui dit « merci ».

14.

« Nous nous verrons plus tard si vous voulez bien »,
avait dit le chirurgien à Blanche. Mais à la réception,
on lui apprit qu'il était sorti.

Huit heures quinze. Elle était restée presque une
heure avec Marie-Thé. Il avait dû se lasser d'attendre.
Elle décida de rentrer.

Le ciel avait pris le deuil avec une journée de retard :
gris plombé alors qu'hier il était d'azur et d'or.
Blanche se dirigeait vers son vélo lorsque la voiture du
chirurgien pénétra dans la cour. Il vit la jeune femme
et s'arrêta non loin d'elle.

— J'ai failli vous manquer, dit-il en sortant de son
véhicule. Comment avez-vous trouvé votre amie ?
Vous a-t-elle parlé ?

— Pas un mot, reconnut Blanche. Je l'ai laissée en
famille. Eux, réussiront peut-être mieux que moi.

Voici qu'à nouveau elle s'attendrissait sur elle ! Si
malheur lui arrivait, quelle famille viendrait la secou-
rir ? Elle n'avait plus personne. Si ! Sophie et Myriam,
quand même. Roland consulta sa montre.

— Je parie que vous n'avez pas pris de petit déjeuner. Et, à la vérité, moi non plus. Je peux vous inviter ?

Un café, un grand, un bouillant café-crème...
Blanche se rendit compte qu'elle en avait une envie
féroce. Un grand crème, en compagnie. Elle sourit au
chirurgien.

— C'est d'accord, mais pas ici. Je n'aime pas trop
les odeurs. Et c'est moi qui vous invite sur mon territoire. Vous connaissez « Chez Myriam » ?

— J'en ai entendu parler. Il paraît que les odeurs
sont bonnes.

— Le café aussi. Et avec un peu de chance, les
croissants seront chauds.

— Alors allons-y.

Il désigna sa voiture : « Je vous emmène ? »

— Non merci, je suis motorisée, répondit Blanche en enfourchant sa bicyclette.

Il la suivit sans chercher à la dépasser. Elle s'amusa de constater qu'une file de véhicules se formait derrière eux, les conducteurs n'osant klaxonner en raison de l'heure. Et voici comment tu mérites ton nom de « petite reine », confia Blanche à son vieux vélo. Elle avait renoncé à la voiture en s'installant à Saint-Rémi. Tout bénéfice puisqu'à chaque fois qu'elle en avait besoin, Myriam lui prêtait son antique deux-chevaux.

Sophie était attablée dans la grande salle du café — l'arrière-salle, plus tranquille, étant réservée aux devoirs et leçons du soir. Elle savourait tartines beurrées et chocolat mousseux en regardant un dessin animé à la télévision. Évidemment, là-haut il n'y avait pas de poste à la cuisine. Et Myriam ne savait rien lui refuser.

Blanche présenta Roland à sa fille qui daigna abandonner un moment le spectacle pour lui dire bonjour.

— Je te connais, constata-t-elle. Tu es le monsieur qui opère. Je t'ai vu le mercredi quand je vais à la clinique avec maman.

Sophie accompagnait volontiers Blanche aux Quatre Lacs. Visite des plus intéressée car elle passait le temps de la leçon dans la salle de jeu de l'établissement, abondamment pourvue en matériel vidéo. Blanche espéra qu'elle viendrait avec elle cet après-midi.

— Pas je « T'AI » vu, je « VOUS » ai vu, corrigea-t-elle sa fille.

— Laissez, c'est un honneur ! protesta Roland en portant la main de Sophie à ses lèvres.

Celle-ci laissa échapper un rire. Quand elle riait, deux fossettes se creusaient dans ses joues et à chaque fois Blanche se retenait d'y poser la bouche, là, juste dans le petit trou. Ce matin, ce fut encore plus difficile. Ce n'était pas de brioches ou de croissants qu'elle avait faim, mais de l'amour et de la gaieté de sa Fichini.

Myriam vint prendre la commande : café pour Roland et grand crème pour Blanche. Elle eut la bonne idée d'éteindre la télévision et, après les avoir servis, ne résista pas au plaisir de s'attabler avec eux. Blanche enviait parfois l'aisance de la restauratrice. Le pape serait entré qu'elle l'aurait reçu avec la même simplicité : « Alors, Saint-Père, comment ça va au Vatican ? »

Blanche la mit au courant pour Marie-Thé, minimisant les faits en raison de la présence de Sophie. Comme tous les enfants de la ville, celle-ci avait été très choquée par le drame. D'autant qu'elle connaissait Jean-Lou et avait tendance à le snober : un petit ! Heureusement, elle acceptait d'en parler. Pas le genre à se refermer sur sa peine comme une que Blanche connaissait bien...

— Vous avez opéré un cousin à moi, apprit Myriam au chirurgien. Il ne jure que par vous. Savez-vous la question que tout le monde se pose à votre sujet ?

— Une question ?

— Comment se fait-il que vous soyez venu vous enterrer dans un trou comme Saint-Rémi alors qu'il paraît qu'on manque de chirurgiens partout ?

Roland sourit.

— Et si c'était justement le trou qui m'avait attiré ? Un calme trou de verdure et un mi-temps à la clinique qui me permet d'écrire un livre qui me tient à cœur.

— Tu es comme maman, intervint Sophie en relevant le nez de son bol de chocolat. Avant, on était à Paris et elle aussi est venue pour la verdure. Sauf qu'elle n'écrit pas des livres, elle les dessine.

— On m'a raconté ça, répondit Roland. Et toi, Sophie, que fais-tu de beau ?

Une flamme malicieuse passa dans les yeux de la petite et Myriam sut ce qu'elle allait répondre ; elle adressa un signe de connivence à Blanche.

— Moi, je m'intéresse aux extraterrestres. Un jour,

j'aurai un site pour écouter le ciel, déclara-t-elle comme elle aurait dit : « Je m'intéresse aux robes, aux poupées ou aux fraises. »

Les extraterrestres étaient le test inévitable auquel Sophie soumettait tous ceux qui essayaient de gagner son amitié. Et ils étaient nombreux à courtiser cette jolie petite fille qui chaque soir vidait son cartable dans l'arrière-salle du café ! Parfois un peu trop nombreux et empressés au goût de Myriam...

De la réaction de l'interlocuteur au projet de Sophie dépendait son sort. S'il avait le malheur d'en rire, voire d'en sourire, il était définitivement rayé de son répertoire.

Roland garda tout son sérieux. Il but quelques gorgées de café sans quitter Sophie des yeux avant de lui poser une question qui dut le placer au top de son estime.

— Tu crois donc que nous ne sommes pas seuls dans l'Univers ?

— Évidemment, répondit-elle. Pas toi ?

— Il m'arrive de l'espérer.

— Alors tu peux être rassuré, affirma la petite. Et c'est Blanche qui retint son rire tant le ton était péremptoire.

Un homme entra dans la salle. La trentaine, jean, blouson de cuir, sac à l'épaule. L'allure décontractée du Parisien, l'œil inquisiteur du journaliste. Les Saint-Rémois avaient appris à reconnaître ceux-ci. La plupart étaient repartis hier après l'enterrement.

Myriam se leva avec un soupir.

— Pour le calme trou de verdure, ce n'est plus tout à fait ça et on voit débarquer de drôles d'extraterrestres, remarqua-t-elle en montrant du menton le nouveau venu.

Ses joues s'empourprèrent : « Vivement qu'on pince ce salaud et qu'on n'en parle plus. »

— Le plus tôt sera le mieux ! approuva Roland.

Exactement ce que j'avais dit à Charles, pensa
Blanche et son appétit disparut.

Myriam alla s'occuper de son client. Roland acheva
son croissant. Blanche s'apprêtait à lui demander quel
livre il écrivait lorsque le portable de celui-ci sonna
dans sa poche. Après s'être excusé, le médecin se leva
pour aller répondre quelques mètres plus loin. Devant
tant de courtoisie, Sophie resta bouche bée.

Il sait donner de l'importance aux enfants, approuva
Blanche : une question de confiance. Moi, je suis une
mère trop inquiète. Elle aurait voulu Sophie à l'abri de
tout, de la violence à la télé ou ailleurs, de la drogue,
du sexe pratiqué trop tôt. Elle avait espéré qu'à Saint-
Rémi...

La conversation téléphonique fut brève. Après avoir
éteint son appareil, Roland revint vers elles.

— Hélas, le devoir m'appelle, soupira-t-il. Je serais
bien resté plus longtemps en si délicieuse compagnie.
Me permettrez-vous de rendre l'invitation ?

Il leur serra la main à chacune. Sophie le suivit des
yeux, comme il se dirigeait vers la porte. Puis son
regard revint vers sa mère, sévère.

— Lui, je suis sûre qu'il a Internet, déclara-t-elle.

Blanche dessinait. Des illustrations pour un livre
destiné aux petits, qui devait paraître avant les fêtes.
Elle s'était engagée à rendre son travail au plus tard
fin octobre : dans un mois.

Le sujet était des plus classique mais les enfants ne
s'en lassaient pas. Une poupée qui prenait vie la nuit
et entraînait la fillette qui la possédait dans de folles
avenures.

L'aventure, tous en redemandent et plus c'est horrible, plus ils aiment ça, remarqua-t-elle. À condition
que cela finisse bien, évidemment. Elle revit les yeux
brillants de Sophie parlant de ses chers extraterrestres.
Elle était persuadée que ceux-ci étaient des êtres bien-

faisants, soucieux d'aider les Terriens. Aussi dédaignait-elle tout ce qui était « guerre des étoiles ».

Blanche aligna sur sa table quelques crayons aux couleurs tendres. L'histoire de la poupée magique serait lue aux enfants avant qu'ils ne s'endorment, aussi la voulait-elle couleur de rêve et non de cauchemar. Elle avait longuement hésité entre crayons de couleur et pastels. Pour finir par se décider en faveur des crayons-aquarelle, solubles dans l'eau. Cette technique lui plaisait.

Elle commençait à s'immerger dans son sujet lorsqu'on sonna à sa porte. C'était le client du café.

Et il était bien journaliste !

— Julien Manceau, se présenta-t-il, et il cita la radio dont il était l'envoyé. Accepteriez-vous de bavarder un moment avec moi ?

La contrariété emplit Blanche. Qui l'avait autorisé à monter : Myriam ?

— Je n'ai rien à vous dire, répondit-elle sèchement.

— Je ne serai pas long, insista-t-il. J'ai appris que Jean-Lou était l'un de vos élèves en dessin et j'ai pensé...

Submergée par l'indignation, Blanche ne le laissa pas terminer.

— Qui vous permet de l'appeler Jean-Lou ? Vous le connaissiez ?

Et, profitant de la surprise du journaliste, elle lui claqua la porte au nez.

15.

— Tu es en retard ! reprocha Sophie à Thomas en lui faisant les gros yeux.

L'anesthésiste eut un rire bref. Il venait de rejoindre

la fillette dans la salle réservée aux jeunes malades de la clinique, une salle qui aurait fait l'envie de n'importe quel établissement hospitalier : télévision, magnétoscope, lecteur de disques, livres...

— Figurez-vous, mademoiselle l'impatiente, qu'il m'arrive de m'occuper de mes patients... Veuillez néanmoins accepter mes excuses.

— C'est que maman est là depuis presque une heure, alors on n'a plus beaucoup de temps, expliqua gravement la fillette.

Thomas désigna deux enfants penchés sur des cassettes vidéo.

— Tu ne manquais pas de compagnons de jeu en m'attendant.

— Jouer... lâcha Sophie dédaigneusement.

Thomas savait bien que ce n'était pas ce qu'elle venait chercher ici.

Elle le suivit jusqu'à la porte qui menait à ce qui était pour elle la pièce magique. Il l'ouvrit avec une clé attachée à son trousseau. Cette petite pièce, contiguë à la salle de jeu, était interdite aux enfants non accompagnés. S'y trouvait la merveille des merveilles : Internet. Quelques volontaires, parmi le personnel de la clinique, prenaient sur leur temps pour initier à la souris les malades qui n'avaient pas d'ordinateur chez eux et guider sur le Web les apprentis internautes.

Sophie avait dû revenir cent fois à la charge avant que Thomas accepte de l'y emmener. Les enfants « de l'extérieur » ou autres visiteurs n'étaient pas censés utiliser le matériel de la clinique. Et Thomas n'ignorait rien de l'aversion de Blanche pour Internet. Il avait fini par céder contre la promesse que Sophie garderait le secret.

« Comment maman peut-elle penser qu'Internet serait mauvais pour moi ! » regretta-t-elle en s'installant devant l'écran tandis que Thomas branchait la ligne. Si au moins elle acceptait d'essayer, mais non, même pas. Blanche se braquait. Elle assurait en outre que cela lui coûterait trop cher. Comme si on pouvait penser aux sous quand il était question d'espace !

La machine ronronna. Thomas vint s'installer près d'elle.

— Un petit tour du côté d'Hacuna Matata ?

Sophie acquiesça. Hacuna Matata : le premier site que Thomas lui avait fait visiter. Un site sur les animaux sauvages. C'était surtout les petits qui le fréquentaient. Ça l'amusait de lire leurs messages où souvent il y avait des fautes d'orthographe pas croyables. Il leur arrivait aussi de s'engueuler.

Tandis que la formule du Roi Lion s'affichait, une musique exotique emplit la petite pièce. Avec le son, c'était encore mieux. Le jour où elle créerait son propre site, elle choisirait une musique mystérieuse, d'étoiles lointaines, une espèce de bourdonnement doré.

— Voyons ce qu'ils se racontent aujourd'hui, décida-t-elle.

Elle cliqua à la recherche du forum de discussion. Derrière son épaule, elle entendait la respiration de Thomas. Il respirait toujours un peu fort comme ça. N'empêche qu'il était formidable de lui permettre de se servir d'Internet bien que ce soit interdit. Et Roland aussi, elle l'avait trouvé formidable, ce matin.

Une idée la traversa.

— Est-ce que Roland vient ici avec les enfants ? demanda-t-elle à Thomas.

— Tu l'appelles Roland, maintenant ? s'étonna-t-il d'une drôle de voix, comme s'il était jaloux. Je n'en sais rien. En tout cas, je ne l'y ai jamais rencontré.

Sophie eut un soupir de regret : dommage ! Peut-être aurait-il accepté lui aussi de lui ouvrir la porte de la pièce magique.

Aujourd'hui, il y avait peu de messages : un dénommé Bambi, un Tarzan... Ce qui l'amusait également, c'était de découvrir les pseudos des participants, certains carrément débiles. Et bien sûr, il y avait Mowgli, ça, elle aimait bien : le nom du héros du *Livre de la Jungle*, le petit garçon élevé par les loups.

À chaque fois que Sophie venait sur le site, elle était sûre de l'y trouver. Il prétendait posséder un singe super intelligent, un capucin, et les autres ne le croyaient pas.

Comme d'habitude, il râlait : « Pourquoi vous me répondez plus. Répondez, répondez. »

— Le pauvre, compatit Sophie à haute voix. Est-ce que je ne pourrais pas lui laisser un message ? Juste un tout petit ? « Moi, je te crois pour ton singe. Dis-moi où on peut lui serrer la pince. »

Thomas ne répondit pas tout de suite. Il téléphonait au fond de la pièce. L'embêtant, avec Thomas, c'est qu'il téléphonait tout le temps. Et, lui, ne s'excusait pas comme Roland.

Il revint vers elle.

— Non, dit-il sévèrement. Tu le sais très bien, Sophie. Pas de message.

En elle-même, elle sourit. Eh oui, elle le savait. « Te laisser regarder est une chose, te permettre de participer, une autre », lui avait expliqué Thomas et elle avait compris que, sur ce point, il serait inutile d'insister. Ce qui ne l'empêchait pas d'essayer à chaque fois rien que pour voir.

Elle quitta le forum. Thomas revenait vers elle.

— Est-ce que les parents connaissent les pseudos de leurs enfants ? l'interrogea-t-elle.

— Tu sais bien que non. C'est top secret !

Sophie apprécia. Quand elle aurait choisi le sien, elle n'aimerait pas que sa mère ou Myriam le connaissent. Ce serait une chose qui n'appartiendrait qu'à elle.

— Je connais un truc top secret sur maman, annonça-t-elle soudain.

— Si c'est top secret, tu ne dois pas le dire.

Elle hésita quelques secondes, puis se lança.

— Maman a une phobie. Si un oiseau s'approche trop près, ou un papillon, surtout un papillon de nuit, ça la paralyse complètement.

— Et elle ne se soigne pas ? s'étonna Thomas.

La petite le regarda d'un air sévère : « Toi qui es docteur, tu sais bien qu'une phobie ne se soigne pas. On l'a pour toute sa vie.

— Tu as raison, approuva-t-il. Je suis un docteur nul. »

Sophie éclata de rire. Elle aimait vraiment beaucoup Thomas. Parfois, il avait un visage tout gris ; on aurait parié qu'il allait pleurer ou se mettre en colère. Mais pas du tout ! L'instant d'après, il plaisantait. Comme aujourd'hui.

— Est-ce que tu as des enfants à toi ? lui demanda-t-elle. Est-ce que tu es un papa ?

À nouveau, le visage de Thomas se ferma.

— Oui. Mais ils ne vivent pas avec moi.

— C'est leur maman qui a la garde ?

— C'est presque toujours les mamans qui ont la garde, répondit-il sombrement.

— Et pourquoi ça ?

— Parce qu'elles portent les bébés dans leur ventre.

Il regarda sa montre et éteignit l'ordinateur.

— Déjà ! s'exclama Sophie. On n'est même pas allés sur le site des extraterrestres.

— Une autre fois, répondit Thomas. Aujourd'hui, nous n'avons plus le temps. Ça t'apprendra à bavarder comme une pie. Dans un petit quart d'heure, ta maman va venir te chercher. As-tu vraiment envie qu'elle te trouve ici ?

Elle quitta son siège, résignée. Si Blanche la trouvait là, nul doute que c'en serait fini de leurs petites virées sur le Web. Ils revinrent dans la salle de jeu. Deux enfants s'amusaient bruyamment. Il mit un doigt sur ses lèvres.

— Secret pour secret, je ne dirai rien pour la phobie, promit-il tout bas.

À la porte, Sophie se haussa sur la pointe des pieds.

— Un bisou qui claque, réclama-t-elle.

Le cœur serré, Thomas se pencha sur sa joue. Elle sentait l'enfant en bonne santé, la vie en éclosion. Comment la joie pouvait-elle être en même temps si douloureuse ?

D'un geste rageur, petit Paul stoppe son ordinateur. Rien ! Aucun message pour lui, aucune réponse à ses appels. La déception l'emplit, forme une grosse boule dans sa poitrine. Déception, inquiétude aussi. Depuis que Simba est venu, le dialogue est rompu.

L'enfant a réfléchi. Il sait que Zazou et Simba habitent la même ville : Saint-Rémi. Il a également appris que c'était à côté de celle-ci que son père le cachait. Oh, ce n'est pas papa qui le lui a dit : « Le moins tu en sauras, le mieux ce sera pour nous. » Petit Paul l'a lu sur un morceau d'enveloppe oublié par son père un jour où il faisait son courrier près de lui. « Par Saint-Rémi », « par », ça veut dire tout près.

Et si Zazou et Simba se connaissaient ? Si Simba avait raconté à Zazou que ça s'était mal passé ici ? Qu'il était infirme et qu'il avait l'air d'une fille !

Voilà une semaine qu'il est venu. Non ! Un peu plus d'une semaine : mercredi dernier, mercredi soir. « Il est important que tu saches quel jour on est, quelle heure aussi. Tu ne dois pas avoir lâché le fil du temps quand tu sortiras. Bientôt. »

C'est quand : bientôt ? Les spéléologues qui s'enferment sous la terre perdent le fil du temps. Lui aussi. Bientôt, ça ressemble à jamais.

L'enfant manœuvre son fauteuil, s'approche du soupirail. À cette heure, on ne voit plus rien. On n'entend même plus les pigeons, rrou, rrou... Un soir, papa l'a emmené jusqu'au pigeonnier. Petit Paul aurait bien voulu donner à manger aux pigeons, mais c'était impossible. C'est presque toujours impossible. Et depuis que Simba est venu, papa ne le sort plus jamais. Bientôt, toujours, jamais. Tout ce que petit Paul peut distinguer en se penchant et renversant la tête, ce qui lui fait mal au dos, ce sont des troncs d'arbre, des sapins comme là-bas.

Là-bas.

Petit Paul n'est plus certain d'aimer mieux ici que là-bas. Au début, il a été content, mais ça dure trop longtemps. Parfois, il a peur que papa ne le laisse plus jamais sortir, d'être enfermé là pour toujours. Toujours, jamais. Là-bas, il y avait des gens, d'autres enfants comme lui, des infirmières, des docteurs, parfois mother qui lui disait que papa était dangereux et qu'il valait mieux qu'ils ne se voient pas trop.

« Ta maman a eu un accident. Elle est près du bon Dieu. »

« Simba n'a pas voulu rester avec toi. Il est parti pour toujours. »

Parti près du bon Dieu ?

Petit Paul se bouche les oreilles, mais le cri gonfle dans son cou et l'étouffe. Si tu cries, personne ne t'entendra. Papa a posé un carreau en plus du grillage sur les soupiraux. Le grillage, c'était après la tentative d'évasion de Mister Chance. Le carreau, depuis Simba. Il crie quand même et la solitude lui répond. Alors, il appuie sur le bouton qui le relie à papa. « Seulement en cas d'urgence. » C'est urgent, il n'en peut plus, ici, c'est encore plus une prison que là-bas.

À son cri, Mister Chance s'est précipité vers le réfrigérateur. Le voilà qui saute sur ses genoux et lui met dans la main une bouteille de jus de fruit en le fixant de ses yeux jaunes et faisant des bruits de baiser pour réclamer une récompense.

— Je ne t'ai rien demandé, idiot ! Et tu as oublié ma paille.

Petit Paul repousse son singe et lance la bouteille contre le mur. Mister Chance n'intéresse plus Zazou. Zazou ne demande plus à le voir : « une photo de lui avec toi ». Pourquoi papa met-il tellement de temps à venir ? Et s'il ne revenait plus jamais ? S'il restait là tout seul toujours ?

— Mister Chance !

Le singe ne répond pas. Il boude devant la maison des fourmis : une grande maison en plastique, posée sur une table, que papa a rempli de terre. On peut voir les fourmis creuser leurs galeries. La reine est deux fois plus grosse que les ouvrières. Les fourmis sont le plat favori de Mister Chance, sa suprême récompense. C'était une surprise pour Zazou. Il l'aurait laissé lui en donner. Zazou serait resté, lui. Il n'aurait pas crié comme l'autre. Mais papa refuse de le lui amener.

Le visage mauvais, petit Paul tourne son fauteuil face à la table. « Tu en veux, c'est ça ? » « Tu en veux ? » crie-t-il au singe. Il prend son élan et lance le siège vers la maison des fourmis. Alors qu'il heurte le meuble, celle-ci vacille. Mister Chance fait des bonds en protestant violemment : « Nion, nion ». Petit Paul rit. Et en arrière... et en avant... La fourmi est un être social : elle ne peut vivre seule. Seule, une fourmi n'est rien. Seul, un enfant n'est rien. La table bascule. Dans la maison, c'est la panique. Les insectes dégringolent les uns sur les autres, les galeries s'effondrent. Et en arrière... et en avant... Le singe hurle, petit Paul applaudit, la porte s'ouvre et son père se précipite.

— Mais arrête, que fais-tu ?

— Je veux Zazou ! hurle l'enfant. Je veux Zazou ! Je veux Zazou !

16.

Francis Müller regarda le journaliste assis en face de lui et il ne put réprimer un soupir. Il ne lui manquait plus que celui-là ! Manceau, Julien Manceau, le frère de la petite Nina, sept ans, disparue à Lyon. Il y avait combien d'années déjà ?

— Vingt ans et des poussières, précisa Julien.

Comme il aurait dit : vingt ans et des cendres...

Celles de la fillette qui n'avait jamais été retrouvée. Celles du temps qui passe, d'une enquête mal débutée.

Rarement enfant avait été recherchée avec autant de constance, d'acharnement. On avait pu voir, affiché partout, tant en France qu'à l'étranger, le déchirant sourire de Nina à la vie. Il restait au cœur de tous les policiers comme une frustration, un échec. Même à celui de Müller qui, tout nouveau dans la carrière, n'avait pas eu à s'en occuper.

Peut-être Nina avait-elle été assassinée, et cela le jour même de sa disparition, son corps caché là où on ne le retrouverait jamais. Peut-être était-elle livrée à la prostitution dans un pays lointain. Des deux hypothèses, tout le monde, y compris les parents, préféraient la première. Pour pouvoir se dire : elle ne souffre plus et pour nous tant pis !

Si Francis Müller soupirait en regardant Julien Manceau, c'est que sa réputation était venue jusqu'à lui. Partout où un enfant disparaissait ou était tué, le journaliste faisait en sorte d'être envoyé. Il connaissait parfaitement le dossier concernant sa sœur et savait que trop de temps avait été perdu au début de l'enquête. On aurait dit qu'il voulait éviter que pareille chose se reproduisît.

Finalement, il aurait mieux fait d'entrer directement dans la police... pensa Müller avec ironie.

— J'ai appris que le juge d'instruction vous avait

donné les pleins pouvoirs, commença Manceau. Commission rogatoire générale. Félicitations !

— Je vous remercie. En ce qui vous concerne, je suppose que vous avez l'intention de rester quelque temps à Saint-Rémi ?

— Ma radio m'y a autorisé.

Rien d'étonnant ! Julien Manceau était un envoyé spécial exceptionnel. On pouvait compter sur lui pour dénicher la petite bête, mettre les auditeurs dans le coup. Sans forcément connaître son histoire, ceux-ci le sentaient personnellement concerné.

— Vous savez sans doute quel marché je vais vous proposer, poursuivit le commissaire, résigné.

Avec les journalistes, il avait sa tactique qui, jusque-là, ne lui avait pas trop mal réussi. Certains policiers les envoyaient paître, pas lui. Puisque de toute façon, ils mettraient leur nez partout, exploiteraient la moindre fuite et... parleraient. Autant limiter les dégâts.

— Dans la mesure du possible, vous serez tenu au courant des progrès de l'enquête. En échange, je vous demanderai de ne pas gêner celle-ci. Vous connaissez aussi bien que moi la fragilité des témoignages et les dégâts considérables que peuvent causer des informations trop tôt divulguées.

— Dans la mesure du possible, je souscris au marché, répondit Julien avec humour.

— Voulez-vous un café ? proposa Müller.

— Avec plaisir.

Le maire avait fait installer une machine dans le bureau du commissaire. Un brave homme, ce maire, discret, disponible, atterré par ce qui était arrivé. Tout en préparant le café, Müller calcula l'âge de Manceau en se fondant sur celui qu'aurait eu Nina. Elle, vingt-sept ans. Lui, une bonne trentaine. Il gardait sur le visage quelque chose d'un tout jeune homme, comme s'il se fût retenu de vieillir pour ne pas abandonner sa petite sœur à qui un barbare en avait volé la possibilité.

Le commissaire lui porta sa tasse puis reprit place derrière son bureau avec la sienne.

— Alors, où en sommes-nous ? demanda le journaliste.

Le « nous » tira une grimace au policier.

— Nulle part, répondit-il simplement. Aucun début de début de piste.

Il avait mis une dizaine d'hommes sur l'affaire, expliqua-t-il à Julien. Ceux-ci avaient bouclé le premier cercle : famille, amis, personnel de la clinique, toute personne ayant approché l'enfant le jour de sa disparition. Sans résultat. Ils attaquaient à présent le second cercle : voisinage, habitations situées autour du lac de Bonlieu, voitures aperçues dans les environs, la veille et le jour du drame. Par ailleurs, à Besançon qui servait de base arrière à l'équipe, les dossiers d'enlèvements ou meurtres d'enfants dans le département étaient ressortis. On s'intéressait également au milieu pédophile et aux sectes...

— Je ne peux rien vous offrir de plus pour l'instant, déplora le commissaire.

— Si ! rétorqua Julien. Votre opinion personnelle.

Müller hésita.

— Ma parole que cela restera entre nous, assura le journaliste.

— Eh bien, je ne m'étais jamais trouvé devant un cas pareil. Et pourtant j'en ai vu passer quelques-uns. L'individu enlève un enfant, il ne lui fait aucun mal, il ne le garde que quelques heures avant de le tuer, probablement dans son sommeil.

— Comment pouvez-vous savoir ça ? l'interrompit Julien.

— Les analyses sur la lividité cadavérique indiquent que le petit a été tué alors qu'il était couché en chien de fusil : la position habituelle d'un enfant qui dort. Sous son arbre, on l'a trouvé étendu sur le dos, on pourrait ajouter : « soigneusement ».

— Bref, un meurtre en douceur, conclut le journaliste d'une voix crispée. Un cinglé ?

— Probablement. Mais diaboliquement habile, parfaitement organisé, sachant faire les piqûres et connaissant la clinique.

— Vous n'avez vraiment rien trouvé de ce côté ?

— Rien ! Nous avons tout vérifié et revérifié.

Müller acheva son gobelet de café. De grosses rides barraient son front.

— Et pour le cinglé, ça ne colle pas non plus, reprit-il. En général, ceux-ci laissent une empreinte, une marque maison, si vous préférez. Le « gratuit » n'existe pas vraiment. Personne n'agit pour rien du tout. Dans cette affaire, le « pourquoi » est la grande question. Pourquoi Jean-Lou a-t-il été enlevé et tué ? Et pourquoi lui et pas un autre ?

— Comment espérez-vous y répondre ? demanda Julien.

— Un signe... C'est ce que nous cherchons. Le détail qui trahira l'assassin. Vous savez que l'on peut poireauter des jours et des jours, quand ce ne sont pas des semaines, ou davantage, et puis ce signe, souvent infime, ancien ou nouveau, nous met sur la piste.

— Souhaitons que ce ne soit pas une prochaine victime qui vous le fournisse !

— Sachez que nous y pensons tous.

— Ce signe, remarqua amèrement le journaliste, nous ne l'avons jamais eu pour Nina ; ou peut-être était-il là et la police n'a pas su le voir.

Müller ne répondit pas. Il n'avait pas à se justifier. Ses hommes et lui ne négligeaient rien.

— Avez-vous interrogé une certaine Blanche Desmarest ? demanda soudain Manceau.

— Le professeur de dessin ? Bien entendu, répondit Müller. Elle avait vu longuement l'enfant la veille du meurtre. Une femme peu commode et qui ne m'a pas caché... une forte antipathie pour ma personne.

— Consolez-vous, je n'ai pas été mieux loti, constata Julien avec un rire. Hier, elle m'a bel et bien claqué la porte au nez.

— Et qu'en attendiez-vous ? demanda le commissaire, intrigué.

— Elle enseignait le dessin à Jean-Lou et vous savez combien un dessin d'enfant peut être révélateur. J'aurais souhaité étudier avec elle les dernières œuvres de son élève. Sans compter que c'est une artiste et les artistes ont du nez.

— Le moins que l'on puisse dire est qu'elle ne l'a guère montré avec moi, remarqua Müller avec amertume. Sinon, au lieu de me regarder comme un tortionnaire, elle aurait deviné que je détestais cette enquête. Depuis que j'ai deux enfants, des petits en plus, je prie chaque jour le Ciel pour qu'il ne m'envoie pas... une affaire telle que celle-ci.

— Alors nous allons faire du bon travail, constata Julien.

Et, cette fois encore, Müller n'apprécia pas vraiment le « nous ».

17.

Oui, les enfants avaient ri, ri et même applaudi lorsque jeudi dernier, jour de la disparition de leur camarade, Blanche avait affiché au mur de la classe le dessin de celui-ci. Il fallait reconnaître qu'il était complètement raté : sans la large queue fournie, on aurait pensé davantage à un ours qu'à un singe.

Elle regarda, en bas de la feuille, la touchante signature de Jean-Lou. Sans doute était-ce à cause de celle-ci, qui contenait en germe celle de l'adulte qu'il ne deviendrait jamais, que Blanche avait décidé de laisser le dessin au mur. L'en retirer aurait été une trahison et une lâcheté : « Tu nous fais trop mal. Pardon, mais on ne veut plus te voir. » Elle espéra que la directrice, poussée par certains parents, ne le lui demanderait pas. On protégeait tellement les enfants aujourd'hui. Elle la première, avec Sophie.

Ses élèves firent une entrée bruyante dans la salle et vinrent se grouper autour d'elle pour admirer leurs œuvres. Pratiquement tous les animaux sauvages étaient représentés. La semaine prochaine, premier jeudi d'octobre, on choisirait ceux qui auraient l'honneur de figurer sur la B.D. Ne doutant de rien, Jean-Lou espérait que son dessin en ferait partie. Un rire plein de larmes envahit la poitrine de Blanche : aucune chance, mon pauvre chéri, vraiment aucune.

Elle frappa dans ses mains. « Allez, chacun à sa place, s'il vous plaît. » Les enfants obéirent. Moins un : le petit Charles Laurent dont le dessin de singe, lui très réussi, était également affiché. Mais c'était celui de Jean-Lou que Charles regardait. Blanche se souvint de leur brève conversation lors du dernier cours. Elle hésita puis se lança :

— Est-ce que c'est un capucin, comme le tien ? demanda-t-elle à l'enfant en lui montrant le singe de son ami.

Charles s'éclaircit la gorge.

— C'est Mister Chance, répondit-il d'une voix enrouée. Jean-Lou avait très envie de le connaître.

— Parce qu'il existe vraiment ? s'étonna Blanche.

— On n'est pas tout à fait sûrs, répondit Charles. Il dit qu'il l'a, mais c'est peut-être pour se vanter.

— Qui : il ? interrogea la jeune femme.

Soudain, les larmes jaillirent des yeux du petit. Il lui tourna le dos et courut à sa table. Personne n'avait osé prendre la place de son ami près de lui ; il enfouit sa tête dans ses bras.

Nulle, je suis nulle, se reprocha Blanche. Pourquoi

lui ai-je parlé du dessin de Jean-Lou ? C'était la dernière chose à faire. J'aurais plutôt dû lui proposer de
m'aider à choisir ceux qui figureraient sur la bande
dessinée : une belle occasion manquée !

Le cours se termina sans qu'elle se soit pardonnée.
Et, en quittant la classe, elle n'était plus certaine
d'avoir eu raison d'afficher le croquis de Jean-Lou.
Aucune suite dans les idées !

Le ciel non plus.

Bleu, le jour de l'enterrement, gris plombé hier lorsqu'elle s'était rendue à la clinique pour voir Marie-
Thé, il était couleur feuille d'or, lorsqu'elle se retrouva
dans la rue.

Sur le trottoir, face à l'école, elle reconnut le journaliste qui était monté chez elle la veille. L'attendait-il ?
Un qui avait de la suite dans les idées ! Mais toute
colère contre lui avait quitté Blanche après que
Myriam lui eut expliqué qui il était : un éclopé de la
vie, un de plus ! Le frère d'une petite fille disparue
dont on n'avait jamais retrouvé la trace. Myriam se
souvenait très bien de l'affaire, Blanche, pas du tout.
Il faut dire qu'à l'époque elle était aux Beaux-Arts et
ne pensait qu'à réussir ses examens.

Le journaliste la fixait sans bouger et elle eut la certitude que cette fois, il ne s'imposerait pas. Elle hésita.
Si elle l'avait croqué, comment l'aurait-elle représenté ? Question-manie chez elle. Elle trouva sans peine :
un funambule sur son fil. Et pas si assuré que ça, le
funambule. En risque de dégringoler.

Cette image la décida : elle traversa la rue et lui
tendit la main.

— Pardonnez-moi pour hier, mais on est tous à
cran, remarqua-t-elle. Impossible d'encaisser ce qui est
arrivé.

— Il ne manquerait plus qu'on encaisse ! riposta-
t-il.

— Autre chose, poursuivit Blanche, je ne sais pas

ce que vous attendez de moi, mais j'ai déjà raconté
trente-six fois tout ce que je savais. À la mère de Jean-
Lou, aux gendarmes, au commissaire Müller, et je n'ai
aucune envie de recommencer. Je n'ai rien vu, rien
remarqué, seulement un petit garçon qui avait hâte de
refaire du skate-board. Et si vous voulez savoir, à
chaque fois que j'en vois un sur une planche, ça me
brise le cœur.

Tout en parlant, elle s'était mise à marcher. Julien
lui emboîta le pas. Comme la première fois qu'il l'avait
vue, le jour de l'enterrement, le temps était superbe et
la beauté du ciel à la fois consolation et offense. Et
Blanche était bien telle qu'il l'avait imaginée : une
petite boule d'émotion vive et d'entêtement farouche.

— Peut-être faudrait-il remonter plus loin que cette
dernière journée, remarqua-t-il d'un ton mesuré. J'ai
pensé que les dessins du petit pourraient nous y aider.

Blanche haussa les épaules sans répondre.

— M'autorisez-vous à vous accompagner ? demanda-
t-il, s'attendant à un refus.

— Si ça vous amuse d'aller chercher des boutons et
du fil !

Ils longèrent la grand'rue. Celle-ci traversait la ville
de part en part, bordée de maisons aux murs pain bis,
coiffées de tuiles grenat. Elle faisait pause autour de
trois jolies places, s'égayant de quelques commerces,
de quelques commères qui ne se gênèrent pas pour
suivre le couple des yeux lorsqu'il passa. Si elles
savaient comme je m'en fous, pensa Blanche. Comme
tout cela était devenu du détail pour elle.

Un petit groupe de touristes du troisième et quatrième âge les croisa. Ils venaient toujours nombreux
dans le Jura en cette arrière-saison plus douce, de ven-
danges, de récoltes, dont les couleurs nostalgiques
s'accordaient à celles de leur saison intime. En passant,
ils se saluèrent. Encore une chose dont Blanche ne se
lassait pas : dire bonjour à des inconnus. Dans son

immeuble parisien, elle subissait ce qu'elle appelait le « supplice de l'ascenseur » : se trouver nez à nez avec des personnes à qui l'on n'adressait pas la parole alors que l'on partageait les mêmes murs.

— Vivez-vous ici depuis longtemps ? l'interrogea Julien comme s'il lisait dans ses pensées.

— Depuis mon divorce : cinq ans. Ma grand-mère était saint-rémoise.

— Était ?

— Elle a eu le mauvais goût de me fausser compagnie peu de temps après que je suis revenue tout exprès pour elle.

Ils firent quelques pas en silence. Des odeurs d'enfance montaient du trottoir tiédi par le soleil. Blanche mit sa main dans celle de sa grand-mère.

— Et vous avez toujours dessiné ? reprit le journaliste.

— Bien sûr !

— Moi, c'était la photo qui me branchait, lui apprit-il. Attraper la vie... vous voyez ? Le petit instant de lumière qui fait tilt.

Il eut un soupir mitigé.

— Et puis la vie en a décidé autrement. Elle m'a bombardé reporter et je ne pratique plus la photo qu'en amateur.

Blanche se souvint de ce que lui avait raconté Myriam.

— Ce qui est arrivé à votre petite sœur ?

Il inclina la tête, heureux qu'elle l'ait compris. Il ne pourrait jamais immortaliser Nina sur une photo, mais à chaque fois qu'il parlait d'un enfant qu'un abominable salaud privait de vie, d'avenir, il protestait en son nom.

Ils arrivaient sur la place où se trouvait la mercerie-journaux-tabac-papeterie. La porte tinta lorsque Blanche la poussa. Un très vieux monsieur la salua par son nom. Elle sortit de sa poche un modèle de bouton ;

Sophie les semait à tous vents, elle ne devait pas avoir le temps de les ramasser. Il en manquait deux à son cardigan préféré.

Monsieur Florentin n'avait pas les mêmes. Elle mit un certain temps à trouver un autre modèle qui lui plaise : de délicates marguerites. Elle en prit carrément une dizaine, et du fil assorti au cardigan. Julien la regardait faire d'un air ravi.

— Si je n'avais pas eu peur de me faire jeter, je vous aurais prise en photo, confessa-t-il comme ils quittaient la boutique. La vie était dans vos yeux quand vous égreniez les boutons.

Blanche rit.

— Vous savez ce que disait Chardin, le peintre ? On se sert des couleurs, on peint avec le sentiment. En choisissant ces boutons, je pensais que ma petite fille les aimerait mais qu'elle se garderait bien de me le dire.

— Elle est comme ça ?

— À cet âge-là, elles sont toutes comme ça.

Elle rit à nouveau. Soudain, elle se sentait légère. Cette promenade lui avait fait du bien. Acheter du fil et des boutons aussi. Comme pour respecter la trêve, ils marchèrent en silence jusqu'à la place de la Mairie. Là, Julien s'arrêta.

— Pardon d'insister, mais accepterez-vous de me montrer quelques dessins de...

Se souvenant de la réaction de Blanche, la veille, il s'interrompit.

— Vous pouvez l'appeler Jean-Lou, lui accorda-t-elle.

— Je serais heureux que vous appeliez ma petite sœur : Nina, enchaîna-t-il.

Elle lui sourit : un sourire attendrissant découvrant des dents légèrement écartées, le sourire de la chance.

— Pour les dessins de Jean-Lou, c'est d'accord. Mais n'espérez pas en tirer grand-chose : le pauvre chat était franchement mauvais. Je crois bien qu'il ne venait à mes cours que pour ne pas quitter Charles.

— Charles ?

— Charles Laurent, son meilleur ami : deux inséparables.

Le souvenir de ce qui venait de se passer à l'école lui serra le cœur. Elle avait manqué une belle occasion de nouer le dialogue. Elle fut sur le point de parler à Julien du mystérieux Mister Chance, mais ils arrivaient. Il s'arrêta devant la porte du bistrot.

— Je repars pour Lyon demain : un week-end en famille. Si cela vous va, je regarderai ces dessins la semaine prochaine.

— Vous savez où j'habite, répondit la jeune femme malicieusement en levant les yeux vers la fenêtre du second étage.

Elle fut soulagée qu'il la laisse entrer seule chez Myriam.

18

— Ton amoureux est passé : deux cadeaux pour les miss, annonça la restauratrice à Blanche alors que celle-ci jetait un coup d'œil dans l'arrière-salle pour voir si sa Fichini ne s'y trouvait pas.

Depuis son entrée au collège, la régularité n'était pas toujours de mise. Il arrivait qu'un professeur manque et Sophie rentrait plus tôt.

Par-dessus le comptoir, Myriam lui tendit un petit paquet plat et une enveloppe. Le nom de Sophie était inscrit sur le paquet, le sien sur l'enveloppe.

— Mon amoureux ?

— Monsieur le chirurgien.

Blanche leva les yeux au ciel. Dès qu'elle la voyait

avec un homme, pour peu que celui-ci soit disponible, Myriam fantasmait. Aujourd'hui, Roland, hier Thomas qui, par périodes, se montrait plus assidu à son établissement. Demain qui ? Julien Manceau ?

— Quand tu auras fini de jouer les entremetteuses, râla-t-elle.

Myriam lâcha un petit rire avant d'aller s'occuper de ses clients. Blanche en profita pour filer. Tant pis pour la curieuse qui devait espérer être mise au parfum du contenu de l'enveloppe.

« Tu es méchante », lui aurait reproché Sophie. Méchante ? En montant l'escalier, Blanche souriait. L'agacement qu'elle éprouvait parfois face à Myriam lui paraissait plutôt sain. Il faisait pour elle partie de l'amitié. Il n'est d'amitié, ni d'amour, sans perte de liberté... librement consentie. Ne parle-t-on pas de « liens » ? Reste à ne pas se laisser ligoter. Mais, sans liens du tout, quel froid !

L'enveloppe contenait une carte de visite de Roland : *« Je vous dois une invitation. Demain soir à dîner ? Sophie sera la bienvenue. »*

Une onde de plaisir traversa Blanche. Les sorties étaient rares à Saint-Rémi, l'imprévu plus encore. L'imprévu surtout lui manquait. Bien sûr, qu'elle allait accepter ! Elle passa dans son atelier où le répondeur clignotait. Deux messages : l'un de son éditeur qui voulait savoir où elle en était avec sa poupée, le second de Marc, son ex-mari, venant aux nouvelles. Il avait entendu parler du drame de Saint-Rémi. « Tu tiens le coup ? »

« Eh bien, c'est pas évident, tu vois », répondit Blanche à voix haute.

Elle adorait parler seule, tout en se moquant d'elle-même. « On n'adore que Dieu », lui reprochait sa grand-mère. « Alors Dieu et toi », rétorquait Blanche pour lui clouer le bec.

Elle s'apprêtait à rappeler son éditeur lorsque la

porte de l'appartement claqua : « Maman ? » Celle de son atelier s'ouvrit à toute volée et Sophie apparut, suivie d'une demoiselle à nattes, aussi seigle que sa fille était blé.

— Demain, je dors chez Charlotte et je resterai samedi pour son anniversaire, annonça Sophie tandis que la demoiselle présentait d'appétissantes joues pain bis à Blanche. « C'est okay ? »

Charlotte faisait l'envie de Sophie : une vraie famille avec père, mère, frères et sœurs, chat et chien et des anniversaires tout le temps. Le père fabriquait du Comté, spécialité de la région.

— C'est okay ! Quant à moi, je me consolerai en dînant avec Roland, répondit Blanche en montrant à Sophie la carte d'invitation. Et, avant que sa fille ait pu exprimer un regret, peu aimable pour son amie, elle lui mit le paquet dans les mains.

— De la part de ton nouveau copain.

La fillette arracha le papier et poussa un cri de joie : un cédérom sur les extraterrestres. Un soupir blasé suivit.

— Évidemment, il croit qu'on a un ordinateur comme tout le monde.

— Tu pourras le regarder à la maison, proposa Charlotte.

Les petites filles s'intéressèrent un moment aux derniers dessins de Blanche, Sophie expliquant à sa camarade les aventures d'Iris, la poupée magique. Plutôt avare de compliments vis-à-vis de sa mère, elle se vantait volontiers du métier de celle-ci auprès de ses amis : « Maman dessine des livres. »

Blanche s'approcha d'elles et entoura leurs épaules de ses bras : toucher les enfants lui était un plaisir presque aussi voluptueux que de sentir sous ses doigts le bois de ses crayons, la tendre texture de ses fusains.

— Je peux vous poser une question, les filles ? Que veut dire : « Hacuna Matata ? »

Sophie eut une réaction inattendue. L'œil méfiant, elle se retourna brusquement vers sa mère.

— Pourquoi tu me demandes ça ?

— Simple curiosité, se justifia Blanche, étonnée. J'ai entendu parler du site par Marie-Thé. Il paraît que Jean-Lou le fréquentait, ajouta-t-elle plus bas. Je me demandais ce que voulait dire ce nom. Si je ne me trompe pas, c'est la formule magique du Roi Lion, n'est-ce pas ?

Lorsque le film avait paru, Sophie, qui à l'époque avait sept ans, avait entraîné Blanche à Champagnole pour le voir de toute urgence.

La petite semblait rassurée.

— Ça veut dire : « Cool, on se calme, pas de malaise et lâche-moi les baskets », énuméra-t-elle. Et elle quitta l'atelier, entraînant Charlotte qui s'étouffait de rire.

Cool, on se calme, pas de malaise et lâche-moi les baskets, récita Blanche avec allégresse. Moi qui aime les couleurs, me voilà servie !

Mais pourquoi donc Sophie avait-elle eu cette réaction bizarre lorsqu'elle avait parlé du site ? Comme si elle l'agressait. J'en ai oublié de t'offrir les boutons-fleurs, pensa-t-elle. Quant à te lâcher les baskets, ne compte pas trop sur moi.

Elle reprit la carte de Roland. Il y avait inscrit, à la main, son numéro de portable. Elle le forma et il répondit aussitôt.

— Si vous acceptez la mère sans la fille, elle sera heureuse de se rendre à l'invitation.

— C'est dans l'autre sens que cela m'aurait posé un problème, remarqua-t-il en riant. La fille sans la mère. Vous lui direz que je la regretterai.

— Elle est prise par un anniversaire, expliqua Blanche. Elle vous remercie beaucoup pour le cédérom.

Mensonge par politesse : mensonge autorisé.

— Huit heures, cela vous convient-il ? demanda le

chirurgien. Je passerai vous chercher en voiture. Le
vélo ne me paraît pas indiqué.

— Nous irons loin ? demanda-t-elle, curieuse.

— Tout simplement chez moi, si vous le voulez
bien. De territoire à territoire.

Après avoir raccroché, Blanche demeura songeuse.
Quelle tenue mettrait-elle ?

19.

La maison était belle, une maison ancienne à deux
étages. La grand-mère de Blanche aurait parlé de
manoir.

Ils y étaient arrivés par une allée bordée de hêtres et
de pins. Des projecteurs éclairaient la façade. Roland
les avait allumés depuis la grille d'entrée, une grille
à carte magnétique. Comme partout, les cambriolages
étaient nombreux et chacun se protégeait de son mieux.

De Saint-Rémi, ils n'avaient pas mis dix minutes.
C'était la chose fabuleuse ici. Sitôt passées les dernières maisons de la ville, vous vous retrouviez en
pleine nature. Thomas avait, lui aussi, choisi de louer
à l'extérieur : une grande maison sur la route de Champagnole, où il exerçait également.

Pour Blanche, aucune hésitation. Avec Sophie qui
allait au collège, pas question d'habiter la campagne.
Et, avouons-le, seule avec sa fille dans une habitation
isolée, elle n'aurait pas dormi tranquille.

Durant le court trajet, Roland et Blanche avaient
parlé de Jean-Lou, ou plutôt de Marie-Thé qui avait
pris la décision de quitter Saint-Rémi pour Dijon où
vivait sa famille. Blanche n'en avait pas été étonnée.
Lorsque son amie avait coupé toutes les roses de son

jardin pour en recouvrir le cercueil, elle y avait lu un adieu à cette « vitrine » dont elle était si fière.

— Vous manquera-t-elle ? l'avait interrogée Roland.

Blanche avait hésité.

— Pour être sincère, oui et non.

Marie-Thé avait été la compagne de fête, la complice avec qui elle partageait des moments de légèreté, des rires, le plaisir aigre-doux de jouer parfois les mauvaises langues... Tout cela, elle le sentait, était bel et bien terminé, mais l'amitié d'une femme de son âge et de la qualité de Marie-Thé lui manquerait.

Sans se consulter, en arrivant chez Roland, tous deux avaient décidé de ne plus parler du drame.

— Vous n'avez pas froid ? s'inquiéta le chirurgien tandis qu'ils traversaient la cour balayée par un vent aux senteurs épicées de sapins.

— N'oubliez pas que je suis une Jurassienne endurcie, plaisanta-t-elle.

Elle avait choisi de porter une robe mi-saison, des chaussures à petits talons et, sur les épaules, un châle de couleur. Une chance que Sophie soit partie avant elle, sinon, que n'aurait-elle entendu ! Waou, maman, c'est pour Roland tout ça ? Vous allez au bal ? Quant à Myriam, Blanche avait attendu pour descendre que la voiture du chirurgien soit devant sa porte afin d'échapper à un sourire entendu... plein de sous-entendus. Une vraie collégienne !

Roland poussa la porte et s'effaça pour la laisser passer. À la surprise de la jeune femme, une odeur de feu de bois se mêlait à celle de pierre du hall. Quelqu'un d'autre habitait-il ici ?

— J'ai mis la cheminée en marche avant d'aller vous chercher, expliqua Roland. Il m'a semblé qu'une flambée plairait à la Jurassienne... endurcie ou non.

Le salon était vaste, peu meublé. Un ordinateur avec un grand écran, pourvu d'un modem, à faire pâlir d'en-

vie Sophie. Un coin bureau-bibliothèque. Enfin, près
d'une des fenêtres, une table ronde sur laquelle le couvert était mis autour d'un chandelier d'argent.

— Une coupe de champagne pour commencer ?
proposa Roland.

— Volontiers.

Il désigna les fauteuils devant la cheminée.

— Installez-vous, je reviens.

Blanche le suivit des yeux tandis qu'il quittait la
pièce. Qui est-il ? se demanda-t-elle. Un homme cour-
tois et même galant, comme on n'en rencontrait plus
guère. Sans doute un solitaire pour s'être installé ici.
Peut-être tout simplement un époux encore meurtri par
la mort de sa femme, victime d'un accident de voiture,
lui avait-on appris à la clinique.

Il revint et, après avoir rempli leurs coupes, heurta la
sienne à celle de Blanche : « À une soirée de paix... »
Exprimant ce qu'elle ressentait.

Ils s'installèrent devant la cheminée et gardèrent un
moment le silence. Devant un feu, comme devant une
eau vive, le silence ne pèse plus ; il est chargé de mer-
veilleux, on partage l'indicible. « C'est étrange »,
pensa Blanche en regardant danser les flammes bleu-
tées, sans la mort horrible d'un petit garçon, je ne
serais sans doute jamais venue ici. Je ne goûterais pas
ce moment de bien-être.

Elle s'était fait à peu près la même réflexion alors
qu'elle cheminait dans le soleil à côté de Julien
Manceau.

Roland parla le premier.

— Hier, votre Myriam m'a demandé pourquoi
j'avais choisi de m'installer ici, lui rappela-t-il avec
un sourire. Puis-je vous poser la même question ?
Qu'êtes-vous venue chercher dans ce trou de verdure ?
Ne vous y sentez-vous pas parfois un peu isolée ?

— J'ai vécu l'isolement dans la plus belle ville du
monde auprès d'un mari qui m'était devenu étranger,

répondit Blanche avec simplicité. Je me sens beaucoup plus heureuse à Saint-Rémi.

— Moi aussi, ce soir, approuva Roland.

Leurs regards se croisèrent. Celui du chirurgien était intense. Elle se sentit un peu gênée.

— Et puis j'ai Sophie... et le dessin, reprit-elle. De quoi remplir largement mes journées. Vous-même n'avez-vous pas dit que vous écriviez un livre qui vous tenait à cœur ?

— C'est un ouvrage professionnel sur la vie intra-utérine, acquiesça-t-il avec une soudaine chaleur dans la voix. L'évolution du fœtus dans le ventre de sa mère. Savez-vous qu'on découvre chaque jour des éléments nouveaux et passionnants ? Par exemple, il reconnaît très tôt la voix et l'odeur de son père. Il la distingue parfaitement de celle de sa mère.

Il eut un rire : « Il m'arrive même d'être jaloux. »

— Jaloux ? s'étonna Blanche.

— N'est-il pas injuste que le privilège de porter un enfant soit réservé aux femmes ?

Le rire de Blanche répondit au sien.

— Un peu de patience ! Vous verrez que dans quelques années, les hommes se débrouilleront pour être enceints.

— Ne me parlez pas de bonheur ! s'exclama Roland. Et elle ne fut pas certaine qu'il plaisantait.

Un peu plus tard, ils passèrent à table. Le chirurgien avait allumé les bougies du chandelier et mis de la musique. Saumon, foie gras : Noël avant Noël. Blanche avait souhaité continuer au champagne et sa tête tournait un peu. Voilà bien longtemps qu'elle n'avait passé une soirée si douce, avec ce sentiment délicieux d'être vue, écoutée, c'est Myriam qui pavoiserait ! Secrète-ment, elle lui adressa un clin d'œil. Elle s'était même trouvé un point commun avec Roland : Dijon, où tous deux avaient étudié. Lui, la médecine, elle, le dessin. Blanche fut sur le point d'interroger le chirurgien sur sa femme. Elle se retint. Ne risquait-elle pas de casser l'ambiance ? À lui de le faire au moment où il le jugerait bon.

Le désastre advint après le repas. Il n'était pas loin de onze heures et Roland était descendu à la cave chercher du vin de paille dont il s'étonnait qu'elle n'en ait jamais goûté. Un patient lui en avait offert une bouteille. Ce nectar était particulier au Jura. Son nom venait de ce que les grappes de raisin, sélectionnées sur pied avant la vendange, reposaient sur des lits de paille durant trois mois avant d'être pressées, ce qui concentrait leur teneur en sucre. Puis il fallait patienter quelque six ou sept ans avant que le vin soit bon à déguster : une liqueur savoureuse, couleur topaze.

En attendant le retour de son hôte, Blanche s'intéressait aux livres de la bibliothèque lorsque le papillon effleura sa joue : un gros papillon de nuit aux couleurs crépusculaires, aux antennes plumeuses. Un gros papillon de mort.

Il avait dû entrer par la fenêtre que Roland avait ouverte lorsqu'il lui avait demandé l'autorisation de fumer un cigare. Le cœur de Blanche s'affola. En une seconde sa bouche fut en carton. Le papillon se posa sur l'abat-jour d'une applique, tout près d'elle. La lumière faisait ressortir le dessin de ses ailes où s'arrondissaient comme des yeux. Les jambes de Blanche ployèrent, elle se laissa tomber sur le plancher. D'autres insectes, plus petits, avaient suivi le gros. Il lui sembla en voir partout. Une éternité passa.

— Blanche ?

Une bouteille à la main, Roland se tenait sur le seuil de la pièce et la regardait avec un mélange d'incrédulité et d'inquiétude. Elle voulut lui crier de rester où il était mais elle n'y parvint pas. Il se précipita. Le papillon battit des ailes.

— Que vous arrive-t-il ?

Sans bouger, elle leva les yeux vers l'insecte. Roland eut une hésitation, puis il comprit.

— Laissez-moi faire, ordonna-t-il avec douceur.

Blanche se contracta davantage : non, ne rien faire surtout ! Il glissa les mains sous elle et la souleva sans difficulté. Jamais la peur n'avait été si forte. Elle cacha son visage dans son épaule tandis qu'il l'emportait. Une porte fut ouverte. Sous ses reins, le moelleux d'un lit.

— Vous pouvez regarder maintenant, dit la voix calme. Nous ne sommes plus au salon et j'ai fermé la porte.

Il lui fallut un moment pour oser rouvrir les yeux. Elle se trouvait dans une vaste chambre aux rideaux tirés. Il n'y avait aucun papillon ici. Penché sur elle, Roland la regardait gravement. Elle sentit la chaleur des larmes sur ses joues. Au prix d'un gros effort, elle se redressa.

— Pardon, murmura-t-elle. Pardon. C'est plus fort que moi. C'est plus fort que tout.

Le chirurgien s'assit à la tête du lit et passa son bras derrière ses épaules.

— C'est moi qui vous demande pardon d'avoir mis tant de temps à trouver cette foutue bouteille.

Elle eut un faible rire.

— Ne m'offrez plus jamais de boire du vin de paille.

Il aurait pu se moquer, même gentiment, il ne le fit pas. Pas plus qu'il n'avait ri des extraterrestres de Sophie. Sans doute est-ce pourquoi elle parla. Par petits bouts de phrases hachées par la révolte, le dégoût, confiant à ce presque inconnu ce qu'elle n'avait jamais encore dit à personne. Du moins avec cette violence.

Son père, ce salaud, s'amusait lorsqu'elle était enfant à faire semblant de l'étouffer sous sa couette, une couette pleine de duvet. Un jour, elle se débattit si fort que la couette se déchira.

Blanche ne pensait pas que sa phobie venait de là.

Comme d'autres craignent les araignées ou les ser-
pents, elle avait toujours été paniquée par les oiseaux,
papillons, libellules ; le pire, les libellules ! Cette
répulsion lui semblait être inscrite dans sa peau, faire
partie d'elle.

Lorsqu'il se livrait à son petit jeu, son père ne
l'ignorait pas.

— Et votre mère ? Ne faisait-elle rien pour vous
défendre ? demanda le chirurgien d'une voix sourde.

— Ma mère n'a jamais osé lever le petit doigt
contre son maître... Heureusement, j'avais ma mamie.

Mamie... elle avait prononcé le mot comme une
petite fille et, à nouveau, elle eut envie de pleurer : de
chaudes larmes d'amour et de deuil, venues de la porte
entrouverte d'une enfance comme-ci comme-ça.

— Alors, vous ne me trouvez pas complètement
idiote ? demanda-t-elle.

Sans répondre, Roland resserra davantage son bras
autour d'elle. Elle se retourna pour voir son visage. Il
était tendre et tourmenté. Il était beau comme une solitude amie. Elle lui tendit ses lèvres. Il lui rendit son
baiser mais, un instant plus tard, comme la main de
Blanche le cherchait, elle constata qu'il ne la désirait
pas. Avec douceur, il l'éloigna de lui.

— Si nous attendions de nous connaître mieux ?

20.

Blanche ouvrit les yeux avec effort. Le jour passait
entre les rideaux fleuris de sa chambre, elle se tourna
de l'autre côté. Colère et honte se mêlaient en elle.
Bravo, vraiment bravo, ma fille ! On peut dire que tu
t'es comportée comme un chef.

Durant cette soirée, Roland ne lui avait-il pas offert

tout ce dont, si souvent, elle se sentait privée ? Une écoute masculine, des égards, et, lorsqu'elle avait piqué sa petite crise ordinaire, une totale compréhension. En se jetant à son cou, elle avait tout gâché.

« Attendons de nous connaître mieux... »

Ce sont les putains qui s'offrent dès la première soirée. Il va avoir une jolie idée de moi, maintenant !

Elle quitta son lit et alla ouvrir les rideaux. Sept heures trente, samedi, dernier samedi de septembre. La place était encore déserte, le soleil naissant éclairait de sa jeune lumière les arbres dont le feuillage commençait à roussir. Les cloches de l'église sonnèrent. Elle se laissa emplir de résonance bleutée, chaque son a sa couleur. Reviens ma tranquillité, reviens, mon calme.

Comme elle quittait sa chambre, elle perçut physiquement l'absence de Sophie. Une chance qu'elle ait dormi chez Charlotte ! Ainsi, Blanche échapperait-elle, du moins provisoirement, à la salve prévisible de questions. Alors maman, c'était comment ? Où avez-vous été ? Qu'est-ce que vous avez mangé ? Qu'est-ce qu'il t'a dit ?

Elle n'était pas certaine qu'elle aurait répondu avec le calme nécessaire.

À la cuisine, elle s'attabla devant un café. Bon ! Je fais le point une fois pour toutes et je n'y pense plus. Je ne vais pas me gonfler la tête toute la journée en me maudissant de m'être offerte à un homme qui ne me désirait pas.

Le désir... parlons-en ! Si au moins cela avait été le désir qui l'avait poussée vers Roland. Mais non, même pas. Quand Blanche lui avait tendu ses lèvres... et le reste, cela n'avait été — riez — que par un pur élan de l'âme. Le soudain besoin de se fondre avec celui qui lui avait permis d'entrouvrir le sac douloureux de l'enfance.

Et voilà comment on tombe amoureuse de son psychanalyste, conclut-elle avec le peu d'humour qui lui restait.

Quant à toi, cher papa, chapeau pour ta persévérance à me gâcher la vie !

Il avait complètement bouffé sa mère. La technique de la douche écossaise, le va-et-vient entre amour et mépris : câlins, morsures, je t'aime, t'es nulle, ma belle, ma pauvre... Pour lui échapper, celle-ci avait plongé dans la déprime et n'en était plus ressortie.

Quel âge avait Blanche lorsqu'elle s'était rendu compte qu'il essayait de faire de même avec elle ? À peu près celui de Sophie et la méthode était identique. En résumé, avec variantes à l'infini : « Ma pauvre petite fille nulle que j'aime quand même. » Traduction : « que je serai jamais le seul à aimer ».

Mais il n'avait rien pu contre elle. À l'époque, déjà, Blanche avait embarqué sur son vaisseau spatial, la fusée qui l'emmenait loin de ses manœuvres. Une passion à laquelle elle appartenait toute.

« Vous avez toujours dessiné ? » lui avait demandé Julien Manceau.

Demande-t-on à quelqu'un : « Vous avez toujours respiré ? »

Lorsque enfant, Blanche dessinait une princesse, elle était la princesse. Quand elle dessinait un oiseau — en dessin elle ne craignait rien — les ailes lui poussaient. Quand elle dessinait une maison, elle y trouvait abri. Ses crayons étaient ses baguettes magiques, son devenir, son avenir. Ni son père, ni personne n'avaient de pouvoir contre ça. Marc n'en avait pas eu davantage.

Et même aujourd'hui, pensa-t-elle, ne suis-je pas la poupée magique de mon histoire ?

Elle passa dans son atelier. Huit heures trente. Que faisait Roland ? Dormait-il encore ? Travaillait-il à son livre sur la vie intra-utérine ?

Elle ne savait trop que penser de son attitude lorsqu'il lui en avait parlé : mi-légère, mi-sérieuse. Regrettait-il vraiment que les hommes ne puissent porter les enfants ou n'était-ce qu'une boutade ? Et, des enfants, en avait-il eu avec sa femme ? Elle connaissait si peu de choses de lui !

Et ce n'est pas avec ce qui s'est passé hier que tu te rattraperas ! pensa-t-elle. Peu de chances qu'il veuille te revoir. Le regret l'emplit. Le début de la soirée avait été presque magique ; elle ne voyait personne à Saint-Rémi qui pût lui apporter un tel bien-être.

Allons, trêve de larmes stériles, au travail !

Se souvenant de sa promesse à Julien Manceau, elle dégagea sa table pour y poser le classeur dans lequel elle conservait les dessins que lui offraient à l'occasion grands et petits. Pour rien au monde, elle ne les aurait jetés. Jette-t-on du sentiment ?

Il y en avait plusieurs de Jean-Lou. Lorsqu'elle rendait visite à Marie-Thé, il était rare qu'il ne lui en ait pas préparé un, le pauvre chat ! Les plus récents dataient de son retour de vacances et représentaient la mer, des bateaux. Il venait de passer quelques jours avec son père, un passionné de voile. Marie-Thé et elle en avaient profité pour s'offrir de petites virées : films-restau à Champagnole. « Mes vacances à moi », disait son amie...

Et dimanche, elle s'en va ! se souvint Blanche. Son ex-mari venait la chercher pour la ramener chez ses parents, à Dijon. Un drame peut briser un couple, il arrive qu'il en ressoude. Hubert s'était montré réellement à la hauteur et il n'était pas impossible que Marie-Thé lui revienne. Après tout, elle ne l'avait quitté que pour une infidélité et il ne s'était « remis » avec personne.

Pour le journaliste, Blanche sélectionna deux dessins de bateaux. Ils étaient moins ratés que ceux destinés à la bande dessinée mais elle doutait qu'il en tirât quoi que ce soit d'intéressant sur la personnalité de Jean-Lou.

Enfin, il semblait y tenir et elle avait promis.

Elle s'était sentie bien avec Julien. Pas du tout de la

même façon qu'avec Roland. Bien, comme avec un ami, un complice. Ne menaient-ils pas, comme il l'avait fort joliment exprimé, un même combat ? Attraper des moments de vie ?

Dans le classeur, elle trouva également un dessin de Charles. Il ne lui avait jamais offert que celui-ci et il lui plaisait énormément. Il représentait un enfant sur une plage avec un cerf-volant. Le cerf-volant semblait le tirer vers le ciel, le mouvement était superbe. Elle se souvint que Charles le lui avait fait à la clinique des Quatre Lacs lorsqu'il y avait été opéré d'une hernie au printemps dernier. Décidément, il fallait que Jean-Lou fasse tout comme lui. Seulement, lui, c'était l'appendicite et il n'en était pas revenu.

Regardant le dessin, le malaise lui revint. Toujours ce sentiment d'avoir, jeudi, laissé échapper une occasion qui ne se représenterait plus.

Il faudra que j'en parle à Julien.

Le téléphone sonna sur son bureau : Sophie ? Elle décrocha.

— Blanche ? C'est Roland.

Il lui sembla que son cœur s'arrêtait. Avant de repartir de plus belle.

— Bonjour, dit-elle d'une voix aussi naturelle que possible.

— Je voulais savoir comment vous alliez ?

— À peu près.

— Je voulais aussi vous remercier pour hier.

— Me remercier, moi ? Je me demande bien pourquoi ? bredouilla-t-elle avec un rire cassé.

— J'ai pris comme un honneur le fait que vous m'ayez parlé de votre père, dit le chirurgien. Un honneur dont j'espère me montrer digne.

Les larmes affluèrent dans les yeux de Blanche. Elle avait été tellement certaine de l'avoir perdu. Elle prit une longue inspiration.

— Pourtant, je me suis comportée de façon ridicule, dit-elle d'une toute petite voix.

Comprendrait-il qu'elle ne parlait ni du papillon, ni de son père ?

— Je n'ai vu qu'une femme blessée, qui m'a profondément touché, répondit-il.

21.

Roland jeta ses gants dans la corbeille et sourit à Thomas qui retirait son masque.

— Une bonne chose de faite, n'est-ce pas ?

L'anesthésiste acquiesça. Le patient qu'ils venaient d'opérer — une hanche — était tout simplement odieux : revendicateur, se plaignant sans cesse. Personne, à la clinique, ne regretterait son départ, hélas, pas pour demain !

— On n'arrête pas de parler de malades négligés, ou trop peu informés sur leur cas. On devrait parler aussi de médecins attaqués, parfois calomniés, remarqua Thomas sombrement. L'ennui est que nous ne pouvons pas faire de procès à nos patients.

Ils entrèrent dans le vestiaire.

— Et cette soirée avec Blanche ? Ça s'est bien passé ? demanda l'anesthésiste d'un ton faussement léger, en dénouant les cordons de sa blouse.

— Je vois qu'à Saint-Rémi, les langues ne chôment pas, remarqua Roland avec une grimace. Pour répondre à votre question, la soirée a été très agréable.

Elle aurait été parfaite sans cette histoire de papillon... À chaque fois qu'il y repensait, l'indignation montait en lui contre ce père qui jouait avec la peur de sa petite fille. Il comprendrait mieux Blanche, maintenant. Cette sensibilité qui perçait sous une force apparente. « Ne me dites jamais que je suis forte... »

Il remarqua la mine sombre de l'anesthésiste. Serait-

il jaloux ? Éprouvait-il un sentiment pour Blanche ?
Cela ne l'aurait pas surpris. Thomas fréquentait régulièrement le bistrot de Myriam et il cultivait — cultivait ? — d'excellentes relations avec Sophie. Il était
arrivé plusieurs fois à Roland de les voir ensemble.

— Journée terminée ? lui demanda l'anesthésiste
d'une voix redevenue affable.

— Si l'on peut dire... répondit le chirurgien en riant.

Sauf exception, il groupait ses interventions les mar-
dis et jeudis. Trois, ce matin. Il reviendrait cet après-
midi pour quelques rendez-vous et en profiterait pour
visiter ses opérés. Il quitta les lieux à la suite de
Thomas.

Dans le couloir, un homme les attendait : Francis Müller, le commissaire chargé de l'enquête sur la mort du
petit Jean-Lou. Durant deux jours, ses hommes et lui
avaient pratiquement campé à la clinique : empreintes,
emplois du temps et tout le tintouin. Le directeur, qui
craignait pour la réputation de son établissement, leur
avait laissé entendre avec soulagement que c'était terminé et le personnel mis hors de cause.

Le policier vint vers eux, la main tendue.

— Pardon d'avoir pénétré dans le saint des saints,
mais on m'a indiqué que c'était ici que j'aurais le plus
de chance de vous trouver.

Il se tourna vers Thomas :

— C'est à vous, docteur Riveiro, que je voudrais
parler. Si vous avez quelques minutes ?

— On m'attend en salle de réveil, répondit l'anesthésiste d'un ton contrarié.

— Je ne suis pas pressé, dit Müller. Si vous voulez
bien, je patienterai à la cafétéria. Et ne vous inquiétez
pas, je ne vous retiendrai pas longtemps.

Thomas s'éloigna rapidement. Roland fit quelques
pas avec le commissaire.

— Du nouveau ?

— Pas vraiment, hélas, reconnut celui-ci. Nous

cherchons toujours la pharmacie qui a vendu le chlorure de potassium au meurtrier. Pour l'instant, sans résultat. Nous allons élargir le périmètre. L'ennui est qu'ici, quand on élargit, on se retrouve très vite en Suisse ou en Allemagne.

Il eut un rire.

— Quant à moi, j'accomplis la démarche inverse : je retourne au point de départ, cette clinique où l'enfant a été enlevé et qui porte un si beau nom.

— C'est le pays qui est beau, remarqua Roland avec une pointe de nostalgie.

Ils arrivaient à la porte de la cafétéria.

— Puis-je vous offrir quelque chose ? proposa le policier.

— Non merci pour ce matin. Une autre fois, très volontiers.

Müller regarda s'éloigner le chirurgien. Il n'avait entendu que des éloges sur son compte. Ainsi d'ailleurs que sur celui de l'anesthésiste : une équipe formidable, paraissait-il. Il choisit une table à l'écart et ne put résister à l'envie de sortir son walkman. Tout le monde connaissait sa manie et certains s'en moquaient. Il n'en avait cure. La musique classique, plus particulièrement « celle d'église », comme à l'époque de ses études, l'aidait à se concentrer et faire la part des choses.

Préludes de Bach.

D'où il se trouvait, il pouvait voir l'ensemble de la salle ainsi qu'un bout de hall, et même le parking où il suivit Roland Lagarde des yeux. Celui-ci monta dans un break de marque française. Il le nota machinalement : une grande voiture pour un homme seul.

En revenant au point de départ, comme il l'avait révélé au chirurgien, il espérait, sans trop y croire, trouver ce signe dont il avait parlé à Julien Manceau. C'était les gendarmes qui avaient débuté l'enquête à la clinique après que la disparition de l'enfant eut été signalée. Ils avaient fait correctement leur travail. À première vue, rien n'avait été négligé. Mais à seconde ? Müller en revenait toujours à la même conclusion : l'enfant avait suivi son ravisseur sans opposer de résistance. Cela pouvait signifier qu'à la clinique certains le connaissaient, ou, du moins, l'avaient vu passer.

L'anesthésiste apparut à la porte et le chercha des yeux. Müller arrêta son instrument qu'il enfouit dans sa poche et lui fit signe. Ils commandèrent deux cafés.

— Rassuré ? Vos patients sont revenus sur terre ? demanda le commissaire.

— Vous savez, nous devons nous montrer très vigilants, expliqua Thomas. Avec tous ces procès... Bientôt, on fera signer une décharge aux futurs opérés, comme aux États-Unis. Et on n'aura pas tort.

Müller acquiesça.

— J'ai un beau-frère dans la partie. Il dit la même chose que vous.

Celui-ci se plaignait de ce que le métier devînt de plus en plus difficile. Et à risque... D'ailleurs, affirmait-il, on manquait d'anesthésistes en France et recrutait de plus en plus d'étrangers.

Müller se souvint avoir vu, dans le dossier de Riveiro, qu'il avait pas mal bourlingué avant d'aboutir à Saint-Rémi. L'anesthésiste avait-il espéré trouver dans la petite ville une ambiance plus sereine ? Dans ce cas, on pouvait dire qu'il avait mal choisi son moment.

— Sans doute savez-vous que madame Marchand a quitté la ville, commença-t-il. C'est un peu ce qui m'amène. J'ai appris qu'elle avait Internet chez elle et que son fils était un fanatique.

— Comme tous les enfants, remarqua Thomas. Et maintenant, on les initie à l'école.

— Et également ici, n'est-ce pas ? On m'a dit que des bénévoles se dévouaient pour encadrer les aspirants internautes.

— C'est exact.

On leur apporta leurs cafés. Müller mit deux sucres dans le sien. Thomas s'en dispensa.

— Je me posais une question, reprit le commissaire. Il passe, paraît-il, des tas de gens, y compris de l'extérieur, dans la salle vidéo réservée aux enfants. Et si c'était là que le ravisseur avait pris contact avec la victime ?

— En fait, il y a deux salles, expliqua Thomas. La salle de jeu, ouverte à tous, et la salle de l'ordinateur où seulement quelques personnes sont autorisées à entrer. Et uniquement à certaines heures.

Il eut un rire : « La clinique protège son matériel et ses sous... »

— C'est bien normal. Pourrez-vous me donner la liste des personnes autorisées ?

— Je ne la connais pas. Mais vous l'aurez facilement par le secrétariat. C'est là qu'on prend la clé.

— Ce qui signifie que, pour avoir accès à la salle de l'ordinateur, on doit obligatoirement passer par le secrétariat ?

— C'est cela, acquiesça Thomas.

— Et vous-même faites partie de ces bénévoles, je crois. Vous est-il arrivé d'y accompagner Jean-Lou lors de son séjour ici ?

Il nota une légère tension chez l'anesthésiste.

— Il en avait en effet exprimé le désir. Mais mon aide ne lui aurait été d'aucune utilité. Il se débrouillait très bien tout seul.

— « Saint-Rémi à l'heure du Web », comme l'a dit la presse.

— Voici qui est très exagéré. Peu de Saint-Rémois sont reliés à Internet. Pour eux, c'est compliqué et coûteux.

Il regarda sa montre.

— Je peux y aller ? Mes malades...

— Allez, dit Müller en souriant. Je ne voudrais pas vous valoir un procès. Mais si vous vous souveniez d'une présence inhabituelle dans une salle ou dans l'autre, ou si un détail quelconque vous revenait qui

puisse nous aider, je vous serais reconnaissant de
m'appeler. Vous pouvez me joindre à tout moment à
la mairie.

— Comptez sur moi, promit Thomas.

Il serra la main du commissaire et s'éloigna à
longues foulées. Müller le suivit des yeux. Grand,
mince, tout en muscles. Et visiblement pas trop bien
dans sa peau, ce qui ne le surprenait pas autrement.

Outre qu'il avait beaucoup voyagé, l'examen du
dossier lui avait appris que le docteur Riveiro avait
divorcé deux fois, qu'il était père. Pour finir ici tout
seul. Pas drôle !

À nouveau, Müller pensa à son beau-frère, également
anesthésiste. Sa sœur se plaignait de n'avoir
jamais la certitude de passer une nuit complète en sa
compagnie. Quant aux enfants, disait-elle, ils avaient
un père « courant d'air ».

Une femme de policier pourrait tenir le même langage,
conclut Müller. Nous ne sommes pas des Chopin
pour nos épouses. Autour de lui, déprimes et divorces
n'étaient pas rares. C'est pourquoi il s'était promis de
rester célibataire.

Jusqu'au jour où il avait rencontré Marie-Jeanne,
une merveille de femme, qui lui avait donné deux merveilles
de petits garçons.

Il revit leurs visages à tous les trois et se dit qu'il
avait une veine de pendu.

22.

À cette heure de la journée, une certaine agitation
règne autour du pigeonnier. Lorsqu'il avait loué la maison,
sur les photos, on ne distinguait que vaguement
le petit bâtiment, heureusement situé à l'écart. « Vous

n'aurez pas à vous en occuper, lui avait signalé l'e-mail. Un homme se charge de son entretien ainsi que de celui des oiseaux. »

Il avait résilié le contrat dès son arrivée.

Lorsque vous entrez, l'odeur infecte vous colle aux narines et vous retenez instinctivement votre respiration. Les déjections blanchâtres donnent au lieu un aspect fantomatique. Il n'a jamais aimé ces oiseaux-là. Le matin, leur vacarme le réveille. C'est peut-être à cause de cette trop bruyante présence que la maison est restée si longtemps vacante. À moins que ce ne soit la réputation du dernier locataire : le photographe soupçonné de mauvaises mœurs.

En attendant, celui-ci lui avait préparé un sous-sol royal. Exactement ce qu'il cherchait.

Un instant encore, il regarde entrer et sortir les oiseaux en pensant à l'étrange pouvoir d'une phobie. Enfant, il avait celle du noir qu'il assimilait à la mort. Sa grand-mère refusait qu'il dorme avec de la lumière. « Le bon Dieu est là pour te protéger. » Mais ni le bon Dieu, ni personne n'aurait pu empêcher ses dents de claquer de terreur quand elle quittait la pièce en emportant la lampe pour lui éviter de désobéir et, à ces instants, il l'aurait voulue morte. Quant à sa mère, elle ne répondait à ses appels désespérés que par une seule et même réponse : « Mais voyons, n'es-tu pas un homme ? » Et ce mot renfermait tout le mépris, le rejet envers celui qui l'avait abandonnée, ne lui laissant que son cœur pour haïr et un petit garçon sur lequel elle se vengeait de l'espèce masculine en son entier.

Plus personne, jamais, ne le privera de lumière, mais c'est au fond de lui que règne la nuit.

Avant de rentrer dans la maison, l'homme fait quelques pas entre les pins dont l'odeur le pénètre et l'apaise. Ce matin, pour le torturer, petit Paul avait choisi les larmes silencieuses. Dans quel état va-t-il le retrouver ? Qu'aura-t-il inventé de nouveau pour le punir de ne pas répondre à sa supplication ? Un jour, cela a été sa maison des fourmis qu'il a saccagée. Un autre, ses cheveux blonds si fins, si beaux, qu'il a tailladés aux ciseaux. Sans compter Mister Chance, rendu fou par les mauvais traitements en guise de récompense. Cela ne peut durer. Il a pris sa décision.

Ils vont partir.

En choisissant la France, il a commis une erreur. Quelle force obscure l'a-t-elle poussé à revenir aux sources du malheur ? Ils sont tous morts. Sa mère par le suicide, sa grand-mère, le chagrin, et son père, un cancer. Ce père dont elles l'avaient privé. Dont il a appris trop tard, par une lettre atroce venue de la sœur du défunt, que, contrairement à ce que les salopes affirmaient, il ne l'avait pas abandonné, qu'il avait tout tenté pour obtenir sa garde. En vain ! Les ventres, les ventres... « N'es-tu pas un homme, mon chéri ? » Ce « chéri » noir, plus destructeur que toutes les injures.

Il va quitter la France, revenir à son idée première : l'Amérique du Sud, le Venezuela. Leurs passeports sont en règle. Là-bas, ils ne risqueront rien. Aucun mandat international n'a été lancé contre lui. On ne peut l'arrêter à l'étranger. De toute façon — il s'en assure régulièrement sur Internet — les recherches ont pratiquement cessé.

Très vite, tout de suite, petit Paul pourra se faire ces amis, ces vrais, qu'il ne cesse de lui réclamer. Il apprendra rapidement la langue. Ne parle-t-il pas déjà l'anglais aussi bien que le français ? Quant à lui, il n'aura aucun mal à trouver du travail.

Il a commencé à s'occuper du voyage. Ils partiront de Genève : un avion de location. Deux escales pour le ravitaillement en kérosène : la première à Valence, la seconde à Dakar. Puis Recife où il louera une voiture.

On lui prépare tout ça. Dans une quinzaine, ils devraient pouvoir s'envoler.

L'homme rentre dans la maison où le silence l'accueille. Son cœur lui pèse un peu. En un temps qui lui paraît déjà lointain, il avait fait un rêve fou : une femme pour lui, une sœur pour petit Paul. Mais la femme est changeante et fragile. Il est trop tôt. Plus tard, peut-être ?

Il descend les marches qui mènent au sous-sol. Pour préparer son départ, il va avoir besoin de toute son énergie, de calme aussi. Il ne peut cesser de travailler sans attirer les soupçons. Soumis au chantage permanent de petit Paul, à cette guerre des nerfs auquel l'enfant se livre avec lui, il n'y parviendra pas. C'est pourquoi il a pris une autre décision.

Il va lui offrir Zazou.

Ce n'est pas sans lutte intérieure qu'il s'y est résolu. Le bref séjour de Simba lui a laissé une impression affreuse. Mais, cette fois, les choses se passeront différemment puisque la donne n'est plus la même. Il conclura un marché avec leur invité : quelques jours auprès de petit Paul contre sa future liberté. L'enfant est intelligent. Il comprendra où est son intérêt.

Il existe au sous-sol une petite pièce sans fenêtre qui, de toute évidence, servait de chambre noire au photographe. Elle a l'eau et l'électricité. Elle ferme à clé. Jusque-là, il avait évité de s'en servir. Chambre noire...

C'est là que Zazou dormira. Il y a déjà descendu un lit de camp.

Lorsque petit Paul et lui partiront, il lui laissera suffisamment de nourriture pour tenir jusqu'à ce qu'on le retrouve. Le congélateur acheté à son arrivée sera bien utile. Des sorbets et des glaces, les enfants aiment tous ça. Et Zazou ne risquera pas de s'ennuyer avec tous les jeux à sa disposition. Ils seront arrivés à bon port avant qu'ils se décident à fouiller la maison. Découvrant le royaume enchanté créé pour petit Paul, ils verront bien qu'il n'est pas le monstre qu'ils imaginent.

Depuis quelques jours, il surveille Charles Laurent. Il connaît ses horaires, ceux de l'école, du foot où il se rend deux fois par semaine. Il ne semble pas s'y amuser beaucoup. Ce n'est pas un sportif, tant mieux ! Pauvre petit Paul non plus. Ils devraient bien s'entendre, ces deux-là.

L'enfant est presque toujours accompagné par sa mère ou l'une de ses sœurs, ce qui ne lui facilitera pas la tâche. Il va lui falloir guetter l'occasion, au besoin, la susciter. Il a mis au point plusieurs plans. De toute façon, il n'a pas le choix. Dans l'état de rébellion où se trouve petit Paul, il pourrait refuser de partir. C'est pourquoi il attendra qu'il soit calmé pour lui parler du voyage. En lui donnant Zazou, il regagnera sa confiance.

« Aie confiance, je suis là », dit Bagheera à Mowgli.

Pour son pauvre enfant-loup, n'a-t-il pas toujours été là ?

Il prend une lente, une profonde inspiration, forme le code de la porte et entre en enfer.

23.

Madame Laurent, la mère de Charles, était tout heureuse ce samedi-là : son petit garçon qui, depuis la disparition de Jean-Lou — décidément, elle ne pouvait se résoudre à prononcer le mot « assassinat » — se renfermait en lui-même et, lorsqu'il n'allait pas à l'école, se barricadait dans sa chambre, avait accepté de passer l'après-midi chez Sylvain, un garçon de sa classe.

Restait à obtenir son accord pour qu'elle l'y conduise. Sylvain habitait tout au bout de la ville, dans une ruelle peu fréquentée et il n'était pas question de le laisser y aller seul. Madame Laurent n'y pouvait rien : elle avait peur. Sans doute cela venait-il de ce que Jean-Lou avait été le meilleur ami de Charles, ils étaient comme deux frères, et parfois elle se demandait : pourquoi pas le mien ?

Aussi, malgré les protestations de son garçon qui se plaignait d'être la risée de ses camarades, où qu'il aille elle l'accompagnait. Son mari lui-même lui reprochait d'exagérer : « Il faudra bien qu'un jour, tu le lâches. Ne sais-tu pas qu'il n'y a pas plus sérieux et la tête sur les épaules que Charles ? Et crois-tu qu'avec tous ces policiers partout l'assassin se balade encore à Saint-Rémi ? »

Pour l'invitation chez Sylvain, Charles et sa mère avaient fini par trouver un compromis. Elle le conduirait en voiture jusqu'au croisement de la grand'rue et la ruelle où habitait son ami. De là, elle pourrait le voir entrer chez celui-ci et serait rassurée. Programme identique pour le retour : rendez-vous à dix-huit heures au même endroit.

Ainsi fut fait et madame Laurent rentra soulagée chez elle et se mit à la disposition de son mari pour aller au supermarché, à Champagnole.

La mère de Sylvain était, elle aussi, allée faire les courses et avait confié les garçons à sa fille aînée, qui, elle-même, recevait une amie.

Sylvain et Charles avaient commencé par construire un garage pour les nombreuses petites voitures de Sylvain. Charles n'était un passionné ni de jeux de construction, ni de voitures, il préférait ceux de société, s'adressant à la réflexion ou à la stratégie. Il avait d'ailleurs emporté, au cas où, son jeu d'échecs mais celui-ci n'avait pas intéressé Sylvain. Charles avait accepté son choix par politesse.

Ensuite, les enfants avaient décidé de faire une partie de ping-pong dans le garage. C'est là que les choses s'étaient gâtées. Sylvain trichait. Il se couchait carré-

ment sur la table et s'octroyait des points en plus. Lorsque Charles le lui avait fait remarquer, il s'était mis en
colère. Il avait jeté sa raquette, l'avait traité de bino-
clard et de bébé Cadum, et s'était installé devant la
télévision sans plus s'occuper de lui.

Colette, la grande sœur, était enfermée dans sa
chambre avec sa copine et Charles pouvait les entendre
glousser comme des dindes. Ce genre de rire, il en
avait l'habitude avec ses sœurs à lui. Cela pouvait
durer des heures et ça lui portait sur les nerfs.

C'est alors qu'il avait pensé à rentrer chez lui.

Il était à peine quatre heures, il n'allait pas poireauter
encore deux heures ici avec ces débiles. Vingt minutes
de marche à tout casser le séparait de sa maison. Sa mère
n'aurait pas le temps de s'inquiéter puisqu'il serait là
quand elle reviendrait du supermarché. Bien sûr, il aurait
droit à un savon, mais son père le défendrait comme
d'habitude ; peut-être même qu'après ça, elle comprendrait qu'il n'y avait pas de danger à le laisser aller seul à
l'école.

Un qui l'aurait approuvé, il en était sûr, c'était papy.
Papy avait été militaire, Charles l'aimait et l'admirait.
C'est lui qui l'avait initié aux échecs. « Tu vois, c'est
comme dans la vie, lui répétait-il. Il faut toujours réfléchir avant d'agir, étudier la tactique de l'adversaire
pour y ajuster la sienne. Ne rien faire dans la précipita-
tion ou l'affolement, bref, garder son sang-froid. » Et
il concluait avec son gros rire de soldat : « Si je n'avais
pas mis ça en pratique, je ne serais plus là pour te
donner mes recettes. »

Charles avait donc pris la décision de partir. À tout
hasard, il avait appelé chez lui mais il n'y avait personne. Alors il avait récupéré ses échecs, son blouson,
et il s'était glissé dehors sans rien dire à personne. Ça
apprendrait à Sylvain à le traiter de bébé Cadum !

La ruelle était déserte et il allait d'un bon pas vers
la grand'rue lorsqu'une voiture, venant de celle-ci et

se dirigeant vers la campagne, s'arrêta près de lui. Avant de reconnaître le conducteur, bien qu'il ne soit pas froussard, il éprouva une petite peur. Celui-ci baissa la glace.

— Mais que fais-tu là ? demanda-t-il d'un air étonné.

— Je rentre à la maison, répondit Charles et, dans sa voix, vibrait encore de colère.

— Dis donc, ça n'a pas l'air d'aller. Tu as eu des ennuis ?

— Sylvain est un con. Il peut toujours courir pour me revoir chez lui.

— Veux-tu que je te ramène ?

Charles hésita. Il avait pour consigne de ne suivre personne en dehors de la famille, mais sa mère ne pourrait rien dire vu que c'était le docteur de la clinique où il avait été opéré de sa hernie. Elle assurait même que si un jour elle devait passer sur le billard, elle n'hésiterait pas à se confier à lui.

— Si tu as un peu de temps, au passage, je te montrerai quelque chose de très intéressant, proposa le docteur en ouvrant la portière.

Alors, sans hésiter, Charles monta.

TROISIÈME PARTIE

Mister Chance

24.

Il n'y avait rien que Sophie préférât à une soirée spaghettis-télé ! Traduction : déguster des pâtes devant un film, de préférence sentimental et venant des États-Unis. Pas non plus n'importe quelles pâtes : celles au goût italien. Sauce tomate à la viande, obligatoire, le reste selon l'humeur et le contenu du frigo : chorizo fort, lardons, dés de jambon ou de poulet, le tout nappé de gruyère et passé au four pour le croustillant.

Il était neuf heures, ce samedi soir, les spaghettis avaient déjà été engloutis, mère et fille se régalaient du bien connu et aimé *Rébecca*, lorsqu'on sonna à la porte. Elles se regardèrent, contrariées : Myriam ? Certainement pas ! Samedi était jour d'affluence en bas et jamais elle ne se serait permis de monter sans appeler avant : la moindre des choses lorsque, d'une certaine façon, on vit en cohabitation.

Blanche arrêta le magnétoscope et laissa Sophie aller ouvrir. La voyant revenir accompagnée de Julien Manceau, elle comprit tout de suite qu'il était arrivé quelque chose de terrible. Le visage du journaliste était gris, son regard semblait demander pardon d'avance. Elle se leva.

— Qu'est-ce qui se passe ?

L'agressivité dans sa voix, c'était la peur. Le refus d'avance de ce que Julien allait lui répondre.

— Charles... dit-il. Charles a disparu.

— Non !

Ce n'était pas vrai. Cela ne se pouvait pas. « Non »,

répéta-t-elle. Non ! Julien s'approcha et mit ses mains sur ses épaules.

— Je ne voulais pas que vous l'appreniez par quelqu'un d'autre.

D'un mouvement brusque, elle se dégagea.

— Vous vous trompez. D'abord, pour un enfant, disparaître ça ne veut rien dire. Ils disparaissent tout le temps. C'est leur grand jeu.

Elle vit sur elle les yeux incrédules de Sophie. Rien que pour Sophie, cela ne pouvait pas être arrivé.

— Il a passé l'après-midi chez un copain, expliqua Julien d'une voix sourde. Il semble qu'ils se soient disputés. Quand la mère est venue rechercher Charles, à six heures, il n'était plus là. Aucune nouvelle depuis.

Blanche jeta un regard à sa montre.

— Vous voyez, il n'est même pas neuf heures ! Ça ne fait que trois heures. On va le retrouver.

Julien se détourna sans répondre. « Il pense à Nina, se dit-elle. C'est normal, le pauvre. Mais il confond tout. Charles n'est pas Nina. Charles était averti. Il n'a pu suivre personne. »

Elle revit le regard du petit garçon, levé vers elle, derrière les lunettes vertes, lorsqu'il lui avait parlé, à l'école, et quelque chose se brisa dans sa poitrine. Elle tomba sur une chaise.

— C'est de ma faute, hoqueta-t-elle. C'est de ma faute.

— Maman, arrête ! cria Sophie.

— Il voulait me parler, il avait quelque chose à me dire, je n'ai pas su l'écouter.

Julien vint s'accroupir près d'elle.

— Nina m'avait demandé de l'accompagner au supermarché, raconta-t-il d'une voix douloureuse. J'avais refusé. Ça me rasait, tout simplement. Ça me rasait... Elle n'en est jamais revenue. Encore aujourd'hui, il m'arrive de me dire : « C'est de ma faute. »

Il prit de force les mains de la jeune femme, glacées, remarqua-t-il.

— Blanche ! Nul ne peut éviter l'imprévisible.

Elle le repoussa et se leva. Derrière les voilages, la nuit était là.

— Qu'est-ce qu'ils font ? demanda-t-elle.

— Müller était en famille à Dijon. Il devrait arriver d'un instant à l'autre. Son adjoint travaille en collaboration avec les gendarmes. Toutes les rues, toutes les maisons sont fouillées, un maximum de gens interrogés.

On sonna à nouveau, cette fois Myriam. Blanche se crispa. Ne pouvait-on la laisser tranquille ? Si elle avait été seule, elle aurait pu crier.

La restauratrice s'approcha de Sophie et la serra contre sa hanche : la petite avait les larmes aux yeux.

— Tu vas voir qu'on va le retrouver, lui promit-elle.

On ne le retrouverait pas. Au plus profond d'elle-même, Blanche le savait. On ne retrouverait pas Charles vivant. Et Julien le savait lui aussi puisqu'il ne disait rien.

Une sirène de police retentit. Blanche alla ouvrir la fenêtre. Elle se figea. Devant la mairie, éclairée comme lors des fêtes, une foule se rassemblait, affluant de tous côtés, silencieuse. Elle n'avait rien entendu.

Les gens s'écartèrent pour laisser passer la voiture qui s'arrêta devant le bâtiment. Müller en jaillit.

— On ne regarde pas le malheur du balcon, aboya Blanche.

Elle bouscula Myriam, venue près d'elle, et quitta l'appartement. En dévalant l'escalier, elle se tordit la cheville, ce qui lui fit un mal de chien. La nuit était froide, bleue. Bleu Jura, bleu pins, bleu mort. Elle joua des coudes pour arriver jusqu'au bas des marches de la mairie que Müller avait gravies avant de s'arrêter et s'emparer d'un micro. Le maire était à ses côtés. Le policier s'éclaircit la voix. Il avait un visage orageux.

— Le procureur de la République sera là demain

matin, annonça-t-il. D'importants renforts nous ont d'ores et déjà été accordés.

Son regard parcourut la foule.

— Je sais que certains d'entre vous souhaiteraient participer dès ce soir aux recherches. Je leur demande de patienter.

Des cris de protestation s'élevèrent. Il les fit taire de la main.

— Nous aurions tout à perdre, et l'enfant aussi, à agir dans le désordre, reprit-il d'une voix ferme. Des barrages ont été établis sur les routes. Mes hommes, en collaboration avec les gendarmes, travailleront toute la nuit. Si par malheur l'enfant n'avait pas été retrouvé demain matin, je donne rendez-vous ici même à tous les volontaires. Des battues seront organisées. Nous aurons l'assistance d'un hélicoptère.

Une houle parcourut la place : impuissance, déception. Blanche sentit sur ses épaules la chaleur du blouson que Julien y posait. Elle était descendue bras nus. La main de Sophie se glissa dans la sienne. Müller approcha à nouveau le micro de ses lèvres.

— Je vous demanderai également de réfléchir à ce que vous auriez pu remarquer de particulier durant ce samedi, ou même hier. Une voiture qui traîne, un inconnu qui rôde, un comportement inhabituel. La mairie ne fermera pas de la nuit. Venez ou appelez. D'avance, je vous remercie.

Il rendit le micro à un employé et s'engouffra dans le bâtiment à la suite du maire. Les gens se tournèrent les uns vers les autres, indécis, ne se résignant pas à rentrer chez eux. D'abord, ils parlèrent bas, puis le bruit des conversations s'amplifia. « Toi, tu restes avec moi », ordonna une femme d'une voix hystérique à son petit garçon. Un éclair traversa la tête de Blanche.

IL EST LÀ !

Ceux qui prétendaient qu'après le meurtre de Jean-Lou l'assassin s'était sauvé se trompaient. Müller l'avait laissé clairement comprendre : « Si vous avez remarqué un comportement inhabituel »...

Il était là, à Saint-Rémi ou tout près. Il avait guetté une nouvelle proie et choisi Charles, le meilleur ami de Jean-Lou. Qu'est-ce que tout cela voulait dire ?

Blanche vacilla. Julien saisit son bras.

— Blanche, s'il vous plaît, venez boire quelque chose de chaud. Vous êtes glacée.

Sans lâcher la main de Sophie, elle se laissa entraîner. Les dessins d'enfants, au mur de la classe, dansaient devant ses yeux. Il lui parut que l'assassin venait y piocher. Jean-Lou, Charles... Et qui, après ?

25.

Non, vraiment, Pierre Rondeau ne pouvait y croire, même ici, même maintenant, marchant avec son groupe, l'œil aux aguets, entre les arbres, si beaux en cette saison qu'ils vous mettaient le cœur en feu. Il ne pouvait croire que l'inacceptable s'était reproduit, qu'un nouvel enfant avait été enlevé, du même âge que le « sien » — Jean-Lou — venant lui aussi de Saint-Rémi, cette ville sans histoire près de laquelle, un temps, il avait envisagé de prendre sa retraite.

Alors que l'image d'un petit visage blême, apparaissant dans le rouge d'un sac de couchage, continuait à hanter le banquier, que jamais plus il ne pourrait regarder le ciel de la même façon, ni les hommes, surtout les hommes, voici que tout recommençait !

Sa femme avait appris la nouvelle ce matin par l'appel d'une amie alors qu'il traînassait au lit. Sans écouter ses protestations, il avait couru se présenter à la mairie d'où les recherches étaient organisées. Lorsqu'il y était arrivé, vers neuf heures trente, beaucoup de volontaires étaient déjà en route, encadrés par policiers ou gendarmes. Lacs, petits bois et forêts avaient été distribués. À la quinzaine de personnes qui restaient, on avait attribué l'un des chemins qui menait aux cascades du Hérisson.

Le Hérisson prenait naissance au-dessus des quatre lacs dont la clinique, désormais tristement célèbre, portait le nom. C'était un cours d'eau très amusant, primesautier, qui se faufilait entre les gorges, se cachait sous des couches calcaires pour vous rejaillir sous le nez en chutes ou en cascades. Pierre Rondeau y était souvent venu en promenade, un carnet à la main où il notait ses sentiments devant tant de beauté. Si, aujourd'hui, il avait emporté son carnet, qu'y aurait-il inscrit ?

Le soleil était au rendez-vous en ce dimanche de début octobre, dardant ses projecteurs sur les lieux de recherche, la recherche de quoi, mon Dieu ! Un nouveau corps de petit garçon ? Observant ses compagnons qui, dispersés çà et là, fouillaient les abords de la route forestière, Rondeau ne pouvait s'empêcher de se demander combien, parmi eux, étaient venus parce qu'ils se sentaient réellement concernés, et combien par simple curiosité, pour pouvoir dire : « J'y étais. » Et il se retenait de crier : « Moi, j'ai le droit, le DEVOIR d'y être, car c'est moi qui ai trouvé le premier petit... »

N'allait-il pas régulièrement déposer des fleurs sous le hêtre ? Il avait même pu constater qu'il n'était pas le seul.

Le jeudi de sa terrible découverte, il s'était offusqué de la présence de deux journalistes, rien que deux ! Combien y en avait-il ce matin lorsqu'il était arrivé place de la Mairie ? Plusieurs dizaines, certainement. « On attend la télévision », lui avait soufflé un passant, masquant son excitation sous un air navré. En se précipitant à Saint-Rémi, qu'attendaient-ils ? Ce que, précisément, ils étaient en train de chercher ?

Tueur en série... Les gens se transmettaient l'expression comme un furet brûlant, avec un mélange d'horreur et de gourmandise. Les tueurs en série étaient à la mode, que ce soit dans les films, les feuilletons ou la littérature. Au printemps dernier, alors que Saint-Rémi dormait encore tranquille, Pierre Rondeau avait regardé une émission sur le sujet. Un psychologue, spécialisé dans la criminalité, avait expliqué qu'en tuant, ces personnes satisfaisaient un appétit forcené de pouvoir. Disposer de la vie d'autrui, n'est-ce pas être Dieu ? Interrogé, l'un de ces *serial killers*, comme on les appelait, avait dit une chose qui avait glacé l'ancien banquier. Il avait dit : « Lorsque je me promène dans la rue, regardant les femmes, je décide : "Non, ce ne sera pas celle-là : celle-là, je lui fais grâce." » Et il jouissait de l'avoir épargnée.

Était-ce un tueur en série qui avait exécuté Jean-Lou et enlevé le petit Charles ? Ferait-il grâce au second enfant ?

Le vacarme d'un hélicoptère envahit le ciel et fit lever toutes les têtes. Quoi qu'il en soit, on ne lésinait pas sur les moyens pour le retrouver. Lorsque l'engin se fut éloigné, le silence retomba, on entendit à nouveau les oiseaux et chacun reprit sa quête.

— Vous êtes bien monsieur Rondeau ?

L'homme qui s'adressait à lui devait avoir une trentaine d'années ; un visage sympathique, pull et chaussures de montagnard, à l'épaule un sac que tout de suite le banquier suspecta de contenir un appareil de photo. Un journaliste ?

Pour le journaliste, il ne se trompait pas.

— Julien Manceau, envoyé spécial, se présenta son interlocuteur en citant la radio qui l'employait. J'ai appris que c'était vous qui aviez découvert le corps de la première victime.

Rondeau se contenta d'incliner affirmativement la tête. On ne l'aurait pas deux fois ! Au lendemain de

l'assassinat, sa photo avait paru dans le journal, accompagnée d'un article plein de mensonges et d'exagéra-
tion. Ces abrutis avaient même trouvé moyen de parler
de la truite arc-en-ciel qu'il avait pêchée ce jour-là,
comme si elle avait de l'importance.

Remarquant sa méfiance, le journaliste lui sourit.

— Rassurez-vous, je n'ai pas l'intention de vous
importuner. Je me disais seulement que cela devait être
dur d'être là aujourd'hui. Sachez que je vous comprends.

Totalement inattendue, une onde de reconnaissance
gonfla le cœur de Pierre Rondeau et les larmes lui
montèrent aux yeux. Fallait-il qu'il se soit senti seul !

— Voyez-vous, reconnut-il d'une voix enrouée,
lorsqu'on cherche, il est naturel qu'on ait envie de
trouver. Mais, dans notre cas, ce serait trouver quoi ?
Le corps d'un autre petiot ? Alors on ne sait plus bien
ce qu'on fait là. Ni d'ailleurs dans ce foutu monde,
ajouta-t-il avec rancœur.

Julien acquiesça. Ce matin, lorsqu'il avait vu partir
Blanche, Sophie et Myriam, trois braves petits éclai-
reurs, pour le lac de Chalain, il avait fait le vœu ardent
que ce ne soit pas leur groupe qui trouve. Il se serait
volontiers joint à elles, mais il devait organiser son
passage au journal du soir.

Pensant à Nina, il se fit la réflexion que le pire pouvait être, après vingt ans, d'avoir perdu tout espoir de
trouver.

Pierre Rondeau lui désigna deux hommes qui les
avaient rejoints en cours de route et cheminaient
devant eux en parlant à voix basse.

— Si je ne me trompe, ce sont les médecins de la
clinique des Quatre Lacs, n'est-ce pas ?

— C'est bien eux, répondit Julien. Le chirurgien et
l'anesthésiste.

— L'anesthésiste s'appelle Riveiro, je crois ? C'est
lequel ?

— Celui qui porte le blouson de cuir et le pull à col roulé, fit le journaliste en se disant qu'avec un tel soleil il devait étouffer.

— Eh bien figurez-vous que nous n'avons jamais été présentés et que pourtant nous avons quelque chose en commun, lui apprit Rondeau.

— Comment cela ?

— Lorsque j'ai décidé de prendre ma retraite dans le coin, j'ai visité pas mal de maisons près de Saint-Rémi. L'une d'elles me plaisait particulièrement, au cœur d'un parc planté de pins. Voyez-vous, je suis un peu poète, ajouta-t-il d'un ton pudique. Et après avoir exercé durant plus de quarante ans dans un espace clos et bruyant, le plus beau cadeau que je pouvais m'offrir était le silence et l'espace.

— Et cette maison, vous n'avez pu l'avoir ? demanda Julien, touché.

— Hélas, ma femme l'a recalée, répondit Rondeau avec un soupir. Elle, c'est plutôt le bridge qui l'inspire et elle s'était mis en tête que ses amies ne s'aventure-raient jamais dans un lieu si isolé. C'est ainsi que pour finir nous avons choisi une maison à Champagnole avec un jardin de curé. J'ai appris depuis peu qu'un médecin occupait MA maison : le docteur Riveiro.

— Lui, ne l'a pas trouvée trop grande ?

— Apparemment non. Même s'il y vit seul.

Le regard de Rondeau se déplaça sur Roland Lagarde. Celui-ci avait jeté sur son épaule une veste de trappeur.

— Quant au chirurgien, je me demande où j'ai bien pu le rencontrer. Son visage me dit quelque chose, cette veste aussi. Seulement, à mon âge, la mémoire...

Ils arrivaient au but : le pied de la cascade. Depuis un moment, son fracas les tirait en avant et tous avaient hâté le pas. Elle coulait, ample, en éventail diamanté. Il était douloureux de se dire que rien ne pourrait l'ar-rêter, aucune prière, aucune douleur, pas même la mort d'un enfant. Du temps inexorable.

Plus bas scintillaient les calmes miroirs des lacs. Il y avait dans ce contraste toute la violence et la douceur de ce pays sensible et tragique comme le cœur des hommes.

Julien posa sa main sur le bras du poète qui pleurait.

— Réjouissons-nous. Nous n'avons rien trouvé.

26.

« Finalement, vous êtes verni », avait lancé Müller à Julien, et le journaliste l'avait regardé de telle façon que le commissaire s'était excusé : la pression, le manque de sommeil, la peur aussi, pourquoi diable un flic n'aurait-il pas le droit d'avoir peur ? La peur pour le petit Charles.

Si l'adjectif « verni » avait échappé à Müller, c'est que Julien était le seul journaliste « agréé », si l'on pouvait dire, par madame Laurent. Ceci à cause de Nina dont elle avait suivi autrefois, avec beaucoup d'émotion, la triste histoire dans la presse. Müller n'avait quand même pas été jusqu'à dire : « verni GRÂCE à Nina ». Là, Julien l'aurait étranglé.

Il avait rencontré la mère de Charles dès son arrivée à Saint-Rémi. Ayant appris que son fils était le meilleur ami de Jean-Lou, il avait souhaité la rencontrer pour en savoir davantage sur les relations des deux enfants. C'était toujours ainsi qu'il procédait, s'attachant à la personnalité de la victime, cherchant à connaître ses habitudes, ses manies, ses éventuelles passions, laissant à la police le travail plus « extérieur ».

Madame Laurent l'avait reçu très aimablement. Ils avaient parlé des liens unissant les garçons. L'un vif-argent, toujours en mouvement, féru de sport : Jean-

Lou. L'autre plutôt calme, réfléchi, prisant les jeux de
société : Charles. Pour Françoise Laurent, chacun
admirait en l'autre ce qu'il savait moins bien faire :
leur complémentarité les liait.

Ce jour-là, Julien avait pu adresser quelques mots à
Charles qui lui avait semblé être un enfant particulièrement vif et intelligent. Mais lorsqu'il l'avait aiguillé
sur le sujet de son ami, Charles s'était totalement
refermé et, bien sûr, le journaliste n'avait pas insisté.

Au retour de la cascade de l'Éventail, Julien passa
se doucher et se changer à son hôtel. Il était dix-sept
heures, les groupes de bénévoles qui battaient la campagne depuis le petit matin rentraient les uns après les
autres, bredouilles. Aucune trace de l'enfant nulle part.
Après confirmation à la mairie, le journaliste se rendit
chez les Laurent.

Ce matin, Françoise Laurent l'avait appelé. Elle souhaitait lancer un appel au ravisseur si les recherches
n'aboutissaient pas. Julien avait aussitôt joint sa radio,
à Besançon, qui lui avait donné carte blanche. Cet
appel serait lancé à dix-huit heures, heure de la plus
grande écoute, celle à laquelle il intervenait chaque
jour depuis la découverte du corps de Jean-Lou. Il avait
obtenu du présentateur ami qu'aucune question ne soit
posée à la pauvre femme à l'issue de son intervention.
Inutile de la torturer et les questions, s'il y en avait, il
était là pour y répondre.

Dix-sept heures trente sonnaient lorsqu'il se glissa
discrètement dans le jardin des Laurent pour aller frapper à la porte de derrière. Verni ou non, inutile de faire
des jaloux. Le père de l'enfant lui ouvrit. Il avait participé aux recherches et semblait à bout.

— Je viens d'avoir le commissaire Müller, apprit-il
au journaliste. Aucune trace de notre fils nulle part. À
votre avis, cela pourrait-il signifier... qu'il est vivant ?

Le malheureux avait prononcé le mot avec honte,
comme s'il se reprochait son manque de confiance.

— C'est bien parce que nous l'espérons que l'appel va être lancé, répondit Julien avec un optimisme qu'il était loin de ressentir.

Toute la famille était réunie dans le living, une grande pièce coquettement arrangée, communiquant par un comptoir avec une cuisine revêtue de bois clair. Des éclairages indirects donnaient une impression de confort, de douceur de vivre. Un cadre qui aurait plu à Blanche, pensa Julien, un peu le dessin idéal d'un foyer lumineux et convivial.

La mère et les deux sœurs de Charles étaient réfugiées dans le canapé. À côté de celui-ci, un couple âgé occupait de confortables fauteuils ; certainement les grands-parents.

L'homme se leva à l'entrée de Julien et vint à lui d'un pas décidé.

— Si l'on attrape l'ordure qui a fait ça, je la zigouille de mes propres mains et je passe volontiers le reste de ma vie en prison, affirma-t-il.

Julien se contenta de hocher la tête. À chaque enlèvement d'enfant, c'étaient les mêmes mots venus du fond de la douleur et de la colère. Il se gardait bien de juger. Qu'aurait-il fait, lui, si le ravisseur de Nina avait été retrouvé ?

Des photos du petit, qui n'étaient pas là la veille, avaient fleuri sur les meubles et cela lui serra le cœur : Charles devant l'ordinateur, maniant la souris. Charles jouant aux échecs avec son grand-père, ici présent. Charles à l'école. Et toujours ce regard futé derrière les lunettes vertes.

Françoise Laurent s'était levée, se mettant à sa disposition : une jolie femme dans la quarantaine, portant des lunettes comme son fils. Sous les verres, ses yeux étaient gonflés. On sentait son effort pour se contrôler.

— Êtes-vous bien certaine de vouloir lancer vous-même cet appel ? s'assura Julien. Ce ne sera pas trop dur ?

— Ça ira, dit-elle.

Il n'en fut pas étonné. Quel que soit le drame, c'était presque toujours les femmes qui acceptaient de s'exposer devant un micro ou une caméra. Plus courageuses ? Moins soumises au respect humain ?

— Voici comment les choses se dérouleront, lui expliqua Julien. D'ici une quinzaine de minutes, le studio de Besançon nous appellera afin de s'assurer que la ligne est libre. À dix-huit heures, les titres seront annoncés, puis le présentateur fera le point sur cette journée à Saint-Rémi avant de vous donner la parole. Parlez aussi longtemps que vous le souhaiterez. Je resterai à vos côtés.

Françoise Laurent acquiesça. Puis elle désigna à Julien une table où se trouvait le téléphone ainsi qu'un poste de radio mis en sourdine. Deux sièges y avaient été disposés côte à côte. Ils s'y installèrent.

Comment Müller a-t-il osé me traiter de verni, pensa Julien. Il aurait tout donné pour qu'un autre fût à sa place. L'immense espoir, peut-être l'ultime, qu'il représentait pour cette famille, la confiance qu'elle lui témoignait, pesaient une tonne sur ses épaules.

Madame Laurent sortit de sa poche un papier couvert de son écriture qu'elle posa devant elle. Elle avait dû passer la journée à chercher les mots propres à émouvoir le ravisseur. Julien s'était interdit de lui suggérer quoi que ce soit ; les auditeurs ne devaient pas avoir l'impression d'un texte dicté.

— Cet appel sera rediffusé plusieurs fois, lui appritil. Dans la région mais aussi dans l'ensemble de la France.

L'entendras-tu, espèce de fumier ? se demanda-t-il avec haine. Es-tu de ceux qui jouissent à suivre à la radio et à la télé ce que l'on dit d'eux ? Achètes-tu la presse ? Et où te trouves-tu en ce moment ? Caché comme une bête malfaisante avec ta proie ou, au contraire, sûr de ton impunité, menant la vie de Monsieur Tout-le-monde alors que tu as volé celle d'un innocent et t'apprêtes peut-être à récidiver.

De cet appel, entendu jusque dans les pays limitrophes, Julien ne pouvait s'empêcher d'espérer qu'il réveillerait une mémoire, alerterait une conscience, rappellerait à l'un ou à l'autre un détail qui pourrait aider la police. Les communications reçues à Besançon après l'intervention de madame Laurent seraient automatiquement répercutées vers Müller.

Dix-sept heures cinquante. Dans le salon, tous les regards étaient rivés sur la pendule. Debout, très droit, les poings serrés, le grand-père avait le visage tragique d'un homme d'action réduit à l'impuissance.

La sonnerie du téléphone retentit et, bien que l'on n'attendît qu'elle, le sursaut fut général. Julien décrocha.

— Tout va bien ? demanda le rédacteur en chef.

— Si l'on peut dire...

— Excuse-moi. C'est toujours la mère qui passe l'appel ?

— Toujours : madame Françoise Laurent.

— C'est bon. Vous restez en ligne. On est tous avec vous.

Sur la radio, posée sur la table, on entendit la publicité. Puis ce fut l'indicatif de chaîne, suivi de la liste des titres qui allaient être développés.

— Cela va être à nous, dit Julien à voix basse à madame Laurent en lui tendant l'appareil qu'elle prit d'une main tremblante et colla à son oreille.

— Nous en revenons à présent au drame de Saint-Rémi, annonça le présentateur. De très nombreux volontaires ont participé toute cette journée de dimanche à des battues organisées par la police et la gendarmerie, dans un large périmètre autour de la ville. Battues qui n'ont rien donné, oserons-nous dire : heureusement ? Nous avons en ligne la maman du petit Charles qui a souhaité lancer un appel au ravisseur. Madame Laurent, vous êtes bien là ?

— Oui, répondit Françoise imperceptiblement.

— C'est à vous, s'il vous plaît.

Le regard de la mère vint sur la table où elle avait posé la feuille et soudain elle la prit et la froissa. « Elle ne peut pas, pensa Julien. Elle a présumé de ses forces. Je n'aurais jamais dû accepter que ce soit elle qui parle. »

— Maman, vas-y... supplia l'une des filles.

— Madame Laurent, vous voulez, je crois, lancer un appel au ravisseur de votre petit garçon... répéta le présentateur.

Elle ferma une seconde les yeux puis, au moment où Julien s'apprêtait à lui reprendre l'appareil, elle se lança.

— Écoutez, dit-elle d'une voix que l'émotion rendait presque masculine, si c'est vous qui m'avez pris mon Charles, rendez-le moi. Je vous donnerai tout ce que vous voudrez. Je ne vous dénoncerai pas.

Elle s'interrompit quelques secondes. Il n'y avait plus d'air dans le salon, rien que de l'attente et de la souffrance. Même plus de haine.

— Peut-être que vous-même vous avez eu un petit, reprit Françoise Laurent. Peut-être que vous l'avez aimé. S'il vous plaît, ne faites pas de mal au mien.

Les sanglots la submergèrent. Elle raccrocha.

27.

« S'il vous plaît, ne faites pas de mal au mien »...

D'un geste rageur, l'homme arrête sa radio. Pour qui cette femme le prend-elle ? A-t-il jamais eu l'intention de faire du mal à qui que ce soit ? Est-ce ainsi qu'on l'imagine ?

« Peut-être que vous-même vous avez eu un petit...
Peut-être que vous l'avez aimé... »

Et pourquoi employer le passé ? C'est au présent
qu'il aime. La blessure de l'amour, cette douleur
constante d'une âme qu'il emplit sans jamais la
combler, nul ne la connaît mieux que lui.

C'est bien évidemment ce maudit journaliste qui a
donné à la mère de Zazou l'idée de cet appel pourri.
Ce Manceau qui a ses entrées aussi bien chez Myriam
que chez Müller et qui se répand chaque jour sur les
ondes sans savoir de quoi il parle, mêlant son histoire
personnelle avec ce qui n'a rien à y voir.

« Je vous donnerai tout ce que vous voudrez... »

Mais pour qui te prend-on ? Un sordide rançonneur ?
Un maître chanteur ? Tout l'or du monde n'est rien en
comparaison du trésor qu'il a depuis samedi : le sourire
d'un petit garçon détruit par l'inconscience d'une
mère, et auquel il a su offrir l'ami dont il rêvait.

Ce jour-là, il faut le reconnaître, la chance l'avait
servi. Le camarade d'école chez qui Charles s'était
rendu, leur dispute, l'emplacement idéal de la maison,
sur le chemin de la forêt où ils n'avaient croisé personne.

Et quand bien même les aurait-on vus ensemble, qui
se serait inquiété de sa présence auprès de l'un de ses
anciens patients ? Il en aurait été quitte pour ramener
l'enfant chez lui en attendant une prochaine occasion.
Une fois n'est pas coutume, le ciel s'était montré clé-
ment à son égard.

L'expérience aidant, il s'y était pris autrement
qu'avec Simba. Il avait expliqué à Charles, qui était
petit Paul avant de le lui présenter. Il lui avait révélé
l'infirmité de l'enfant et lui avait décrit la prison où sa
mère l'avait enfermé. « Sors-moi de là, papa... Sors-
moi de là, je t'en supplie. »

Charles était ému, il l'avait remarqué ; un enfant

sensible, le bon choix ! Et lorsqu'il avait expliqué qu'il était obligé, pour l'instant, de garder son fils caché afin qu'on ne le lui reprenne pas, l'enfant avait approuvé de la tête.

À cet instant de son récit, ils arrivaient devant la maison.

— Et comment il s'appelle ? avait demandé Charles.

— Paul ! Mais il a aussi un autre nom qui te dira peut-être quelque chose : Mowgli.

— Le Mowgli de Mister Chance ?

Charles avait presque crié. Il écarquillait des yeux incrédules. Il n'en revenait pas. Sa curiosité faisait plaisir à voir.

— Tu as bien deviné. Ils t'attendent tous les deux avec impatience.

Là, Charles avait ri.

En refermant sur eux la porte de la maison, une légitime fierté gonflait le cœur de l'homme : succès total pour cette première partie du programme. Le garçon l'avait suivi d'enthousiasme jusqu'au sous-sol. Oui, ravi à l'idée de rencontrer le capucin. Il avait formé le code de la porte.

Dût-il vivre cent ans, il n'oubliera jamais cet instant !

Petit Paul se tient inerte devant son ordinateur éteint. Il ne tourne même pas la tête lorsqu'ils rentrent : il n'attend plus rien. D'une voix douce, il lui annonce :

— Zazou est venu te rendre visite.

Non ! Jamais il n'oubliera.

Le fauteuil pivote lentement : petit Paul n'y croit pas encore. Puis il découvre Charles et c'est comme une renaissance. Le père redonne vie au fils : la lumière revient dans ses yeux, le sang à ses joues. Il se redresse et, un instant, l'idée folle traverse le médecin que, par le pouvoir de son amour, son enfant va se lever et venir vers eux : « Lève-toi et marche. » Son bonheur est tel que c'est lui, le paralytique.

Zazou s'avance, très naturel, la main tendue, vers celui dont une correspondance sur le Net a déjà fait un peu son ami.

— Salut, Mowgli !

Ne manquait au miracle que Mister Chance qui saute dans les bras de l'invité en se livrant à ses salamalecs de mendiant.

Charles avait lui-même récompensé le capucin. Il avait ri à ses grimaces, admiré le superbe espace où vivait petit Paul. Quel enfant n'aurait rêvé d'un tel royaume rien que pour lui, empli des jeux les plus beaux, les plus modernes. Petit Paul aurait voulu les lui montrer tous à la fois, les mots se bousculaient sur ses lèvres, il en bégayait, le pauvret. Et, tandis qu'il parlait, c'était misère de voir ses doigts pianoter sur ses genoux comme s'il ne pouvait encore croire tout à fait qu'il était en train de communiquer réellement avec un garçon de son âge. Un ami, papa, un vrai !

— Tu as un accent marrant, avait remarqué Zazou.

L'accent, petit Paul l'avait de naissance. Lui, avait réussi à y échapper, sauf certains jours de trop grande tension.

Puis le moment redouté. Redouté et inévitable. Charles regarde sa montre : « Il va falloir que je rentre à la maison, sinon maman va s'inquiéter. » Le regard éperdu du fils qui vole vers le père, l'appelant à l'aide. De quoi as-tu peur ? Ne sais-tu pas que tu peux compter sur moi ? Ne viens-je pas de t'en donner une nouvelle fois la preuve ?

— Si tu veux bien, j'ai juste une dernière chose à te montrer, avait-il dit à Charles.

Il l'avait mené dans la chambre préparée pour lui dont il avait refermé la porte. Le moment crucial était venu. Zazou devait comprendre qu'il n'avait pas le choix : qu'il le veuille ou non, il resterait là. Au médecin à qui il avait fait confiance le jour de son opération de le persuader qu'il ne lui serait fait aucun mal. Au contraire !

Pour la première fois, l'enfant semblait inquiet. Son regard passait du lit de camp à la table et de celle-ci aux bacs dont se servait l'ancien propriétaire photographe. Il avait désigné les murs sans fenêtre.

— C'est une chambre noire ? avait-il demandé d'une voix hésitante. Mon grand-père en a une pour développer ses photos.

— Elle n'est pas noire, il y a de la lumière. Et ce sera la tienne durant les quelques jours où tu tiendras compagnie à Mowgli.

— Mais ce n'est pas possible, maman ne voudra jamais ! s'était exclamé Zazou. Et l'école ? Il faut que j'aille à l'école.

— Nous ne demanderons pas la permission à... maman, avait rétorqué l'homme d'un ton sans appel.

— Mais si je ne rentre pas, elle va avoir très peur ! Mais... mais... mais...

— Nous lui donnerons de tes nouvelles.

Charles Laurent avait gardé le silence durant quelques secondes, son jeu d'échecs serré si fort contre sa poitrine que les jointures de ses doigts étaient blanches.

— Ça veut dire que je n'ai pas le droit de sortir d'ici ? avait-il demandé d'une petite voix.

— Quelques jours seulement, je te le répète. Après, tu pourras rentrer chez toi, c'est promis. Et tu ne seras pas seul puisque tu auras ton ami.

— Mowgli n'est pas mon ami, avait constaté l'enfant en élevant la voix pour la première fois.

L'homme avait réussi à contenir sa colère.

— Il le deviendra.

Puis il avait montré le jeu d'échecs : « Si, pour commencer, tu lui proposais une partie ? »

Alors qu'il s'attendait à un refus, Charles l'avait suivi.

Ce soir-là, il ne les avait pas quittés, voulant s'assurer que Charles avait bien compris ct accepté le contrat.

Sa docilité l'inquiétait un peu. Trop de cris chez Jean-Lou, pas assez de ce côté. Après la partie d'échecs que petit Paul avait gagnée haut la main, ils avaient dîné tous les trois : raviolis au gratin, la fête, c'est la fête ! Petit Paul avait dévoré. Charles avait à peine touché à son assiette, cela viendrait. En revanche, il avait beaucoup bu, ce qui avait permis à l'homme de mêler discrètement à son breuvage le nécessaire pour qu'il dorme bien.

Plus tard, lorsqu'il l'avait ramené dans sa chambre pour la nuit, Charles avait demandé quand sa mère aurait des nouvelles. Les mères... les mères... comme si elles ne pouvaient pas patienter un peu. Chacun son tour, non ?

— Demain, si tu es sage.

Le « Si tu es sage » valait avertissement. Charles avait semblé le comprendre. Il avait accepté de mettre, pour dormir, le T-shirt offert à lui par petit Paul. Mais lorsque l'homme s'était penché sur son front pour l'embrasser, son recul ne lui avait pas échappé.

Il lui avait quand même laissé la lumière.

Ce soir-là, il avait parlé à petit Paul de leur prochain départ au Venezuela.

— Est-ce qu'on emmènera Zazou ? avait demandé l'enfant.

28.

Il remet la radio sur son étagère. Tout à l'heure, il l'écoutera à nouveau. Il est prêt à parier qu'ils repasseront l'appel plusieurs fois. Cet appel qui brûle son cœur d'une mauvaise flamme.

« S'il vous plaît, ne faites pas de mal au mien. »

Après de telles paroles, comment les gens pourraient-ils comprendre qu'il n'a agi que par amour ?

Il se lève et prend le chemin du sous-sol. Il est temps de retrouver les enfants. Pour la première fois, il les a laissés seuls : trente minutes. Non qu'il craigne que Charles se montre brutal avec petit Paul. C'est un doux. Mais il doit y aller progressivement. Demain, si tout s'est bien passé, il leur accordera une demi-journée de tête-à-tête.

Aucun bruit derrière la lourde porte qui, le code formé, pivote sur ses gonds. Les deux amis sont penchés sur l'ordinateur, tignasse rousse contre tignasse blonde. À ce spectacle, le bonheur l'étourdit. Ah, s'ils pouvaient les voir, ceux qui viennent d'entendre l'appel de la mère ! Déjà, il lui pardonne de l'avoir publiquement soupçonné de vouloir nuire à son enfant. Il se sent l'âme généreuse. Demain, il s'arrangera pour lui faire savoir que tout va bien. Pourquoi pas un mot de la main de Zazou ? Et, dès la fin de la semaine prochaine, elle l'aura récupéré, son petit !

— Alors, on s'amuse bien ? lance-t-il joyeusement.

Et le monde s'écroule.

Petit Paul se tourne vers lui. Ses yeux sont noirs.

— Pourquoi tu as tué Simba ?

La douleur le cloue sur place. Dans la voix de son fils, c'était bien de la haine. Il y a souvent entendu la supplication, le défi, parfois la colère, jamais ÇA. ÇA qui vous exclut, vous nie, vous jette au tombeau. La nuit envahit son cerveau, grand-mère a emporté la lumière, c'est la fin.

Respirer. Respirer longuement, profondément. Personne, plus jamais, ne te privera de lumière. Aller vers les enfants comme si de rien n'était. Eux, ne s'occupent plus de lui. Zazou pianote fébrilement sur le clavier. Petit Paul suit les mots qui s'inscrivent sur l'écran. Ce qu'il y lit le pétrifie.

SON NOM.

Le sale petit hypocrite est en train d'envoyer un SOS. « SOS, venez me chercher, vite ! » C'était donc ça son calme, sa feinte docilité : il mijotait son coup. Le nom de petit Paul apparaît également dans le message : « Lui aussi est prisonnier. » Prisonnier, mon fils ? Mais qu'attend-il, ce fils, pour intervenir, arrêter le traître ? Ne sait-il pas que si on vient le chercher, il sera, cette fois pour toujours, séparé de son père, son sauveur ?

Charles clique : message envoyé.

Les deux enfants se tournent à présent vers lui. Il y a comme du défi dans le regard de Zazou et, malgré le feu dévastateur qui brûle dans sa poitrine, l'homme ne peut s'empêcher d'admirer : un sacré cran, le garçon !

Il tend la main et arrête l'ordinateur. De sa voix la plus douce — il n'a rien vu, rien entendu — il décide.

— Assez joué pour ce soir.

Complices, tous deux refuseront de dîner. Complices, ils ne prononceront pas un mot mais leurs regards ne cesseront d'aller vers la porte, leurs oreilles de se tendre vers les soupiraux. Cette fois, dans leur boisson, il mettra plus que le nécessaire. Il portera Charles jusqu'à la chambre noire où il l'étendra tout habillé sur le lit de camp. Il dévêtira petit Paul, endormi lui aussi, changera sa couche souillée et, le bordant, ne pourra empêcher ses larmes de couler : petit Paul, sa douleur, sa pénitence.

Il lui faudra marcher longtemps dans le parc assoupi avant de retrouver son calme. Le froid, l'odeur des pins, quelques taches flamboyantes çà et là, lui rappelleront cet autre pays où il avait cru trouver la paix. Ce pays où l'on parle sa langue, loin pourtant de cette France où son mauvais génie l'a poussé à revenir. Ne revient-on pas toujours au lieu des blessures d'enfance ?

Puis il réfléchira. Sans haine ni désir de vengeance. En toute lucidité. Le petit calculateur a bouleversé la donne : quel choix te reste-t-il ?

Garder les deux enfants ensemble ? Impossible. Charles Laurent continuerait à dresser son fils contre lui et, à eux deux, quelle autre diablerie n'iraient-ils pas inventer ?

Le retenir caché quelque part pour le libérer le moment venu ? Du suicide. Le garçon en sait trop sur eux à présent. « Tu as un accent marrant... » Petit Paul a dû lui parler de son pays d'origine. Peut-être également de leur prochain départ pour le Venezuela.

Il sait reconnaître ses erreurs. Il n'aurait pas dû nommer le pays de la délivrance et de la lumière où il va l'emmener. Il n'a pas résisté au plaisir de le lui montrer sur une carte : vois la mer, admire ce chapelet d'îles, des amis t'y attendent, des amis plus que tu n'en voudras.

Et lui : C'est Zazou que je veux. Zazou, Zazou.

À nouveau, la colère le brûle. Zazou qui a fait du fils, l'ennemi. Retrouvera-t-il jamais sa confiance ? Sans elle, il se sent incapable de vivre.

Le voici arrivé au bout du parc. Ce soir, le ciel est clair. Seul le bruit des feuilles mortes, craquant sous ses semelles, trouble le silence. Dès demain, il ira à Genève et s'arrangera pour avancer son départ. Mais il lui faudra aussi se montrer à la clinique, voir ses patients, préparer ses futures interventions. La moindre négligence pourrait lui être fatale.

Que feras-tu de Charles Laurent ?

Une solution, une seule ! Celle qu'il aurait tant voulu pouvoir éviter.

Il revient vers la maison. À présent que sa décision est prise, il respire mieux. Il fera les choses proprement. Zazou partira sans souffrir. Il ne sera pas dit qu'il aura agi avec cruauté en laissant des parents dans l'incertitude.

Sur la route, là-bas, un camion vient de passer. Il lui a semblé en percevoir la vibration sous ses pieds. Avertissement. Il va lui falloir se montrer très prudent, la police est partout. Mais il a la nuit devant lui et Zazou s'en ira reposer là où nul ne l'attendra bien que sa place y soit naturellement inscrite.

Près de Simba, tu prieras pour petit Paul.

Avant d'entrer dans la maison où les enfants dorment, il s'interroge une dernière fois. Peine et révolte se disputent son cœur. N'as-tu pas tout fait pour ne plus jamais en revenir là ? Est-ce toi qui as trahi ? Peux-tu abandonner ton fils ?

Pas plus que Roselyne, cette mère inconsciente et cruelle, ce mannequin sans âme, qui a voulu infliger à petit Paul ce qui, jadis, lui avait été infligé à lui : l'abandon et la nuit. Pas plus que pour Simba hier et pour Charles aujourd'hui, on ne lui aura laissé le choix. Et comme il lève ses yeux humides vers le ciel peuplé d'étoiles, il y entend comme un murmure approbateur.

« Les âmes des enfants morts intercèdent pour les vivants. »

Quant au SOS, envoyé par Zazou sur les ondes, il n'arrivera jamais. Dans sa hâte, l'enfant a oublié d'activer le pavé numérique avant d'inscrire l'adresse de son père.

Un point manquant, une lumière éteinte, un message perdu.

Comme tant d'autres, adressés par des hommes à d'autres hommes qui, obstinément, refusent de les entendre.

29.

Lorsque le téléphone avait sonné, à six heures quinze du matin, Myriam avait tout simplement dit « non », avant de remonter le drap sur sa tête. Il y a des heures pour les bonnes nouvelles et d'autres pour les mauvaises. À cette heure-là, elles ne pouvaient être que catastrophiques.

C'était donc René qui s'était levé pour aller répondre dans le living. Le couple habitait au premier étage, au-dessus de leur café, un appartement de quatre pièces. À l'étage supérieur, Blanche avait choisi la plus spacieuse de celles-ci, donnant sur la place, pour y faire son atelier. « Quand je dessine, j'ai besoin du spectacle de la vie », affirmait-elle. En ce moment, tu es servie, pauvrette, pensa confusément Myriam, toujours le nez sous le drap.

« Oui, non, oui, j'arrive... » La conversation téléphonique avait été brève et lorsque René était revenu dans la chambre, son large visage d'homme simple, allergique à ce qu'il appelait « les histoires », était bouleversé par la colère.

— On l'a retrouvé. On a retrouvé le pauvre môme. Tu ne devineras jamais où.

Myriam n'avait pas répondu. Le « pauvre môme » lui suffisait pour deviner le pire. Aucune envie d'entrer dans les détails. Seulement l'envie de détester tout le monde, ce gros balourd en face d'elle y compris.

— Dans le cimetière, avait poursuivi celui-ci en s'asseyant au bord du lit et fourrageant sous le drap à la recherche de sa main. Le cimetière... Tu peux croire ça, toi ?

Il avait réussi à attraper ses doigts et les avait portés à ses lèvres. D'ordinaire, Myriam adorait ce geste ; d'un seigneur à sa dame. Seulement, ce matin, les joues du seigneur étaient trempées de larmes et ça cassait tout.

Après ça, René avait enfilé ses vêtements de la veille — la toilette pour une autre fois — et il avait filé en refermant la porte sans bruit comme pour lui demander pardon.

Il était sept heures quand, à son tour, Myriam avait quitté la maison. Le jour se levait à peine. Pas encore de lumière au second, ça ne saurait tarder, la petite avait école. Mon Dieu, quand Blanche et elle apprendraient la nouvelle... Et Blanche qui, déjà, se sentait coupable d'on ne savait pas quoi !

Le cimetière se trouvait à la sortie de la ville, au pied d'une colline boisée. Il y en avait pour lui trouver un calme charmant et souhaiter y reposer le moment venu. Pour le « calme charmant », ce matin, ils auraient changé d'avis.

Une bonne trentaine de personnes se massaient à l'extérieur, dont le maire et ses adjoints. À l'intérieur, une dizaine d'autres, policiers, gendarmes, se livraient à leur macabre travail. La main de René cherchant la sienne sous le drap voulait sans doute préparer Myriam à ce qu'elle était en train de découvrir : le pire du pire.

Charles avait été retrouvé contre la tombe encore fraîche de son ami Jean-Lou. Près du petit corps, le légiste n'était pas à genoux pour prier mais pour l'examiner, et le silence n'était pas religieux mais menaçant, plein d'orages en suspens.

Un bûcheron, se rendant à la scierie sur son vélomoteur, avait remarqué la tache claire parmi les tombes et eu l'idée d'aller y voir de plus près. Alors qu'hier des centaines de personnes avaient sillonné en vain les environs, c'était lui qui, sans le vouloir, avait tiré le gros lot.

C'est souvent un détail qui fixe dans la mémoire le souvenir de moments importants, bons ou mauvais. Lorsqu'elle repenserait à cette effroyable scène, le cri de la mère du petit Charles, venue reconnaître son fils, retentirait au cœur de Myriam.

« Ses lunettes. Il n'a pas ses lunettes. Mais où sont passées ses lunettes ? »

— Si vous voulez, messieurs, je veillerai à ce qu'on ne vous dérange pas, proposa René en posant les tasses de café devant le commissaire Müller et Julien Manceau, installés au fond de l'arrière-salle.

Müller montra sa tasse :

— Dans dix minutes, pourrez-vous m'en apporter un autre ?

— À moi aussi, dit le journaliste.

Le bistrottier s'éloigna. Les deux hommes gardèrent un instant le silence, buvant à petites gorgées, savourant, il fallait en convenir, ce café brûlant auquel ils avaient maintes fois aspiré durant ces dernières heures mais qu'ils ne s'étaient permis de commander qu'une fois madame Laurent raccompagnée chez elle. Aucun mot n'était assez fort pour exprimer son désespoir. Seuls ceux de la colère.

— Direz-vous encore que je suis verni ? attaqua Julien d'une voix révoltée. Reconnaissez que mon idée d'appel au ravisseur était géniale ; il y a répondu par retour de courrier !

— Rien ne prouve qu'il l'ait entendu.

Müller serra les poings. Son visage était dévasté.

— J'ai quarante hommes à ma disposition, nous travaillons jour et nuit et il vient nous faire ça sous le nez, ce salopard !

— Le cimetière, ça veut dire quoi, à votre avis ? De la provoc ? Il vous nargue ? Il aurait pu cacher le corps n'importe où.

— Il tenait à ce que nous le trouvions, constata le policier. Comme pour l'autre petit. Quant à l'autopsie, d'après le légiste, ce sera copie conforme. Il a déjà repéré la trace de piqûre au même endroit. Très certainement du chlorure de potassium. À part ça, l'enfant n'a subi, si l'on peut dire, aucune violence.

René arrivait déjà avec le second café.

— Ma femme voudrait vous dire deux mots avant que vous partiez, glissa-t-il à l'oreille de Julien, puis il s'éclipsa.

Dans la salle principale, quelqu'un cria : un cri de colère.

— Il y a une autre possibilité, remarqua Müller.

L'assassin cherche à nous dire quelque chose, consciemment ou non.

— Et quoi, par exemple ?

— Arrête-moi avant que je ne recommence.

— Le brave homme..., persifla Julien. Et il va recommencer combien de fois si on ne l'arrête pas ? Un *serial killer*, à votre avis ?

Müller réprima un geste agacé.

— Vous savez comme moi que cette prestigieuse appellation ne se mérite qu'au troisième meurtre... Et pour ma part, je n'y crois guère ; du moins pour l'instant.

— Pourquoi pas ?

— La façon d'opérer. On n'y trouve aucune des caractéristiques du *serial killer*. L'hypothèse est en tout cas prématurée.

Visiblement peu désireux d'en dire davantage, le commissaire vida sa seconde tasse de café qui claqua sur le comptoir lorsqu'il l'y reposa.

— A-t-on retrouvé les lunettes du petit ? demanda encore Julien.

— Ni dans le cimetière, ni aux environs. D'après sa mère, il ne les quittait que pour dormir. Ce qui semble confirmer qu'il a été tué dans son sommeil. Ces lunettes doivent être restées quelque part près d'un lit. Ou d'un matelas.

— Mon Dieu !

Les deux hommes se turent. Une petite paire de lunettes vertes, la couleur qui convient aux roux, et l'atrocité de l'histoire leur bondissait au cœur. Julien se souvint du regard astucieux de Charles derrière les verres et il serra les poings. Il n'éprouvait aucune honte à « avoir la haine », comme disaient certains jeunes.

— Dans l'immédiat, que comptez-vous faire ? demanda-t-il à Müller.

— Réduire le périmètre de recherches. Il est évident que l'homme n'est pas loin. *Serial killer* ou non, cer-

tains de ces monstres ont une petite famille bien
comme il faut qu'ils répugnent à quitter pour prendre
le large. Qui sait si ce n'est pas le cas du nôtre ? Nous
allons aussi nous attaquer aux similitudes entre les
deux affaires. Les vêtements de Jean-Lou sont partis
avec ceux de Charles au labo, à Lyon. Les études
comparatives donneront peut-être quelque chose.

— Voulez-vous dire qu'il n'avait pas été pratiqué
d'analyses sur ceux de Jean-Lou ?

— Les gendarmes n'avaient pas jugé la chose
nécessaire.

Le journaliste sentit une tension dans la voix de
Müller et n'insista pas. L'adjoint de celui-ci apparut.

— Francis, monsieur le préfet vient d'arriver.

Müller se leva avec un soupir.

— J'y vais.

Julien le suivit des yeux jusqu'à ce qu'il disparût.
Le temps de deux cafés réparateurs, il avait senti un
homme blessé à qui cela avait fait du bien de penser
tout haut en sa compagnie. Il revit la photo de la
femme et des deux petits garçons que Müller lui avait
montrée et il éprouva un brusque élan de sympathie
pour lui. Les gens oublient volontiers qu'un flic a,
comme eux, une famille, des sentiments, des doutes.
Ils voudraient que le seul souci des « agents de la
paix » soit de les protéger. Ils ne leur autorisent aucune
faiblesse.

Il vidait sa seconde tasse de café lorsque Myriam se
glissa dans la salle. Mon Dieu, en l'espace de quelques
heures, comme elle avait vieilli. Son teint était gris, ses
yeux profondément cernés.

— J'ai eu le privilège d'annoncer les dernières nouvelles à Blanche, tenta-t-elle de plaisanter. Le matin,
elle ne sort jamais avant onze heures. Madame se livre
à son art. J'avais peur qu'elle l'apprenne par un coup
de fil.

— Comment a-t-elle réagi ? demanda Julien anxieusement.

— Calme plat. C'est ce qui m'inquiète : ni cris, ni larmes. « Va-t'en ! » La porte fermée à double tour. Vous vous souvenez quand elle nous avait dit que c'était de sa faute ? Ce n'est pas bon de rester seule quand on se sent coupable.

— Et si j'essayais de lui parler ?

— À condition qu'elle vous ouvre.

Julien posa la main sur l'épaule de la « bistrottière » comme l'appelait affectueusement Blanche. Les larmes gonflaient à nouveau ses yeux.

— Dis... On pourrait pas se tutoyer ? Ce serait plus commode pour s'aider.

Elle fit oui en pleurant de plus belle et ils passèrent dans la salle principale. Il y avait beaucoup de monde. La nouvelle s'était déjà répandue. René avait tenu parole : il avait protégé la petite plage de répit entre Müller et lui.

— Et voilà qu'en plus, je tremble pour la petite, avoua Myriam en riant.

— Si tu veux savoir, tous autant que nous sommes, nous n'avons pas fini de trembler, remarqua Julien.

30.

Blanche posa son crayon. Rien à faire ! Son dessin était nul. Jamais encore cela ne lui était arrivé : ne pas pouvoir donner vie à un texte. La baguette magique avait perdu son pouvoir.

À quoi bon ? pensa-t-elle. À quoi bon raconter aux enfants de belles histoires, illustrées de tendres couleurs ? C'est du faux. Le « pour de vrai », c'est la mort qui les guette. D'ailleurs, ils le savent puisque leurs livres préférés sont ceux où l'on parle du loup, de monstres et de sorcières. Sans compter la télévision qui leur montre les pires horreurs en direct. Qu'est-ce que je viens faire là-dedans avec mes histoires de poupées magiques, mes pastels, mes crayons bien taillés et mes gommes ? On ne pourra jamais gommer la réalité.

Dans le livre auquel elle travaillait, il y avait un chapitre où la poupée consolait sa jeune propriétaire, Iris, de la mort de son grand-père. « Ferme tes yeux et pense très fort à lui », ordonnait le jouet. Iris obéissait et voici que son grand-père lui apparaissait : « À chaque fois que tu penseras à moi, je serai là », promettait-il.

La leçon était simple et belle : les personnes aimées continuent à vivre dans le cœur des enfants. Pour illustrer ce chapitre, Blanche avait prévu de dessiner un aïeul vaporeux et souriant, une sorte de mariage entre ange et père Noël. Quelle sinistre coïncidence voulait qu'elle en fût à ce chapitre aujourd'hui ? Était-ce la raison pour laquelle sa main ne lui obéissait plus ?

Il y a dans les cimetières des tombes de petits enfants et ce sont les grands-pères qui pleurent.

Elle tira devant elle le dessin que Charles lui avait offert lors de son séjour à la clinique, au printemps dernier : le cerf-volant qui semblait tirer l'enfant vers le ciel, dans un mouvement très pur, parfait. Pas besoin d'être psy pour comprendre le message : le désir du petit de rentrer chez lui, retrouver la vie.

La ficelle était cassée. Terminée, la vie pour Charles Laurent.

Blanche réprima un sanglot. « On ne peut éviter l'imprévisible », avait dit Julien Manceau. Mais, moi, je sentais qu'il courait un danger, c'était comme une sonnette d'alarme au fond de ma conscience, le sentiment de n'avoir pas su saisir une occasion, d'avoir laissé échapper quelque chose d'important.

« Arrête, maman ! » se lança-t-elle, copiant le cri de Sophie lorsqu'elle s'était déclarée coupable. Elle regarda sa montre : quatre heures. Trop tard pour aller chercher sa Fichini au collège. Dans la matinée, elle avait appelé là-bas. Une secrétaire l'avait rassurée : afin d'éviter que les enfants n'apprennent l'affreuse nouvelle par des camarades, madame la directrice était passée dans les classes et les avait mis au courant avec les précautions nécessaires. Des psys viendraient dès cet après-midi.

J'aurais dû être à la sortie de l'école, se reprocha Blanche. Toutes les mères ont dû y aller ! Elle acheva sa tasse de café. Combien en avait-elle bu depuis que Myriam était montée la voir ? Elle aurait mieux fait de prendre des calmants.

Au cours de la matinée, on avait frappé plusieurs fois à sa porte sans qu'elle trouvât la force d'aller ouvrir. Le téléphone, mis sur répondeur, avait sonné à de nombreuses reprises. Elle n'avait pas écouté les messages. Vers midi, cachée derrière le rideau de la fenêtre, elle avait entendu la déclaration du préfet, faite sur les marches de la mairie. Le maire, le procureur de la République, d'autres messieurs bien habillés, à la mine de circonstance, l'entouraient. La place était noire de monde, journalistes au premier rang, micros tendus.

« Aucune piste n'est écartée, d'importants renforts sont attendus. Tout sera mis en œuvre... » Les mêmes mots que pour Jean-Lou. Une déclaration d'impuissance derrière laquelle on sentait la volonté de rassurer, d'enrayer la panique qui s'emparait de la ville. IL EST LÀ.

Une vieille rengaine monta aux lèvres de Blanche : « Loup y es-tu ? Entends-tu ? Que vois-tu ? »

Je vais te manger, mon enfant...

La porte d'entrée claqua : Sophie. Elle seule possédait la clé. Blanche essuya ses yeux, attrapa un pastel au hasard. Se contrôler, faire bonne figure. Être une grande fille pour la petite.

Le bruit du lourd cartable ébranla le plancher mais le « maman » habituel, impératif, possessif, ne fusa pas. C'est bien ce que je pensais, elle m'en veut de ne pas avoir été la chercher... Au moment où Blanche se levait, Sophie entra dans l'atelier. Elle s'arrêta près de la porte et son regard courut vers le visage de sa mère. Je dois avoir une tête pas possible.

— Ça va, maman ?

Une toute petite voix. Blanche ouvrit les bras et Sophie s'y jeta. Pour s'écarter presque aussitôt. Pré-adolescente, comme on dit, elle évitait les câlins. Blanche remarqua qu'elle portait le chandail aux boutons-marguerites. Dans sa main, elle tenait un boîtier de couleur : un téléphone mobile.

— Mais où as-tu eu ça ?

— C'est Myriam qui me l'a offert, expliqua la fillette. Elle est allée l'acheter exprès pour moi à Champagnole. Elle a dit que comme ça, elle serait plus tranquille. Et, pour les communications, t'en fais pas, c'est elle qui paiera.

Toute cette journée de solitude, de remords, d'angoisse, de peur, monta en Blanche comme une lame de fond, se transforma en fureur. De quoi se mêlait Myriam ? De quel droit avait-elle fait un tel cadeau à Sophie sans lui en parler ?

— Donne-moi ça !

Effrayée par le ton de sa mère, la petite recula sans lâcher l'appareil. Blanche vint vers elle et le lui arracha avant de quitter l'atelier en courant.

— Mais où tu vas, maman ? Qu'est-ce que j'ai fait ?

Descendant les marches quatre à quatre, poursuivie par la voix de Sophie, Blanche se rendit compte qu'elle tenait toujours le pastel : bleu. Bleu comme une chambre de bébé garçon. Dans le couloir du bas, une porte menait directement au bistrot ; Myriam et René l'empruntaient pour monter à leur appartement une fois leur établissement fermé. Blanche la poussa.

Plein, le café ! Débordant, bruissant, enfumé. On aurait dit que toute la foule qui se trouvait sur la place à midi y avait reflué. « Aux premières loges, ton bistrot », pensa confusément Blanche. Une affaire en or ! Tu peux bien payer son mobile à Sophie. Et ses communications en plus.

Elle marcha vers le comptoir et y posa brutalement l'appareil qui claqua sur le zinc. Occupée dans la salle, Myriam se retourna.

— De quoi je me mêle ? lui lança Blanche d'une voix furieuse. Mais vraiment, de quoi je me mêle ? Tu me crois incapable de protéger ma fille, c'est ça ?

De table en table, de groupe en groupe, le silence gagna la salle. Installé à une table près de la fenêtre, Julien Manceau se leva. Ce matin, il était monté plusieurs fois frapper à la porte de Blanche. Il avait laissé un message sur son répondeur. Il s'était demandé si elle avait déjeuné. Il avait espéré être là quand elle se déciderait à réintégrer la vie. Il avait craint quelque chose comme ça.

Ce n'est pas bon de rester seule quand on se sent coupable, avait remarqué Myriam. Quelque chose comme l'explosion d'une souffrance retenue jusqu'à l'extrême limite de ses forces.

— Je ne voulais pas te blesser, se défendait piteusement Myriam en avançant vers son amie avec son plateau chargé de vaisselle sale. Mais on ne s'est pas vues aujourd'hui et j'ai pensé qu'avec un mobile Sophie pourrait nous appeler, toi ou moi, en cas de besoin.

— Au cas où elle serait la prochaine sur la liste ? cria Blanche.

— Pardonne-moi, dit Myriam à voix basse. J'ai cru bien faire. Est-ce que tu veux boire quelque chose ? Tu as l'air... fatiguée.

Sans répondre, Blanche se tourna vers la salle. Son regard passa sur les clients.

— Alors vous êtes contents ? Vous l'avez eue, votre seconde victime ? lança-t-elle.

Un silence incrédule s'abattit dans le café. Qui pouvait être content ici ?

— Que voulez-vous dire ? tonna la voix furieuse d'un journaliste.

— Vous allez pouvoir régaler le public, faire des sous sur le dos de deux petits garçons qui ne vous ont rien demandé ?

Comme un coup de feu vengeur, l'éclair d'un flash jaillit. Julien se précipita vers celui qui avait pris la photo. Au même instant, Sophie apparut à la porte de l'établissement.

Elle était passée par l'extérieur. La bouche ouverte, le regard incrédule, elle fixait sa mère et Blanche entendit l'appel : « Arrête, maman ! » Elle vit la honte dans les yeux de sa fille, sa colère tomba, elle ne fut plus que ce qu'elle avait essayé de se cacher en accusant injustement les autres : une femme impuissante et coupable, punie par la perte de sa baguette magique.

— Laissez-nous tranquilles, on a bien assez de chagrin comme ça, murmura-t-elle.

Elle tourna le dos à la salle et s'appuya au comptoir. Le bras de Julien vint entourer ses épaules, un journaliste qui faisait plutôt bien son métier, qui n'en rajoutait pas et ne méritait pas son attaque.

— Blanche, supplia-t-il. Blanche. On est avec toi. On t'aime.

Le tutoiement l'acheva. Les larmes l'aveuglèrent. C'était quand, cette journée de soleil où, par la grâce d'une douzaine de boutons-marguerites, le malheur avait, un instant, été tenu à l'écart ? Que lui avait dit ce jour-là, Julien, qui lui avait tant plu ? Ah oui ! Saisir l'instant de vie : leur boulot à tous les deux.

Alors seulement Blanche toucha le fond du désespoir. Elle ouvrit sa main crispée et une bouillie bleuâtre tomba sur le comptoir, le pastel.

— Vois-tu, dit-elle, derrière l'instant de vie, il y a forcément la mort. Aujourd'hui, c'est elle qui a gagné et je n'ai pas été fichue de dessiner.

31.

Avant même que son adjoint ait parlé, Francis Müller comprit en voyant son visage, cette excitation sur
son visage, qu'enfin quelque chose bougeait et le soulagement fut si fort qu'il ferma une seconde les yeux :
pourvu que je ne me trompe pas...

Jacques Boyer posa sur son bureau une liasse de fax.

— Le résultat des analyses pratiquées sur les vêtements des enfants, annonça-t-il.

Pour Jean-Lou, robe de chambre, pyjama, chaussons. Pour Charles, pull, T-shirt, jean et baskets.

— Et alors ?

— Les fibres habituelles : acrylique, coton, laine. Et
un truc incroyable, patron.

— Mais vas-y, s'énerva Müller. Tu fais durer le
plaisir, ou quoi ? Quel truc ?

— Des poils de singe.

— Des poils de singe ? répéta Müller, incrédule.

— Et ne venant pas d'une peluche. Les poils d'un
animal bien vivant.

— Mon Dieu, il ne nous manquait plus que ça !
s'exclama Müller.

Mais l'excitation le gagnait lui aussi : le premier
indice. Certes déconcertant, mais bel et bien un indice.
Et tout indice mène à une piste.

— Et ces poils ont été retrouvés sur les vêtements
des DEUX enfants ? insista-t-il, n'osant encore y
croire.

— En quantité considérable, comme si les petits
avaient serré cet animal contre leur poitrine. Partout, il
y en a partout ! C'est incroyable, n'est-ce pas ? J'ai
fait envoyer des échantillons en express au Muséum
d'histoire naturelle à Paris pour définir à quelle espèce
ce singe appartenait.

— Une minute !

Müller retira les lunettes qu'il avait chaussées pour

parcourir le fax et les essuya longuement, scrupuleusement. Ce geste minuscule lui permettait de se concentrer. Des poils de singe... C'était tellement inattendu.

Il posa ses lunettes sur la table.

— Mis à part toi et moi, qui est au courant de cette
découverte ? demanda-t-il.

— Les gens du labo, c'est tout.

— Alors débrouille-toi pour qu'ils se taisent,
ordonna Müller. Pas un mot à personne. Imagine que
le propriétaire de l'animal apprenne que nous sommes
au courant et qu'il éloigne ou élimine son singe...

Il se leva et alla à la fenêtre. Enfin ! Le mot ne cessait de lui revenir. Enfin, ils allaient pouvoir agir, s'attaquer à quelque chose de précis. Son regard parcourut
la place, calme en ce début d'après-midi, hormis la
petite effervescence habituelle chez Myriam, comme
une eau frissonnant sur le feu. En attente de bouillir ?

La méfiance planait sur la ville. On évitait de laisser
les enfants sortir seuls. Les gens ne se regardaient plus
de la même façon, mais, en même temps, ils éprouvaient le besoin de se réunir pour partager leur peur ou
leur indignation.

Il revint vers Boyer.

— Vétérinaires, ménageries, cirques, zoos, ainsi
que tous les endroits où l'on vend de la nourriture pour
animaux, je veux que tout cela soit visité. Le plus discrètement possible. Pas un mot de notre découverte.
Renseigne-toi aussi sur les particuliers susceptibles de
posséder des animaux interdits. Une mygale, un python
peuvent cacher un singe. Quand saurons-nous à quelle
espèce le nôtre appartient ?

— Ils ont demandé deux ou trois jours.

— Je veux les résultats demain soir au plus tard,
trancha Müller. Débrouille-toi.

— Okay, patron.

— Et tu me convoques toute l'équipe à vingt
heures. Pour la presse, il s'agit d'une réunion de rou-
tine. Va !

Boyer s'éclipsa. Müller revint à son bureau. Il feuilleta machinalement les fax. Avait-il là le signe qu'il attendait depuis le début de l'enquête ? Son instinct le lui affirmait. L'assassin détenait un singe et celui-ci avait été en contact direct avec les enfants, les DEUX enfants. Des poils partout... Comme s'ils avaient serré l'animal contre leur poitrine...

Il eut un sursaut de colère contre lui-même. Bon Dieu, pourquoi n'avait-il pas envoyé les vêtements de Jean-Lou au labo, quitte à vexer les gendarmes ? Tout ce temps perdu ! Il se secoua : allons, à quoi bon se prendre la tête avec ce qui ne pouvait plus être réparé ?

Il tendit le doigt vers son lecteur de cassettes, appuya sur « play ». *Messe en sol* de Schubert. « Toi et ta musique d'église... » L'idée de Dieu était-elle derrière son besoin de l'écouter ? Tout ce qu'il savait, c'était que cette musique l'aidait à mieux accepter l'idée de la mort. Toute vie porte en elle son au-delà.

Des voix d'enfants s'élevèrent. Mais jamais il n'accepterait que la vie d'un petit soit détruite avant l'heure par un fou.

Il reprit le rapport d'autopsie arrivé la veille, point par point identique à celui de Jean-Lou, comme une sinistre confirmation. Il les relut tous les deux attentivement. Ni dans un cas, ni dans l'autre, il n'était question de griffures suspectes faites par un animal. Le singe était apprivoisé. L'assassin s'en était-il servi comme appât pour attirer les petits ?

Mentalement, il refit la liste des similitudes : même âge, même école, tous les deux passés par la clinique des Quatre Lacs. Comme une douzaine d'autres enfants de Saint-Rémi et des environs... Tous deux ayant probablement suivi leur ravisseur sans se poser de questions, même Charles, pourtant mis en garde par ses parents. Un homme qu'ils devaient donc bien connaître. Il allait une nouvelle fois tout devoir reprendre par le début.

Tueur en série...

Depuis la veille, la rumeur avait encore enflé. Le préfet lui-même... Pourtant, lui, n'arrivait toujours pas à y croire. Dans aucun des deux cas, il n'avait trouvé les caractéristiques habituelles de ceux-ci. Pas de plaisir à faire souffrir la victime, aucun indice sexuel. Certes, il arrivait que la libido exacerbée ou refoulée de certains soit satisfaite par un acte non sexuel. Mais, dans ce cas, l'assassin tirait sa jouissance de la manipulation de sa victime. Il jouait avec sa proie, le plaisir ne venant qu'en final, à l'issue d'une sorte de cérémonial dont il se voulait le maître. Et, pour cela, il avait besoin de temps.

Jean-Lou : quelques heures.

Charles : à peine quarante-huit heures.

La cassette s'arrêta. Müller prit une feuille. Il y inscrivit POURQUOI ? Pourquoi l'homme au singe avait-il enlevé puis tué ces deux innocents ? Quel facteur déclenchait en lui le processus de mort ?

Une chose certaine : l'homme n'avait pas attendu les enfants pour tuer. Sa maîtrise, son sang-froid, son organisation le prouvaient. Pas d'affolement, aucune faute.

Sinon les poils de singe.

Le téléphone sonna sur son bureau. En reconnaissant la voix de Julien Manceau, il ne put réprimer une grimace.

— J'ai appris que le résultat des analyses concernant les vêtements des petits était arrivé. Cela a-t-il donné quelque chose ? s'enquit le journaliste.

— Rien de concluant pour l'instant, répondit fermement le policier. Fibres diverses et variées comme toujours. J'ai demandé des recherches plus poussées concernant certaines d'entre elles. Vous serez tenu au courant.

32.

Inerte, petit Paul fixe le vide en face de lui, le trou, le rien, le miroir brisé. Papa lui a volé son ordinateur. Il le lui a volé en douce, pendant qu'il dormait. Il lui a aussi volé Zazou ; quand il s'est réveillé, hier, avec très mal à la tête, son ami n'était plus là.

De leur cachette, sous le coussin qui soutient ses reins douloureux, il sort son trésor : les lunettes vertes qu'il met sur son nez. C'est trouble. Lorsqu'il les a repérées, sous le lit de camp, dans la chambre de Zazou, son cœur a battu très fort. Il les voulait. Mais comment faire ? La porte est trop étroite pour son fauteuil. À force de caresses et de récompenses, Mister Chance a fini par accepter d'aller les lui chercher. Petit Paul les cache pour que papa ne les lui prenne pas. Les branches ont l'odeur des cheveux de son ami.

C'est pour qu'il n'envoie pas un SOS comme Zazou — SOS, venez me chercher, vite ! — que ce salaud lui a confisqué son ordinateur. Le vrai nom de Zazou, c'est Charles Laurent. Charles Laurent a été gentil avec lui : « Aide-moi et je te ferai sortir de là. »

Simba s'appelait Jean-Lou Marchand. Il est mort. Il criait : « Je dirai tout, on vous mettra en prison. » Papa lui a fait une piqûre pour qu'il ne le dénonce pas.

Charles Laurent a tout de suite deviné que Jean-Lou Marchand était venu. « C'est à cause de Mister Chance. Il en parlait tout le temps. Il avait tellement envie de le voir. » En disant ça, il pleurait. S'il ne répondait plus sur le site, c'est qu'il était trop triste. Jean-Lou Marchand était le meilleur copain de Charles Laurent. Maintenant, c'est lui, Paul.

« Simba est parti pour toujours. »

« Tu ne reverras plus Zazou. »

Papa a-t-il tué aussi Zazou ?

Après le départ de Simba, c'est sa radio et sa télé qui avaient disparu. « En réparation », avait expliqué papa. Tu parles ! C'était pour qu'il n'apprenne pas que Simba s'appelait Jean-Lou Marchand et qu'il avait été assassiné.

Quand Zazou le lui a dit, il n'a pas été vraiment étonné. Comme s'il l'avait déjà deviné au fond de lui.

« Simba est parti pour toujours. »

Maintenant, c'est son ordinateur qui a disparu et petit Paul se sent tomber comme dans un trou au fond de sa tête. Il a toujours vécu avec Internet. Avant même de savoir lire, il avait appris à naviguer. Je ferai de toi le roi du ciel, disait papa. Tu auras des amis sur toute la planète.

Quand Zazou était là, la planète, il s'en foutait mais maintenant il a tout perdu et il n'arrête pas de tomber dans le trou où il avait deviné que papa avait tué Simba. Pour arrêter de tomber, il manie sur ses genoux une souris imaginaire : « Zazou, réponds, Zazou, réponds. » Mais Zazou ne répond pas et, cette fois, il tombe dans le trou où papa a tué Charles Laurent.

— Mister Chance !

Le singe hésite avant de s'approcher. Depuis qu'il a été chercher les lunettes de Zazou, petit Paul le récompense à nouveau. Même trop. Il peut avoir besoin de lui.

« Si tu ne le récompenses plus, tu le déconnecteras », l'avait averti papa.

« Il faut que tu te déconnectes de ce maudit ordinateur, disait mother. Tu dois apprendre à vivre comme les autres enfants. »

Et elle ajoutait plus bas, en s'essuyant les yeux : « Méfie-toi de ton père, il est dangereux. C'est pour ça que tu dois rester quelque temps ici, même si tu ne t'y plais pas. »

« Ici », c'était cette horrible maison où elle l'avait emmené tout de suite après le divorce. Les singes n'y étaient pas admis, les ordinateurs seulement de temps en temps. Un seul pour plein de monde. « Sors-moi de là, papa, je t'en supplie. Sors-moi de là. »

— Ton père est fou ! a crié Charles.

« Simba est parti pour toujours. »

« Tu ne reverras plus jamais Zazou. »

« Ta maman a eu un accident. Elle est près du bon Dieu. »

Plus jamais Zazou. Plus jamais mother.

Et si ?

Petit Paul offre une friandise à Mister Chance, puis il actionne son fauteuil, le conduit au plus près de la porte, lève les yeux vers le code. C'est une plaque avec des chiffres et des lettres, trop haute pour qu'il puisse l'atteindre.

« Tu ne connais pas le code ? a demandé Zazou. Tu n'as pas cherché à le deviner ? » Honteux, il a répondu « non ». S'il l'avait cherché, il aurait pu aider son ami à s'échapper et Zazou serait revenu avec son grand-père, qui a fait la guerre, pour le délivrer.

Depuis, petit Paul se rattrape. À chaque fois que papa sort, il observe. Papa appuie cinq fois, de cela, il est certain. Ting, tong, tong, tong, ting. À chaque fois, ça fait une petite musique, pas tout à fait la même pour chaque touche. Il regarde aussi la position de la main quand papa appuie : plus haute, plus basse, à droite, à gauche.

Ce n'est pas tout ! Les touches sont en métal. Il a repéré celles qui étaient différentes, un peu plus ternes, moins nettes. Parmi celles-ci, il y a deux lettres, le A et le L. Et trois chiffres : le 2, le 5, le 7. Cinq et deux sept. Il lui reste à trouver l'ordre.

Il doit faire attention à ce que papa ne se doute de rien. C'est lui qui a installé le code, il pourrait le changer. Quand il l'aura trouvé, la porte s'ouvrira, mais le code est trop haut pour lui et, de l'autre côté de la porte, il y a un escalier.

Alors, petit Paul a décidé qu'il fallait absolument que papa lui amène un autre ami, un dernier, qui le fera sortir de là.

Il ne veut pas aller au Venezuela. Il sent que ça ne changera rien de partir. Papa ne le laissera jamais sortir. « Ton père est fou ! » Jamais, toujours, jamais, toujours. Il veut Zazou, il veut mother, parfois il veut mourir.

SOS, venez me chercher. Vite.

33.

Non, jamais Sophie n'aurait cru que ce mercredi-là, elle accompagnerait sa mère comme d'habitude à la clinique. Même si celle-ci n'arrêtait pas de lui répéter qu'il ne faut pas décevoir un enfant, alors, un enfant malade, tu imagines...

Mais c'était un mercredi différent : ce matin, on avait enterré Charles. Ça avait été très triste, surtout pendant les chants, Blanche était comme une statue derrière ses lunettes noires et Sophie était sûre qu'en rentrant, elle s'enfermerait dans son atelier comme lundi.

Eh bien ce n'était pas du tout ce qui s'était passé !

Après le cimetière, elles étaient rentrées à la maison, même pas chez Myriam, et Blanche lui avait rendu son mobile en lui demandant pardon pour l'autre jour : finalement, c'était une bonne idée, elle serait plus tranquille en sachant que sa Fichini pouvait la joindre à tout moment. Une seule chose : elle tenait à payer les communications. Myriam leur faisait assez de cadeaux comme ça.

Après, elles avaient mangé un sandwich au thon, le préféré de Sophie : pain de mie, thon, salade, mayonnaise et une rondelle de tomate pour maman. Et Sophie avait eu un peu honte d'avoir faim quand même.

Elle éprouvait quelque chose de bizarre : même s'ils

avaient été enterrés, Sophie n'arrivait pas à croire qu'elle ne reverrait plus jamais Jean-Lou et Charles. C'était le « plus jamais » qui coinçait. Peut-être parce qu'elle n'avait pas vu les corps, seulement les cercueils sous les fleurs : des roses pour Jean-Lou, des lys pour Charles.

Parfois même, elle se disait que c'était comme dans un film qui se terminerait bien. Charlotte et plusieurs de ses copines éprouvaient la même chose. À la fois, elles savaient que c'était vrai : ils étaient morts, mais ça refusait de s'inscrire vraiment dans leur tête. Résultat, c'était les parents qui avaient le plus peur.

Malgré tout, la nuit, Sophie préférait laisser sa porte entrouverte sur la chambre de maman. Elle fixait la lumière jusqu'à ce que ses yeux lui piquent et quand elle n'arrivait pas à s'endormir, elle essayait de se brancher sur le ciel, d'attendre le signal. Et bien souvent alors le sommeil venait.

Après le sandwich au thon et deux cafés pour maman, elles avaient donc mis une tenue moins triste et elles étaient parties pour la clinique. Il pleuvait des cordes, aussi pas question de sortir les vélos. En avant pour la voiture de Myriam. C'était une vieille deux-chevaux qui toussait quand elle roulait. Même pas besoin de demander la permission pour la prendre : Blanche avait la clé. Encore un cadeau que Myriam lui faisait.

— Amuse-toi bien, ma Sophinette, lui dit sa mère en la laissant près de la salle de jeu et Sophie se sentit coupable. Si Thomas ne lui avait pas fait jurer le secret, elle aurait avoué à Blanche que ce n'était pas avec les autres enfants qu'elle s'apprêtait à jouer mais sur Internet.

Ils étaient trois à regarder un dessin animé à la télévision. Ils se poussèrent pour lui faire de la place mais elle préféra prendre un livre en attendant Thomas. Elle l'avait vu ce matin à l'enterrement sans pouvoir lui parler, bien sûr. Dès qu'elle avait su qu'elle irait comme d'habitude à la clinique, elle l'avait appelé en cachette sur son mobile pour lui dire qu'elle l'attendrait. C'était la première fois qu'elle utilisait son appareil. Pas de chance ! Thomas était sur répondeur. Elle lui avait laissé le message.

Il n'arriva que vers quatre heures, tout essoufflé comme s'il avait couru. Sophie se précipita vers lui.

— Tu es en retard. Tu n'as pas eu mon message ?

— Je l'ai eu, répondit-il d'une voix irritée. Qui t'a donné ce numéro ?

— Je l'ai piqué sur l'agenda de maman.

— Elle sait que tu m'as appelé ?

— Bien sûr que non. Je t'ai appelé de ma chambre.

Sophie sortit fièrement son mobile de son sac pour le montrer au médecin. Il ne le regarda même pas. Il avait sa tête des mauvais jours.

— Ne m'appelle plus jamais à ce numéro. Il est réservé aux urgences. De toute façon, je ne peux pas rester aujourd'hui.

— Même pas une toute petite minute ? supplia-t-elle.

— Depuis quand te satisfais-tu d'une toute petite minute, la railla-t-il méchamment.

Sophie se détourna pour que les autres enfants ne voient pas ses larmes. Plus encore que la déception d'être privée d'Internet, c'était l'attitude de Thomas qui la choquait. Pourquoi était-il en colère contre elle ? Qu'est-ce qu'elle lui avait fait ?

Il se pencha et prit son menton entre deux doigts pour l'obliger à le regarder. Son visage s'était radouci.

— Si tu crois que je n'ai pas envie de pleurer, moi aussi, dit-il.

Sitôt Sophie disparue dans la salle de jeu, Blanche était allée frapper à la porte de l'assistante de Roland Lagarde pour lui demander s'il viendrait à la clinique dans l'après-midi.

— Le docteur a un rendez-vous à quatre heures. Il ne devrait pas tarder, avait répondu la jeune femme. Puis-je lui transmettre un message ?

— Je donne ma leçon de dessin jusqu'à cinq heures. S'il avait une petite minute à m'accorder, j'en serais heureuse, avait répondu Blanche.

Heureuse... comment pouvait-elle encore prononcer ce mot ?

Depuis la disparition de Charles, et plus encore depuis l'horrible découverte de son corps au cimetière, elle éprouvait le besoin impérieux de parler à Roland, se confier à lui, faire appel à sa force. C'était l'une des raisons qui l'avait poussée à venir ici cet après-midi. Non qu'elle manquât d'oreilles attentives autour d'elle, à commencer par Myriam et Julien, mais d'eux elle n'espérait plus aucun réconfort. Tout ce qu'ils trouvaient à lui dire était qu'à Saint-Rémi chacun se sentait coupable. Ils ne comprenaient pas que son cas était différent. Elle avait passé deux heures avec Jean-Lou, le jour même de son enlèvement. Peu avant la disparition de Charles, elle en était certaine, le petit avait été sur le point de lui confier quelque chose d'important.

Se faisait-elle des idées comme le lui affirmaient ses amis ? Allait-elle vers une dépression ? Le fait est qu'elle n'arrivait plus à vivre, ni à dessiner. Roland l'aiderait.

Après le fameux « dîner au papillon », elle avait revu plusieurs fois le chirurgien mais jamais en tête à tête. Il était passé chez Myriam un jour où Julien s'y trouvait et n'avait pas voulu rester déjeuner avec eux. Lorsqu'il avait exprimé le désir de voir les dessins de Blanche, elle l'avait invité à monter dans son atelier, hélas, Sophie ne leur avait pas laissé une minute de tranquillité.

Roland s'intéressait-il réellement aux extraterrestres ou essayait-il par ce moyen de séduire sa fille ? « Ta fille est le plus sûr chemin vers ton cœur », rigolait

Myriam. Blanche en avait déjà fait l'expérience, ne serait-ce qu'avec Thomas qui courtisait assidûment Sophie. Mais alors que d'habitude elle avait tendance à en sourire, cette fois, elle aurait presque été jalouse. Et honteuse de l'être, bien entendu.

Appelle-moi, supplia-t-elle en posant la main sur l'appareil de la salle de jeu où venaient d'entrer les enfants. Appelle-moi ! J'ai vraiment besoin de te parler.

Bien qu'ils se vouvoyaient, quand elle pensait à Roland, elle trouvait agréable de le tutoyer.

— Madame, qu'est-ce qu'on dessine aujourd'hui ?

Cinq petits étaient installés autour de la table ovale : trois garçons et deux filles. Certains en convalescence, d'autres à la veille d'une opération, un petit en long séjour, Jules, qui traînait son goutte-à-goutte partout avec dextérité. Cinq frimousses pâlottes et autant de sourires levés vers elle.

— Que diriez-vous d'un cerf-volant ?

La seconde précédente, elle n'y pensait pas. Une idée — cri du cœur.

— Je suppose que vous en avez tous vu ?

— Un delta-plane avec un fil, répondit drôlement un petit garçon.

— Sauf qu'il n'y a personne sur un cerf-volant, rectifia sa voisine.

Ils se mirent à l'œuvre, chacun bénéficiant de sa pochette de feutres particulière, prises sur les deniers de Blanche. Économise-t-on sur les couleurs ? Et sinon c'était la bagarre assurée pour disposer des mêmes.

« Chaque fois que tu penseras à moi, je serai là », disait à Iris son grand-père dans le livre que Blanche ne parvenait plus à illustrer.

C'est ainsi que je permettrai à Charles de vivre encore un peu, pensa-t-elle en regardant les cerfs-volants s'élaborer plus ou moins adroitement sur les feuilles. Et pourquoi n'utiliserait-elle pas un jour son

si beau dessin dans l'un de ses ouvrages ? Un rire douloureux la secoua : ce n'était pas les œuvres de Jean-
Lou, le pauvre chat, qu'elle pourrait immortaliser !

— Madame, j'arrive pas à faire l'aile, tu m'aides
s'il te plaît ? demanda Jules.

Elle se pencha sur lui pour guider sa main. Et, tandis
qu'ensemble ils déployaient l'aile du cerf-volant,
comme un frémissement la parcourut et elle eut à nouveau envie de dessiner. Non ! Pas envie, besoin. Un
besoin féroce, venu, revenu, du plus profond d'elle-
même grâce à cet autre enfant, lui bien vivant.

— Madame, pourquoi tu pleures ?

Il était cinq heures, l'heure de prendre les tempéra-
tures et les artistes avaient regagné leurs chambres sous
la conduite d'une puéricultrice, lorsque Roland apparut
à la porte.

— Vous souhaitiez me voir, Blanche ?

Elle interrompit ses rangements et vint vers lui ; l'air
épuisé du chirurgien la frappa. Ce matin, il était venu
à l'enterrement mais n'était pas allé jusqu'au cimetière.

— À vrai dire, je ne sais plus très bien où j'en suis,
avoua-t-elle d'une voix faussement légère tandis que
sa gorge se chargeait de plomb. J'ai pensé que parler
avec vous m'aiderait peut-être à y voir plus clair.

— Vous me prêtez un bien grand pouvoir, soupira-
t-il. En ce moment, nous sommes tous plus ou moins
perdus. Sauf eux. Heureusement !

Il désignait les dessins d'enfants restés sur la table ;
ils les termineraient à la prochaine séance.

Roland se pencha pour mieux les voir.

— Des cerfs-volants ?

— Le petit Charles Laurent m'en avait dessiné un
superbe ici même, bredouilla-t-elle avec l'envie de le
lui montrer au plus vite.

Il prit les feuilles et les examina l'une après l'autre.
La mer était sur toutes, la plage. Plage va avec vent et
vent avec cerf-volant. Des soleils plus ou moins
radieux étaient également présents dans les ciels.

— La mer, le soleil, voilà qui donne envie de partir très loin... remarqua Roland d'une voix sourde.

Il remit les dessins sur la table, se redressa et posa les mains sur les épaules de Blanche : « Ne trouvez-vous pas ? »

La jeune femme frissonna. La voix du chirurgien, son regard étaient intenses. Un appel ? Comme lors du dîner chez lui lorsqu'elle avait parlé de solitude. Un bref instant, elle eut l'impression qu'il lui proposait de faire, avec elle, ce voyage vers le soleil. Mais déjà il avait lâché ses épaules et, sur son visage, ne se lisait plus qu'une tendre sollicitude.

Ma pauvre fille, décidément, tu es incorrigible, se reprocha-t-elle. Tu ne cesseras donc jamais de rêver ? Elle n'était même pas certaine qu'elle aurait refusé le voyage ; elle aussi avait une envie folle de « partir très loin », loin de Saint-Rémi et de ses enterrements.

En attendant, elle s'apprêtait à lui demander quand ils pourraient avoir une conversation tranquille quand Sophie débarla dans la pièce.

— Qu'est-ce que tu fais, maman ? Je t'attendais !

Découvrant Roland, elle vint lui tendre la main. Il observa sa mine renfrognée.

— Toi, on dirait que ça ne va pas fort !

Sophie haussa les épaules et fixa ses pieds. Que s'est-il passé ? s'interrogea Blanche étonnée. D'habitude, sa Fichini sortait en pleine forme de la salle de jeu. C'était également pour elle, qu'après cette matinée tragique, elle avait décidé de ne pas annuler la séance de dessin.

— Mais j'y songe ! s'exclama soudain Roland. J'ai lu dans le journal qu'une exposition consacrée aux habitants d'autres planètes aurait lieu bientôt à Besançon. Aurais-tu des complices là-bas ?

Sophie releva brusquement la tête, ses yeux brillaient.

— C'est vrai ? C'est quand ?

— C'est vrai, mais j'ai oublié la date. Quant au lieu, si ça t'intéresse, je me renseignerai.

— On pourra y aller, maman ? demanda Sophie anxieusement à Blanche.

— On verra ça, répondit celle-ci en s'efforçant de faire bonne figure mais constatant avec dépit qu'une fois de plus sa fille avait réussi à mobiliser toute l'attention de Roland.

Celle-ci levait à présent vers lui un regard suppliant.

— Tu viendras aussi ?

— On verra ça, répondit-il malicieusement, du même ton que Blanche.

— Si vous ne voulez pas, ça m'est égal. Je prendrai le car et j'irai toute seule, décida Sophie vexée.

Elle sortit son mobile de son sac et le brandit sous leur nez.

— De toute façon, avec ça, il paraît que je ne crains rien.

34.

— Trois minutes, indiqua Alain Bonnard, le présentateur, à Julien Manceau, assis en face de lui.

Le journaliste fixa la lumière verte au centre de la table du studio et se concentra. Dès qu'elle passerait au rouge, ce serait à eux. Et, plus que jamais, il devrait ce soir se montrer convaincant.

Émission spéciale ! Spéciale « poils de singe », pensa-t-il avec un reste de colère. Comment Müller avait-il pu lui cacher un élément aussi important ? C'était là un manquement grave à la parole donnée. N'avait-il pas, lui, Julien, scrupuleusement respecté le contrat ?

Lorsque madame Laurent avait souhaité lancer son

appel au ravisseur, Müller avait été le premier informé.
Sur la demande du commissaire, le journaliste avait
accepté de ne pas parler des lunettes disparues de
Charles pour ne pas prendre le risque que l'assassin,
s'il les avait gardées, ne les détruise. « Rien de
concluant pour l'instant. Vous serez tenu au courant »... Et c'était tout ce que trouvait le policier à lui
répondre alors même qu'il avait en sa possession cette
découverte phénoménale : des poils de singe sur les
vêtements des enfants, des DEUX enfants ! Si Julien
n'avait pas, ce matin, sous le coup d'une impulsion,
d'une intuition ? appelé une connaissance au labo de
Lyon pour savoir sur quelles fibres avaient été deman-
dées les analyses complémentaires, il en ignorerait
tout. Et aussi que ces poils, on le savait depuis la veille,
étaient ceux d'un capucin.

— Vingt secondes...

Le journaliste vida son verre. Depuis qu'il avait
appris la nouvelle, la soif le tenaillait. Soif = désir.
Dans son cas, le désir d'agir au plus vite. Et cette fois
sans demander son avis à Müller. Celui-ci serait fou de
rage, tant pis pour lui.

Il n'était pas difficile de deviner ce que le policier
aurait dit pour sa défense. Comme pour les lunettes, il
n'avait pas voulu courir le risque que le criminel,
affolé, supprime son singe. Eh bien Julien était partisan
du contraire... Il était plus que temps d'affoler cette
ordure, de mettre le paquet pour l'obliger à bouger.
Faudrait-il à Müller un troisième corps d'enfant, lui
permettant de le classer dans la prestigieuse catégorie
des *serial killers*, pour agir ?

— Dix secondes...

Derrière la vitre de la technique, le rédacteur en chef
lui fit un V de la victoire. Quand Julien avait appelé
son ami, en début d'après-midi, celui-ci n'avait pas
hésité une seconde : d'accord pour une émission spéciale en direct de Besançon, à l'heure où chaque soir
ses auditeurs l'attendaient.

— À nous !

La lumière passa au rouge, la musique laissa place à l'indicatif de chaîne, le rédacteur leva la main. Alain Bonnard approcha ses lèvres du micro.

— Il est dix-huit heures, merci de nous écouter. Nous allons ce soir consacrer cette émission à Saint-Rémi. Julien Manceau, notre envoyé spécial, est près de nous. Il va vous lancer un appel. Écoutez-le. Répondez-y. C'est important.

Julien empoigna la tige du micro. Il ne sentait plus en lui qu'une résolution farouche.

— Bonsoir, dit-il. Un élément nouveau est apparu dans l'enquête sur le meurtre des enfants dont, tous, vous connaissez le nom. Les analyses pratiquées sur leurs vêtements ont révélé la présence de poils de singe. Vous m'avez bien entendu : des poils de singe. On en a déterminé l'espèce. Il s'agit d'un capucin. Le capucin, également appelé « sapajou », se trouve en Amérique centrale et du Sud.

Il s'interrompit. À nouveau, sa bouche était sèche. Convaincre. Il lui fallait convaincre.

— Ces poils sont le premier véritable indice découvert depuis le début de cette dramatique histoire. Et quel indice ! Il s'agit maintenant de retrouver l'animal, probablement caché quelque part. À vous qui m'écoutez ce soir, je viens demander votre aide. Si l'un d'entre vous a vu, ou cru voir, un singe dans la région, ou s'il soupçonne quelqu'un de son entourage d'en détenir un, qu'il appelle. Maintenant. Tout de suite. Surtout, restez à l'écoute, nous allons vous donner le numéro de notre station à Besançon. Je vous attends. Merci.

Le présentateur reprit le micro à Julien. À la fois celui-ci se sentait mieux et vidé de ses forces. La machine était en marche. Les standardistes prêtes à prendre les appels. Il répondrait lui-même en direct aux témoignages les plus intéressants. Déjà, l'assistante de plateau entrait dans le studio en brandissant une fiche. Julien ferma une seconde les yeux.

« La chasse commence. Tu ne nous échapperas pas », résolut-il.

Au volant de sa camionnette de livraison, sur la route qui le ramenait à Champagnole, Victor Grosjean regarda le numéro de téléphone qu'il venait de noter sur un papier collé à son tableau de bord. Allait-il appeler ?

Sa journée était terminée, il avait hâte de rentrer chez lui. Chaussons, bière fraîche, il en salivait d'avance. Allait-il appeler d'abord cette radio à Besançon ? Alors même qu'il n'était pas certain de ce qu'il avait vu ?

C'était plus d'une année auparavant, à la fin d'un été caniculaire. Il venait de livrer un congélateur du côté de Saint-Rémi. De cela, au moins, il était certain : Saint-Rémi, la ville des deux petites victimes. Comme il traversait un parc, il lui avait bel et bien semblé voir un singe, une drôle de bestiole avec une sorte de capuchon blanc qui retombait sur ses épaules. Il en avait même calé de stupéfaction. Le temps qu'il reprenne ses esprits, l'animal avait disparu.

Bien entendu, il ne se souvenait pas du nom de son client ; une dizaine de livraisons par jour, comment aurait-il pu ? Sans compter que cela ne datait pas d'hier.

« Je viens vous demander votre aide. » La voix de Julien Manceau résonne dans sa conscience. Cette histoire d'enfants enlevés, puis tués, les rendait malades, sa femme, infirmière, et lui. Dimanche soir, ils avaient entendu l'appel de la mère et n'ignoraient pas comment ce cinglé y avait répondu : en portant le gosse au cimetière.

Cette idée révoltante le décida. Il arrêta sa camionnette au bord de la route. Dix-huit heures quinze. Il forma sur le portable le numéro qu'il avait noté. Bien entendu, la ligne était occupée. Il s'épongea le front. Quelle histoire ! Il allait tenter le coup encore deux ou trois fois et si ça ne marchait pas, basta ! On ne pourrait pas lui reprocher de ne pas avoir essayé.

— Allô ?

La voix de la standardiste le prit de court : il n'y croyait plus. Du coup, il se sentit idiot. Il se racla la gorge.

— C'est à propos du singe, commença-t-il. Peut-être bien que j'en ai vu un pas loin de Saint-Rémi.

— S'il vous plaît, monsieur, pouvez-vous me donner votre nom et vos coordonnées ?

Soudain, Victor Grosjean s'avisa que ce qu'il faisait n'était sans doute pas très professionnel. Le grand mot de son patron : professionnel. Utiliser le téléphone de travail pour appeler une radio, qui plus est, à Besançon, nul doute que celui-ci n'aurait pas apprécié.

— Je m'appelle monsieur Victor, répondit-il prudemment. Tout ce que je voudrais savoir c'est si les singes capucins portent une sorte de houppelande blanche sur les épaules.

— Julien Manceau va répondre lui-même à votre question, monsieur Victor, dit la voix aimable de la standardiste. Veuillez patienter quelques instants.

— Allô ? Allô ?

Elle l'avait déjà lâché. Il hésita à raccrocher. Il se sentait mal à son aise.

— Monsieur Victor ? Ici Julien Manceau.

En reconnaissant la voix du journaliste préféré de sa femme, il se retrouva tout ému. Ah, si Maguy pouvait l'entendre ! Elle n'en reviendrait pas !

— C'est moi, répondit-il.

— Vous pensez avoir vu un singe près de Saint-Rémi, c'est une information très importante. La houppelande blanche dont vous parlez, prouverait qu'il s'agissait bien d'un capucin. L'animal avait-il également des poils blancs sur le front ?

— Tout à fait, répondit fièrement le livreur. Des poils comme un capuchon. Mais cela n'a été qu'une brève apparition.

— L'essentiel est que vous l'ayez vu, monsieur Victor. Vous souvenez-vous de l'endroit, près de Saint-Rémi ?

— Absolument pas, répondit Grosjean. Une maison avec un parc, c'est tout. La livraison date d'au moins un an. Pour avoir l'adresse, il faudrait que je recherche dans les archives.

— Si je comprends bien, vous êtes livreur, monsieur Victor ? Pouvez-vous nous dire ce que vous livrez ?

« Nous »... « Nous dire »... Victor Grosjean réalisa seulement qu'il était en train de parler en direct sur l'antenne. Tout le monde l'entendait. Tout le monde attendait de savoir ce qu'il livrait. Si son patron...

— Je ne peux pas vous en dire plus pour l'instant, répondit-il précipitamment. Je vous rappellerai après avoir fait des recherches.

— Monsieur Victor, restez en ligne, je vous en prie, insista le journaliste d'une voix pressante. Votre témoignage peut se révéler de la plus grande importance. Je comprends tout à fait que pour des raisons... professionnelles, vous ne puissiez pas parler à l'antenne. Je vais vous repasser le standard qui prendra vos coordonnées. Je me permettrai de vous rappeler ultérieurement, plus tranquillement...

— C'est moi qui vous rappellerai, trancha le livreur. Mais pas avant demain.

Il coupa la communication. Il était en nage. Dans quelle histoire s'était-il fourré ? Qui lui disait que son patron n'était pas à l'écoute, qu'il n'avait pas reconnu sa voix ? Un coup à se faire virer. Et puis, dévoiler le nom d'un client, ne serait-ce pas trahir un secret professionnel ?

Mais si son « témoignage », comme venait de dire le journaliste, aidait la police à pincer l'assassin ?

Un frisson le parcourut. Il faudrait qu'il en parle à Maguy. En attendant, heureusement qu'il n'avait pas donné son vrai nom.

Le cœur fou, les tempes battantes, au bord du malaise, l'homme arrête sa voiture sur le bas-côté de la route. Un camion le dépasse, klaxonnant furieusement sa désapprobation. À peine s'il l'entend. Durant une interminable minute, il a eu la certitude que le livreur allait prononcer son nom. Il se préparait à un plan d'urgence lorsque celui-ci a raccroché à la barbe du journaliste.

Il recule son siège, étend ses jambes, ferme les yeux, tente de se souvenir : Victor... Monsieur Victor... le nom ne lui dit rien. « Au moins un an », a déclaré celui-ci. C'était donc tout de suite après son arrivée avec petit Paul, cet été où il avait fait si chaud.

Si chaud. C'est ça... Il avait commandé un mini congélateur pour le sous-sol. À Champagnole. Oui, Champagnole ! Avait-il été livré le jour où Mister Chance s'était échappé ?

« Un singe avec un capuchon. » Pas un instant l'idée ne lui était venue alors que ce livreur, resté seulement le temps de déposer son fardeau dans la cour, ait pu voir le singe.

C'est à présent la colère contre le journaliste, qui obscurcit son esprit. Ce maudit qui chaque soir l'oblige à l'écouter alors qu'il a tant à faire. Dimanche, l'appel de la mère, ce soir les poils du capucin.

A-t-il commis une erreur en laissant Mister Chance s'approcher des enfants ? Mais le singe faisait partie du contrat, il n'a pas l'habitude de faillir à ses promesses, petit Paul n'aurait pas compris. Et il n'était pas prévu que Simba et Zazou... s'en iraient si tôt. Aurait-il dû nettoyer leurs vêtements ? Aucune précaution n'aurait pu empêcher des experts de retrouver quelques poils ici ou là. Il y en a partout chez petit Paul.

Et maintenant ? Où ces poils risquent-ils de mener les enquêteurs ? Au pire, ce sera au site, à Mowgli. Et après ? Ils n'ont pas la moindre chance de découvrir jamais qui se cache sous le pseudo. Les seuls à l'avoir appris ne sont plus de ce monde. Là-haut, ils prient pour petit Paul.

Il faudra quand même que tu t'en préoccupes.

Cela va mieux : son cœur a repris son rythme normal, ses mains ont cessé de trembler. Il éponge son front qui, il y a un instant, était couvert de sueur glacée, reprend le volant où ses doigts ont laissé des traces sombres. Plus qu'une vingtaine de kilomètres. Tu passeras par Saint-Rémi avant de rentrer chez toi.

C'est à présent un sentiment d'injustice qui l'accable. Le laissera-t-on jamais s'occuper en paix de son fils ? Il était si heureux voilà seulement quelques instants ! Tout s'était si bien passé à Genève ! Il a réussi à avancer son départ : l'avion décollera la semaine prochaine, à l'aube d'une journée où il ne travaille pas. Lorsqu'on s'apercevra de son absence, ils seront arrivés à destination, au pays de la danse, de la musique et du soleil, le contraire de celui-ci, tout de noirs sapins, de grottes et de gorges, où de réfugié il est devenu gibier.

Et si tu parlais maintenant ? Si tu te cachais avec petit Paul dans un hôtel en Suisse en attendant le grand jour ? Mais quel hôtel accueillerait sans s'étonner un enfant infirme et un singe ? Un capucin dont on parlera bientôt partout.

Renoncer, abandonner... À nouveau, il ralentit. À nouveau ces sueurs froides. Depuis que son fils s'est transformé en ennemi, il a de plus en plus de mal à résister au démon de la tentation ; celui qui, dans la chambre noire de l'enfance, lui intimait l'ordre d'en finir.

Non ! Tu ne failliras pas à ton devoir de père. Pas toi.

Il doit s'occuper au plus vite de ce monsieur Victor.

« Demain », a dit celui-ci. Demain, le livreur cherchera dans ses archives, il n'aura aucun mal à retrouver son nom, il rappellera ce Manceau qui marche la main dans la main avec la police. La maison sera fouillée, son passé également. En Suisse ou ailleurs, il ne leur faudra pas longtemps pour le retrouver.

Tu n'as pas le choix.

Il restera comme prévu jusqu'à la veille du départ, jeudi prochain. Il ne devrait pas être trop difficile de trouver les coordonnées de monsieur Victor à partir de la facture. Il a toute la nuit pour préparer son plan.

35.

C'ÉTAIT ÇA !

Quand Blanche avait entendu Julien parler des poils de singe à la radio, des poils de CAPUCIN, elle l'avait crié. Puis un brouillard avait obscurci son esprit : je vais tomber dans les pommes... Une ultime tentative pour échapper à sa faute ?

Elle avait eu sous les yeux, entre ses mains, ce qui avait conduit Jean-Lou à la mort, Charles à la mort, et elle n'avait pas été foutue de le voir, de s'en servir pour les sauver. C'ÉTAIT ÇA son malaise, cette impression d'avoir été tout près de quelque chose d'important et de l'avoir laissé échapper.

Mister Chance.

« Un singe capucin. J'ai un copain qui en a un. Peut-être que je le verrai bientôt. Il s'appelle Mister Chance. »

Le nom l'avait intriguée, un nom de comédie américaine. C'était celui d'un film d'horreur bien français.

Comment avait-elle pu laisser passer une information si singulière sans s'en inquiéter davantage, sans chercher à connaître le nom du propriétaire du singe ?

« C'est un secret. »

Charles lui avait répondu cela : un secret. Raison de plus pour insister.

Elle remit la radio en marche. Un homme demandait des précisions sur les capucins. Julien lui répondait et, à nouveau, elle eut envie de crier : « Écoutez-moi ! C'est moi qui sais ! » Julien avait dit : « Nul ne peut éviter l'imprévisible », elle, aurait pu. L'imprévisible avait été à sa portée ; il lui aurait suffi d'être plus attentive.

Julien... Appeler Julien, lui parler, vite ! Dans son émotion, elle avait omis de noter le numéro donné par le présentateur. Elle décrocha le téléphone et forma celui des renseignements. Ses doigts tremblaient sur les touches : vite ! vite ! Une opératrice lui répondit presque immédiatement. « Voulez-vous que je vous mette en contact avec cette radio ? »

La ligne était occupée, évidemment ! Les auditeurs qui répondaient à l'appel de Julien sans se douter que c'était elle qui possédait la clé du mystère et que cette clé la rendait folle.

Elle raccrocha. Aller là-bas ? Trop tard. Lorsqu'elle arriverait, l'émission serait terminée, Julien parti. Son portable... l'appeler sur son portable... Il lui en avait donné le numéro : « n'hésite jamais ». Comment n'y avait-elle pas pensé avant ? « Tu dates, maman. » Sophie a raison, je n'ai jamais le bon réflexe, le réflexe moderne. Son carnet... Où avait-elle rangé son carnet d'adresses ? Vite ! Vite ! Elle finit par le retrouver sous une pile de croquis.

« Ici Julien Manceau, absent momentanément. Laissez-moi votre numéro, je vous rappellerai dès que possible. »

En attendant le bip, elle enfonçait ses ongles dans sa paume pour faire barrage aux larmes.

« C'est Blanche. Viens vite, je t'en prie. »

Entendrait-il le sanglot qui, malgré les ongles, avait clôturé le message ?

Dix-huit heures vingt-cinq. Combien de temps avant qu'il ne soit là, près d'elle, qu'elle puisse se libérer de son secret empoisonné ? Entre Besançon et Saint-Rémi, il assurait qu'il ne lui fallait pas plus de trois quarts d'heure sur sa moto. Elle allait, en l'attendant, récupérer les dessins des enfants. Les preuves. Celui de Jean-Lou était ici, celui de Charles au mur de la classe. Elle l'y avait encore vu cet après-midi. « À chaque fois que tu penseras à moi, je serai là. » Elle avait décidé de l'y laisser ; que cela plaise ou non aux parents.

Le singe raté de Jean-Lou, fait par l'enfant dans l'espoir de figurer sur la BD, était rangé avec les « recalés » sur une étagère. Elle le regarda comme jamais. Jean-Lou ne lui avait rien dit sur l'animal — un secret ? — mais, le mercredi où il l'avait exécuté, il disparaissait de la clinique des Quatre Lacs.

Elle le glissa dans un dossier. Sept heures moins le quart. Elle avait le temps d'aller chercher celui de Charles à l'école. Oui, les preuves ! Sans preuves, Julien la croirait-il ? C'était cela qui la torturait à présent : l'idée qu'il puisse ne pas la croire. Lui, et les autres.

Elle quitta son atelier, enfila une veste, hésita devant la porte de Sophie. Laisse-la en dehors de ça. Protège-la. Sois une mère responsable. Elle se recomposa un visage. Comme elle détestait ces mots : se recomposer un visage, faire bonne figure... Porter un masque alors qu'on se sent en mille morceaux, qu'on crève de ne pas pouvoir crier au secours.

Sa Fichini était assise en tailleur sur son lit dans un fouillis de livres et de cahiers. Blanche resta sur le seuil de la pièce.

— Je sors un moment. Si Julien appelle, peux-tu lui dire que je reviens tout de suite ?

— Où tu vas ?

— À l'école. J'ai oublié quelque chose là-bas.

Elle referma la porte avant que sa fille ait pu poser d'autres questions et descendit les escaliers. C'était plein, chez Myriam, c'était l'heure. C'était toujours l'heure depuis quelque temps : celle de la bousculade autour de l'horreur.

À vélo ou à pied ? À vélo, dix petites minutes. En courant, une quinzaine. Courir lui ferait du bien, sentir le vent sur son visage, oui, courir jusqu'à ce qu'elle ait racheté sa faute en aidant à retrouver ce singe.

L'école était fermée. Elle sonna chez le gardien. Ils se connaissaient bien : un homme aimable dont l'un des enfants participait à ses cours de dessin. Depuis l'enlèvement des petits, il fallait montrer double patte blanche pour franchir le portail de l'établissement.

— Monsieur Morel, j'ai oublié quelque chose dans la classe, je n'en ai pas pour longtemps.

C'était à présent dans les couloirs qu'elle courait : odeurs de parquet, de craie, d'enfance. Elle referma sur elle la porte de la classe et resta un moment immobile, le cœur battant, à l'écoute du silence. Une classe vide, c'est plus de silence que nulle part ailleurs, un silence qui, marié aux odeurs, vous frappe au plus profond de la mémoire.

La quinzaine d'animaux élus pour la BD était à l'honneur sur le mur, avec le nom de leur auteur. Un seul singe : celui de Charles. À nouveau, elle tenta de se souvenir.

« Jean-Lou avait très envie de le voir. »

« J'ai un copain qui en a un. Peut-être que je le verrai bientôt. »

Charles n'avait-il pas dit aussi : « On n'est pas sûrs qu'il existe » ?

Mister Chance existait bien et, pour en avoir eu la preuve, les deux enfants étaient morts.

Elle détacha avec soin le dessin du mur. Pour la

première fois, il lui sembla faire ce qu'elle devait. Hélas, trop tard !

Dix-neuf heures quinze. Julien avait-il eu son message ? Était-il sur la route ? Si j'avais moi-même un mobile, il aurait pu me rappeler. « Tu dates, maman. » Elle plaça le dessin de Charles avec celui de Jean-Lou dans le dossier. Les deux amis ensemble, réunis pour le pire.

La voiture pila près d'elle, la frôlant presque, alors qu'elle longeait la rue centrale. Effrayée, elle fit un bond en arrière. Puis elle reconnut le conducteur, Thomas Riveiro. Il ouvrit sa portière.

— Blanche, je vous cherchais !

— Ce n'est pas une raison pour m'écraser, tenta-t-elle de plaisanter, le cœur encore battant.

Il ne sourit pas.

— Il faut que je vous parle.

Instinctivement, elle serra son dossier contre sa poitrine.

— Pas maintenant, Thomas. Ce n'est pas possible. Je suis pressée.

Il sortit de la voiture et, durant quelques secondes, à l'expression de son visage, il sembla à Blanche qu'il allait l'y faire entrer de force. Décidément, elle n'avait plus ses esprits.

— C'est au sujet de Sophie.

Blanche se figea.

— Sophie ?

— Elle ne vous a parlé de rien ?

La voix était tendue, l'inquiétude s'empara de Blanche.

— Et de quoi aurait-elle dû me parler ?

— Hier, nous nous sommes un peu... disputés. Vous savez que le mercredi il m'arrive de m'occuper des enfants. Sophie espérait que je disposerais de temps pour elle, ce qui n'était pas le cas. Peut-être lui ai-je parlé un peu trop durement : elle a pleuré.

Voilà donc pourquoi sa fille était de si méchante humeur en venant la chercher la veille dans la salle de dessin.

Bien sûr, Blanche n'ignorait pas que Thomas s'occupait de Sophie certains mercredis : leurs mystérieux conciliabules chez Myriam ne lui avaient pas échappé. Le visage anxieux de l'anesthésiste l'émut. Il ne devait pas encore savoir pour les poils de singe. Comment réagirait-il ? Thomas était si sensible à tout ce qui concernait les enfants. Aux Quatre Lacs, dès son arrivée, il avait mené une croisade antidouleur, ne supportant pas que des petits souffrent alors qu'on pouvait l'éviter.

— Sophie ne m'a parlé de rien, le rassura-t-elle. Elle est comme ça : elle se donne des airs de dure mais, au fond, elle est ultrasensible. Je suis sûre qu'elle vous a déjà pardonné.

L'anesthésiste sembla soulagé.

— Si nous pouvions quand même...

Le bruit d'une moto l'interrompit. Julien. Il s'arrêta près d'eux. Julien enfin ! Une vague de reconnaissance envahit Blanche. Si Thomas n'avait été là, elle se serait jetée dans les bras du journaliste.

Il retira son casque, adressa un bref sourire au médecin et s'approcha d'elle.

— J'ai eu ton message. Je viens de passer chez toi. Sophie m'a dit que tu étais allée à l'école ?

Il la regardait avec inquiétude : il avait entendu le sanglot. La gorge nouée, Blanche désigna la moto.

— Tu m'emmènes ?

Thomas était déjà remonté dans sa voiture. Elle lui fit adieu de la main. Inventait-elle ce regard de colère ?

36.

Il était plus de vingt heures et Francis Müller s'apprêtait à quitter son bureau, décidé à faire la route jusque chez lui pour retrouver calme familial et réconfort, lorsque son adjoint lui annonça que Julien Manceau et madame Desmarest demandaient à être reçus d'urgence.

« D'urgence ? Quel culot ! » pensa-t-il avec amertume. Faut-il que je sois à la disposition de ce traître après ce qu'il m'a infligé ? Et que vient faire madame Desmarest ici ? Lui servir de bouclier ?

La nouvelle de l'émission spéciale s'était répandue à la mairie comme une traînée de poudre. On s'y souviendrait longtemps de la colère du commissaire. Quel enfant de salaud avait mis le journaliste au courant des résultats du labo ? Renseignements pris, aucun de ses hommes. Mais quelle importance à présent ? Le mal était fait. On ne retrouverait jamais le singe.

— Faites-les entrer, ordonna-t-il à Boyer.

Il avait décidé qu'il réglerait son compte à Julien demain matin. Eh bien, ce serait chose faite ce soir. Il dormirait plus tranquille.

Blanche Desmarest entra la première, serrant contre sa poitrine un dossier de couleur, le visage défait. Julien la suivait, un air de défi sur le sien : prêt à contre-attaquer. Müller s'avança vers lui.

— Alors vous êtes content de vous ? Je croyais que vous vous étiez engagé à ne rien faire qui puisse gêner l'enquête ?

— Je croyais que vous aviez promis de me tenir au courant de toute avancée significative, répliqua Julien d'un ton glacial.

— J'attendais d'avoir tous les éléments en main.

— Ces éléments, si les vêtements de Jean-Lou avaient été envoyés plus tôt au labo, vous les auriez depuis longtemps.

Sous l'accusation, Müller devint écarlate et il serra
les poings. Un instant, Blanche eut l'impression que les
deux hommes allaient se battre. Les fous ! N'y avait-il
pas eu, en effet, assez de temps perdu sans qu'ils en
rajoutent avec leurs rancœurs personnelles ?

— Commissaire, venez voir, s'il vous plaît.

Surpris par le ton à la fois autoritaire et angoissé de
la jeune femme, celui-ci s'approcha du bureau où elle
avait posé le dossier ouvert.

— Ces dessins sont de Jean-Lou Marchand et de
Charles Laurent, annonça-t-elle. Le singe que vous
voyez est un capucin. Les deux enfants avaient très
envie de le voir. Son nom est Mister Chance.

Les yeux de Müller s'agrandirent, son regard allait
des feuilles, à Blanche.

— Mister Chance ? répéta-t-il d'un ton incrédule.
Mister Chance ? Mais comment savez-vous ça, bon
Dieu !

— C'est Charles qui me l'a dit.

Elle vacilla. Julien prit fermement son bras et la
mena à un siège. Était-ce le whisky qu'il l'avait obligée à boire à son hôtel tandis qu'elle libérait son cœur,
qui lui faisait tourner la tête ? Ou tout simplement le
soulagement ? Elle avait eu si peur de n'être pas crue.
Et voici que le moindre de ses mots déclenchait un
séisme. Elle en éprouvait une sorte de griserie : être
enfin écoutée, n'être plus seule.

Le commissaire tira une chaise en face de la sienne
et s'y installa. Posté derrière elle comme une sentinelle, Julien posa ses mains sur ses épaules, protecteur.

— Racontez-moi, madame Desmarest. Depuis le
début si vous le pouvez.

— À l'école, nous préparons une bande dessinée.
Une surprise destinée aux parents, pour Noël,
commença-t-elle. Ce sont les enfants qui ont décidé du
thème : une révolte des animaux contre les humains.
Charles et Jean-Lou avaient tous les deux choisi de

dessiner ce singe. C'est Charles qui m'a affirmé que c'était un capucin.

— Et quoi d'autre ? demanda Müller d'une voix fiévreuse. Que vous a-t-il dit d'autre, madame Desmarest ? Vous a-t-il dit à qui le singe appartenait ? Où il se trouvait ?

Blanche secoua négativement la tête.

— Il m'a seulement dit que c'était un singe très intelligent, qu'il était capable de dessiner. Et aussi qu'il appartenait à un copain et qu'il le rencontrerait peut-être. Mais ce n'était pas sûr.

— Un copain de l'école ?

— Je ne sais pas, répondit Blanche. C'était un secret. Il m'a dit que c'était un secret.

— Essayez de vous souvenir, je vous en prie, insista Müller. Le moindre détail peut avoir une énorme importance.

— Mais je n'arrête pas d'essayer, cria soudain Blanche. Je n'arrête pas. Et tout ce que je sais, c'est qu'ils ont rencontré ce singe et qu'ils en sont morts. Tous les deux.

Elle prit son visage dans ses mains. Si, un moment, elle s'était sentie mieux, c'était bien fini. Ces précieux détails que demandait Müller, elle n'avait pas été foutue de les obtenir.

Julien pressa ses épaules, secouées par les sanglots.

— Commissaire, je crois que madame Desmarest vous a dit tout ce qu'elle savait. Elle est fatiguée.

Müller se releva. Il alla vers son bureau, sortit ses lunettes de leur étui et les essuya soigneusement avant de se pencher à nouveau sur les dessins. Julien les rejoignit et lui tendit une liasse de fiches.

— Voici le résultat de mon appel à la radio. Tous ceux qui se sont manifestés sont là avec leurs coordonnées. Vous y trouverez le lot habituel de farfelus ainsi que les dénonciations de voisins. Plus quelques autres... Vos hommes feront le tri.

Müller prit les fiches et les feuilleta.

— L'appel qui m'a paru le plus intéressant n'y figure malheureusement pas, ajouta Julien.

— Pourquoi cela ?

— Il s'agit d'un certain monsieur Victor qui a déclaré avoir aperçu un singe du côté de Saint-Rémi. D'après sa description, il s'agirait bien d'un capucin. Mais il ne se souvenait ni du nom, ni de l'adresse de son client : la livraison date d'au moins un an.

— La livraison ? Que livre-t-il ?

— Pas moyen de le savoir non plus. Il s'est affolé quand il a réalisé qu'il passait en direct. Il doit rappeler demain après avoir consulté ses archives.

Julien revint vers Blanche. Celle-ci avait relevé la tête. Elle semblait plus calme.

— Pouvons-nous y aller, maintenant ? demanda le journaliste au commissaire.

— Bien sûr !

Müller tendit la main à la jeune femme qui l'accepta pour se relever.

— Ce que vous venez de nous apprendre va beaucoup nous aider, madame. Merci ! Si vous voulez bien, je garde les dessins. Je vous demanderai de passer demain afin que nous prenions votre déposition.

Blanche eut un sourire résigné.

— Je viendrai.

— Je vous raccompagne.

Ils longèrent les couloirs déserts. Malgré l'heure tardive, on entendait encore des crépitements de machines derrière les portes fermées. Demain, le nom de Mister Chance s'inscrirait partout, ce nom incroyable. Et ce ne serait pas encore cette nuit que Müller dormirait dans son lit.

Ils sortirent sur le perron. La nuit était fraîche, claire. C'était vraiment une jolie place que celle de la mairie ! D'ailleurs, elle était représentée sur les cartes postales. La regardant, on devait se dire : comme il doit faire bon vivre ici ! Et mourir ? Sa femme lui en avait demandé une : « Pour te suivre en pensée. » De chez Myriam, montait un brouhaha qu'en d'autres temps on aurait qualifié de joyeux ; en temps de paix, pensa confusément le policier.

Il remarqua que les branches des arbres s'étaient beaucoup appauvries, en volume et en couleur depuis son arrivée, presque trois semaines. Octobre était là. Il serra la main de Blanche.

— Essayez de dormir quand même.

— Maintenant, tout ce qu'on fait, même respirer, c'est « quand même », remarqua-t-elle.

Müller se tourna vers Julien.

— Au cas où votre monsieur Victor se manifesterait, puis-je espérer que nous serions avertis tout de suite ?

— Ce n'est pas « mon » monsieur Victor, répondit le journaliste, les yeux dans ceux du policier. C'est le nôtre, commissaire.

Dominant son émotion, Müller s'éclaircit la gorge.

— Toutes mes excuses pour ce que j'ai dit tout à l'heure.

— Idem en ce qui me concerne, répondit Julien.

37.

— Voilà une fille bien matinale ! s'exclama Myriam en voyant Sophie se glisser dans la salle alors que huit heures n'avaient pas sonné. Est-ce que tu as déjeuné, au moins ?

— J'ai pas faim, déclara la petite.

— Et ta maman ? Déjà au travail ?

— Maman s'est rendormie ; elle a parlé toute la nuit avec Julien.

La voix était maussade, le front soucieux. « Quelque chose qui n'a pas passé », pensa Myriam. Sans lui demander son avis, elle planta un baiser au creux d'une fossette.

— Tu m'attends deux minutes ?

À la cuisine, René donnait ses instructions au jeune qui l'aidait aux fourneaux. Plat du jour : petit salé aux lentilles. Ça irait bien avec le mois qui commençait, adieu septembre et sans regrets !

— Tu peux t'occuper de la salle un moment, René ? J'ai une urgence, chuchota-t-elle. Je t'expliquerai.

René sourit dans ses moustaches. Nul besoin de lui expliquer : les urgences venaient toujours du second étage. Surtout ces derniers temps.

Quand Myriam revint, Sophie avait posé son cartable à ses pieds et faisait semblant de s'intéresser aux quelques clients qui buvaient leur café, le nez dans le journal local. Inutile de demander de quoi on y parlait.

La première vague de consommateurs était passée : ceux qui venaient se réchauffer le gosier et le cœur avant d'aller travailler, ajoutant parfois au café, quelque chose de plus corsé.

— À quelle heure tu commences à l'école ? demanda Myriam à la petite.

— On a sport à neuf heures et demie.

— Alors tu as bien le temps de te percher deux minutes ? Tu me tiendras compagnie. Tu es sûre que tu ne veux rien ? Un chocolat ? Un croissant ? Une tartine ?

— Pas tout de suite pour le croissant, décréta Sophie.

Myriam se mit à sa vaisselle. Si la petite avait quelque chose sur le cœur, elle la connaissait, il ne servirait à rien de la brusquer : ça viendrait quand ça viendrait. René apparut. Il effleura les boucles blondes de la main avant de se diriger vers un couple qui venait d'entrer.

— Un secret, attaqua abruptement Sophie, est-ce qu'on est obligé de le garder même si c'est grave ?

— Que veux-tu dire par grave, ma chérie ? s'enquit Myriam d'une voix légère.

Sophie ne répondit pas tout de suite. Et, lorsqu'elle se décida, ce ne fut pas directement.

— C'est à propos des poils du singe. Tu sais qu'on en a trouvé plein sur les habits de Jean-Lou et de Charles ? Maman et Julien en ont parlé jusqu'à minuit au moins. Ils croyaient que je dormais.

— Ce qui, apparemment, n'était pas le cas, constata Myriam malicieusement.

Hier soir, le bruit avait couru en effet qu'on avait trouvé des poils de singe sur les vêtements des victimes. Certains clients avaient eu le mauvais goût d'en ricaner : la police, impuissante, inventait n'importe quoi... Les singes en peluche étaient à la mode cette année. Myriam les avait vertement remis à leur place. Quant à Sophie, pas besoin d'être grand clerc pour deviner à quoi était due sa mauvaise humeur : la jalousie, tout simplement. Et cette histoire de secret était sa façon de s'immiscer dans l'histoire de Blanche et Julien.

Ces deux-là se voyaient de plus en plus et Myriam s'en réjouissait : Blanche avait besoin d'une présence masculine. Et, entre les médecins de la clinique qui, un moment, lui avaient tourné autour et Julien, Myriam préférait Julien.

— Si tu me racontais ce qui te tracasse à propos de ce singe ? proposa-t-elle. Juré que ça ne descendra pas de ton tabouret.

La petite ne daigna même pas sourire et le cœur de celle qui se considérait un peu comme sa grand-mère, et même pas qu'un peu, se serra. Était-ce vraiment grave ?

Un car s'arrêta à grand bruit et volutes de gaz sur la place. Une cargaison de touristes, trois et quatrième âge, s'engouffra directement dans le café : des Suisses venus faire la tournée des lacs et des cascades. Une bonne trentaine de personnes. Myriam les désigna.

— Il va falloir que je donne un coup de main à René. Prends vite ton croissant avant qu'ils m'aient tout mangé. Quant à ton histoire de secret, si c'est vraiment grave, tu es déliée. Regarde les prêtres avec la confession : ils n'ont pas le droit de laisser filer un meurtrier. Il y a même eu plusieurs films sur le sujet.

— Un meurtrier... répéta la petite, impressionnée.

Et, ignorant la corbeille de pâtisseries que lui tendait Myriam, elle se laissa glisser en bas de son tabouret, ramassa son cartable et sortit.

38.

Francis Müller était venu tôt à son bureau. Il avait mal dormi. Et, bien sûr, rêvé de singes, d'UN singe appelé Mister Chance, ce nom auquel il ne s'habituait pas.

Ainsi, comme il l'avait soupçonné, l'animal servait d'appât. Lorsqu'on en aurait retrouvé le propriétaire, on tiendrait probablement l'assassin.

Hier, après le départ du couple, il avait réuni tous les hommes dont il disposait sur place pour établir un plan de bataille. Dès le matin, ils formeraient deux équipes dont l'une s'occuperait des élèves de madame Desmarest, l'autre des appels reçus à la radio. Tous ceux-ci, y compris les farfelus, devraient être pris en considération.

Les recherches effectuées depuis le début de la semaine par ses enquêteurs en direction des zoos, ménageries et propriétaires d'animaux exotiques, n'avaient rien donné jusque-là. Restait ce monsieur

Victor dont le journaliste semblait prendre le témoignage au sérieux : avait-il réellement vu le capucin ? Rappellerait-il ? Müller savait, hélas, par expérience que l'on peut se manifester sur un coup de cœur, sous le choc d'une émotion, et regretter l'instant d'après.

Il vida son gobelet de café et alla ouvrir l'une des deux fenêtres de son bureau. Deux fenêtres : un flic riche ! Un car venait de s'arrêter sur la place. Le chauffeur était encore à son poste. Ciel bleu, teintes rousses : la belle saison pour les touristes pas trop pressés.

Il prit une longue inspiration. Ce poids sur sa poitrine, cette difficulté à respirer, il savait très bien à quoi ils étaient dus ! À Julien Manceau.

Si l'accusation du journaliste concernant l'analyse des vêtements de Jean-Lou avait, une nouvelle fois, remué le fer dans la plaie, plus douloureuse était la question qui le lancinait depuis la veille : avait-il commis une autre erreur, celle-là imputable à lui seul, en gardant secrète l'information concernant les poils de singe ? Les résultats foudroyants de l'intervention de Julien donnaient raison à celui-ci de l'avoir rendue publique.

« Est-ce que je vieillis ? » s'interrogea-t-il. Est-ce que prendre femme, me retrouver père, a changé mon comportement ? Suis-je devenu timbré ? En ne voulant pas prendre le risque d'alerter l'assassin, il avait pris celui de perdre un temps précieux.

Mais le travail d'un policier n'était-il pas, de tout temps, de naviguer entre deux risques ? Parfois mortels ?

Son attention fut attirée par une gamine aux boucles blondes, un lourd cartable au dos, qui traversait la place d'un pas décidé, venant vers la mairie. Elle en monta les marches. L'instant d'après, on frappait à sa porte.

— Entrez !

Poussée par Boyer, la fillette pénétra dans la pièce.

Avant que son adjoint l'ait nommée, Müller l'avait
reconnue : la petite de Blanche Desmarest. Elle lui ressemblait comme deux gouttes d'eau, jusqu'à l'air têtu,
remarqua-t-il avec amusement. Il attendait la mère
pour la déposition, c'était la fille qui se présentait !

— Mademoiselle désire te parler, annonça Jacques
Boyer en réprimant un sourire. À toi et à personne
d'autre. Elle dit que c'est important.

Müller se leva.

— Eh bien dans ce cas, qu'attends-tu pour nous
laisser ?

L'adjoint quitta la pièce à regret. Müller s'approcha
de la fillette.

— Rappelle-moi ton prénom.

— Sophie, Sophie Desmarest. Et vous, vous êtes le
commissaire Müller, n'est-ce pas ?

— Francis. Francis Müller.

Elle ne semblait pas le moins du monde intimidée.
Son œil curieux courait partout dans la pièce : onze ?
douze ans ?

— Si tu posais ton cartable, Sophie, et que tu me
disais ce qui t'amène ?

Le cartable tomba avec un bruit sourd sur le sol.
Mais au lieu de répondre à la question, la fillette désigna l'ordinateur.

— Vous avez Internet ?

— Bien sûr, dit Müller. Nous ne pourrions plus
nous en passer. Serais-tu amatrice de souris ?

— Très, acquiesça-t-elle avec enthousiasme. Un
jour, je m'en servirai pour écouter le ciel. Je m'intéresse aux extraterrestres.

À présent, elle fixait Müller droit dans les yeux,
comme à l'affût de sa réaction. Pas une seconde celui-
ci ne croyait aux extraterrestres, mais l'un de ses petits
garçons voulait être cosmonaute et il avait appris à ne
pas rire d'un rêve.

— De très sérieux militaires se penchent sur la

question ; certains croient même que les OVNI exis-
tent, remarqua-t-il sans se mouiller.

Perplexe, Sophie hocha la tête.

— Et que me vaut l'honneur de ta visite ?

— Il ne faudra pas le dire à ma mère, c'est un
secret.

— Je te promets de ne rien dire sans ton autorisation, répondit-il prudemment.

Pour la première fois, la petite parut mal à l'aise. Un
bref soupir lui échappa.

— Je connais celui qui possède le singe, se lança-
t-elle comme à regret. Il s'appelle Mowgli.

Une bourrasque balaya la tête du policier.

— De quel singe parles-tu, Sophie ?

— De Mister Chance. Mowgli a dit à Simba que
c'était un capucin. Il voulait le montrer à Zazou. Même
que Mowgli était furieux parce que Zazou ne lui répondait pas.

Mowgli, Simba, Zazou... mais où suis-je ? se
demanda Müller. Tout en se sentant perdu dans un dessin animé du plus mauvais goût, il n'éprouvait pas la
moindre envie de rire. Quelque chose lui affirmait que
la petite lui apportait un élément déterminant et qu'il
ne devait surtout pas lâcher le fil qu'elle lui tendait.

— D'où viennent ces noms, Sophie ? Où les as-tu
entendus ?

— Je ne les ai pas entendus, je les ai lus, expliqua-
t-elle. C'est des noms de code. Quand j'aurai créé mon
site sur les extraterrestres, moi aussi j'aurai un nom de
code et même ma mère ne le connaîtra pas.

La lumière explosa dans l'esprit de Müller.

— Tu veux parler d'un site sur Internet ? C'est là
que tu as connu Mowgli ? Et les autres ?

— Sur Hacuna-Matata.com. Tu sais ce que ça veut
dire Hacuna Matata ?

— Pas vraiment, avoua-t-il, le cœur battant.

— Ça veut dire « cool ». C'est la formule magique

du Roi Lion. J'ai vu le film au cinéma. Et Hacuna
Matata, c'est le nom du site sur les animaux sauvages.

Une bande dessinée sur la révolte des animaux
contre les humains. Les dessins de Jean-Lou et de
Charles, un site sur les animaux sauvages. Deux ordinateurs à l'école, un ordinateur à la clinique des Quatre
Lacs, un ordinateur chez les deux victimes. Tout s'as-
semblait. Le lien apparaissait, éclatant : Internet. Le
ravisseur recrutait ses victimes sur la Toile.

Le téléphone sonna. Müller alla à son bureau et
décrocha.

— Qu'on ne me dérange sous aucun prétexte,
tonna-t-il sans écouter son interlocuteur.

Il raccrocha.

Internet ! Aurait-il dû envisager cette hypothèse ?
« Saint-Rémi à l'heure du Web. » La presse en avait
parlé lorsque l'école avait reçu ses ordinateurs. Mais
combien de gens, à Saint-Rémi, en possédaient-ils un ?
Et parmi eux, combien étaient reliés au Net ? Ils pouvaient se compter sur les doigts de la main. On n'était
pas en Amérique.

Il revint vers Sophie.

— Comment as-tu connu ce site ? Il y a un ordinateur chez toi ?

La petite eut un rire crispé.

— Maman ne veut pas d'ordinateur. Elle déteste
Internet. Elle dit que ça abrutit.

— Alors où ? À ton collège ? Chez des amis ?

La fillette hésita.

— Sophie, insista Müller en posant la main sur son
épaule. Sophie, s'il te plaît, ne me lâche pas !

— C'est à la clinique, dit-elle avec réticence. J'ac-
compagne ma mère le mercredi quand elle va faire dessiner les enfants. Elle croit que je reste dans la salle de
jeu, mais parfois Thomas m'emmène dans la pièce où
il y a l'ordinateur : on l'appelle la « pièce magique ».
Le secret, c'est ça : il n'a pas le droit. C'est réservé
aux malades et ça coûte cher.

— Quand tu parles de Thomas, tu veux parler du docteur Riveiro ? Thomas Riveiro ? demanda le commissaire dont le cerveau enregistra un signal d'alarme.

Sophie acquiesça silencieusement.

— Et c'est avec lui, c'est avec Thomas que tu as découvert le site ?

— C'est avec lui. Il est super cool.

Une bouffée de colère explosa en Müller. Super cool, Riveiro ? Cool, Hacuna Matata ? Cool, Mister Chance ? Et, au bout, une mort cool pour deux enfants : une simple piqûre pratiquée pendant leur sommeil.

L'anesthésiste avait bien parlé à Müller des deux salles : l'une ouverte à tous, l'autre — celle de l'ordinateur — dont on devait demander la clé au secrétariat lorsqu'on y accompagnait des enfants. Un moment, le commissaire avait envisagé que le ravisseur ait pu recruter là ses victimes. L'enquête n'avait rien donné. Quelques bénévoles, tous membres du personnel de la clinique, dont Riveiro, initiaient très officiellement les enfants qui le souhaitaient au maniement de la souris.

C'était de l'autre côté de l'écran que le criminel agissait.

Sophie regarda sa montre.

— Il faut que j'aille à l'école maintenant. J'ai sport.

Elle se baissa pour ramasser son cartable. Müller l'arrêta.

— Puis-je te demander un sacrifice, Sophie ? De renoncer au sport pour ce matin. Grâce à toi, on va peut-être trouver très vite l'assassin de tes camarades. Il faut que je prenne ta déposition, c'est-à-dire que je tape à la machine tout ce que tu viens de me dire. Et peut-être bien qu'en me parlant encore, tu trouveras d'autres choses qui nous seront très utiles.

— Mais maman, qu'est-ce qu'elle va dire ? s'exclama la petite avec effroi.

— Je t'ai promis de ne pas lui parler sans ton autorisation. Je te la demande maintenant. Et je t'assure qu'elle ne te grondera pas, au contraire. Elle sera fière de toi.

— En tout cas, pas Thomas, répliqua sombrement Sophie. Thomas sera furieux. C'est lui qui m'a fait jurer le secret.

— Secret ou non, le docteur Riveiro sera, comme nous tous, très heureux si le coupable est arrêté.

Il n'avait pu retenir une sécheresse dans sa voix et le regretta. Qu'allait en conclure cette petite fille intelligente ? Il prit une chaise qu'il alla placer derrière le bureau, près de son fauteuil. Puis il désigna celui-ci à Sophie.

— Viens là.

Lorsque la petite fut installée, il s'assit à côté d'elle. Le cartable était resté au beau milieu de la pièce, un cartable de toutes les couleurs, comme on les faisait aujourd'hui. Il sut qu'il ne l'oublierait jamais. Pas plus que cette fée aux boucles d'or, au regard innocent, qui éclairait pour lui le royaume de la nuit.

Il mit l'ordinateur en marche.

— Peux-tu me trouver ce site ? demanda-t-il.

Sophie eut un sourire heureux et, sans hésitation, se connecta sur Internet. Une vraie pro. Elle cliqua, cliqua encore. Et encore. Peu à peu son visage s'assombrissait. Elle tourna vers Francis Müller deux yeux incrédules.

— Il n'est plus là, dit-elle. Hacuna Matata n'est plus là.

QUATRIÈME PARTIE

Thomas Riveiro

39

Dès six heures du matin, nuit noire, il avait arrêté sa voiture, toutes lumières éteintes, devant le pavillon de Victor Grosjean, non loin de Champagnole. Une rue calme, bordée de maisonnettes sans prétention, chacune pourvue d'un garage et d'un jardinet.

Monsieur Victor... Victor Grosjean... Il ne lui avait pas été difficile de découvrir, à partir de la facture du congélateur, la véritable identité de celui qui prétendait avoir vu Mister Chance. Était-ce la peur ou un reste de conscience professionnelle qui avait poussé le livreur à ne pas donner ses coordonnées à cette radio de malheur ? Quoi qu'il en soit, une chance pour lui ! Si ce maudit journaliste avait su où joindre son interlocuteur, sans doute ne l'aurait-il pas lâché avant d'avoir obtenu satisfaction : une dénonciation en règle de son client. Et ceci peut-être dès la veille. Il n'osait penser à ce qui serait arrivé alors. Oui, une chance, un signe du Ciel.

Cela signifiait-il pour autant que Grosjean ne chercherait pas son nom dans ses archives ?

Un risque que tu n'as pas le droit de courir.

Sur son Minitel, il avait trouvé l'adresse du livreur et sur la facture celle de l'entreprise MARTIN, une entreprise d'électroménager située dans la zone industrielle de Champagnole. Attendrait-il le bonhomme devant son domicile ou à son travail ? Il avait finalement opté pour la première solution, plus sûre : l'oiseau au nid.

À six heures quinze, une lumière s'était allumée au rez-de-chaussée du pavillon, probablement celle de la cuisine. Derrière les rideaux de dentelle, il avait pu voir deux personnes aller et venir, certainement le mari et la femme. Quel âge avaient ces gens ? Des enfants vivaient-ils à la maison ? Le Minitel ne donne pas ce genre d'information et il n'avait pas eu le temps de mener son enquête. Garé à quelques mètres de la demeure, suffisamment près pour voir ce qui s'y passait, assez loin pour n'être pas repéré, il s'était résigné à attendre. En broyant du noir. Le noir, le noir, le noir, la teinte de sa vie.

Hier soir, petit Paul s'était montré particulièrement désespérant : pas un mot, seulement ce regard brûlant qui le suivait partout, consumant son énergie, provoquant ces migraines de plus en plus fréquentes et douloureuses qui le rendaient aveugle.

Depuis la venue de Zazou, les ponts étaient coupés entre son fils et lui. La privation d'ordinateur n'avait rien arrangé, l'enfant n'ayant jamais vécu sans. Mais comment le lui laisser avec cette odieuse idée que son soi-disant ami lui avait mise en tête : tu es prisonnier. Avec cette haine qu'il lui avait mise au cœur. Il n'avait même pas osé lui annoncer le résultat de son voyage éclair à Genève, la bonne nouvelle : l'envol avancé à jeudi. Petit Paul s'en serait-il réjoui ? Seul point positif, il avait renoncé à sa grève de la faim.

À six heures trente-cinq, la lumière avait jailli sur le perron de la maisonnette et une femme en était sortie : la cinquantaine, des lunettes, anorak, bonnet de laine. Tassé sur son siège, il avait pu la voir esquisser un geste d'adieu vers l'intérieur de la maison. Elle avait lancé quelque chose comme « Je compte sur toi », puis elle était allée chercher son vélomoteur au garage et elle était partie en direction de Champagnole. Il ne s'était redressé que lorsque le deux-roues n'avait plus été en vue.

Et à présent ?

Si Grosjean était resté seul chez lui, n'était-ce pas le

moment d'agir ? Avant qu'il se soit décidé, cette fois toutes les lumières s'étaient éteintes, celle de la cuisine et celle du perron, et le livreur était apparu. Même tranche d'âge que sa femme. Plus enrobé. Lui, était sorti du garage dans une camionnette de livraison : Maison Martin. Signé ! Une fois celle-ci dans la rue, il en était descendu pour fermer le portail et lorsque son regard s'était attardé sur la voiture dans laquelle il se trouvait, une sueur froide avait inondé le corps du médecin. Mais déjà Grosjean reprenait le volant et démarrait. Il n'avait vu qu'un véhicule banal. L'une des conditions de survie : être banal, ne se distinguer en rien.

Sur une carte, cette nuit, il avait soigneusement étudié le trajet allant du domicile du livreur à son entreprise. Ainsi avait-il pu rouler à bonne distance sans crainte de le perdre, ni risque d'être repéré. Six ou sept minutes plus tard, la camionnette disparaissait dans une cour. Il s'était garé près de l'entrée. Alentour, tout dormait encore ; il n'était pas sept heures.

L'entreprise Martin était un petit bâtiment de plain-pied : du préfabriqué moche. Le rideau de fer était baissé sur la vitrine. Combien pouvaient-ils être à travailler là-dedans ? Martin, le patron, Victor Grosjean, le livreur — peut-être également dépanneur —, une secrétaire, une personne pour la vente ? De toute évidence, à part Grosjean, nul n'était encore arrivé. Comme il l'avait prévu, peu soucieux d'être surpris dans ses recherches, l'employé était venu avant l'ouverture.

Il est à toi.

Il s'était glissé hors de la voiture. Tandis qu'il faisait rapidement le tour du bâtiment, il sentait le poids de l'arme dans la poche de son manteau. Que de fois avait-il été sur le point de s'en débarrasser ? Quelle prescience, l'avertissant qu'il aurait à nouveau à s'en servir pour sauver petit Paul, avait-elle retenu sa main ?

Avant de quitter la maison, ce matin, il avait mis une balle dans le chargeur. Une seule. Comme pour elle.

Tu n'es pas un boucher.

La camionnette MARTIN était garée à l'arrière du bâtiment, près d'une petite porte en fer qu'il n'avait eu qu'à pousser. Un couloir dont les murs étaient tapissés de dossiers menait à une pièce éclairée ; cette porte-là était ouverte.

Oui, le Ciel est avec toi.

Le livreur pianotait sur le clavier d'un logiciel de gestion. Dates et noms s'inscrivaient sur l'écran. D'un instant à l'autre, le sien apparaîtrait.

Maintenant !

Il avait sorti son arme et il était entré dans le bureau. Grosjean s'était retourné et, à son expression, le médecin avait compris qu'il était reconnu. Alors, il avait tiré tout de suite, sans laisser à l'homme le temps d'avoir peur, de souffrir. Tu n'es pas l'un de ces malades qui prennent plaisir à rendre aux autres les tortures subies dans leur enfance, l'angoisse, le noir, la chambre noire, la certitude de ne jamais revoir le jour, « les âmes des enfants morts intercèdent pour les vivants ». Tout ce que tu accomplis c'est pour que ton enfant n'ait pas à mourir comme tu mourais toi, à chaque fois que la nuit tombait dans la chambre sans lumière, sur le silence des ventres de femmes.

Cacher le corps ? À quoi bon ? N'aurait-il pas fallu cacher également la camionnette, laver le sang qui se répandait en abondance sur le sol ? Il s'était contenté, après avoir éteint dans le bureau, d'emporter l'ordinateur.

Et tandis qu'il marchait vers sa voiture, il se disait que ce poids n'était rien comparé à celui d'un enfant infirme qu'année après année, sans le voir grandir, on a appris à manier avec précaution. L'amour ne soulève-t-il pas les montagnes ?

Il s'apprêtait à quitter la cour lorsqu'un camion était apparu au bout de la rue. Le cœur battant, il s'était rabattu contre le mur. Le conducteur ne l'avait pas vu. Il n'avait même pas ralenti.

Les barrages de police sur les routes se faisaient chaque jour plus rares. Si la malchance voulait qu'on l'arrête, sa réponse était prête : il avait été voir un confrère à l'hôpital de Champagnole. Peu de chance qu'on lui en demande davantage, aucune que l'on regarde dans son coffre.

Il n'était pas huit heures lorsque la grille du parc s'était refermée sur lui. Il savait où cacher l'ordinateur avant de le détruire. Après, il ne lui resterait qu'à prendre une douche et à nourrir petit Paul.

Il serait à la clinique à temps pour son intervention de dix heures : une hernie, non compliquée.

40.

Dans le hall de la clinique, les médecins se serrèrent la main et Müller put entendre le chirurgien souhaiter un bon week-end à l'anesthésiste. Il les envia. Depuis son parachutage à Saint-Rémi, trois semaines auparavant, le mot week-end ne voulait plus rien dire pour lui ; le dernier ayant été illustré par la disparition du petit Charles, le contraignant à un retour en catastrophe alors qu'il venait de rejoindre sa femme à Besançon.

Lagarde marcha vers la sortie, Riveiro se dirigea d'un pas fatigué vers le petit dépôt de presse situé près de la cafétéria. La découverte des poils de singe n'y figurait pas encore, Müller avait vérifié. Il rejoignit l'anesthésiste qui feuilletait un journal. Le découvrant, celui-ci sursauta.

— Commissaire ?

— Je vais avoir à nouveau besoin de vous, docteur, annonça Müller en lui tendant la main.

Un éclair de contrariété passa dans le regard du médecin. Il baissa les yeux sur son poignet, le policier le devança.

— Onze heures trente, lui apprit-il en souriant. Je n'ignore pas que vous devez veiller au bon retour sur terre de votre opéré, mais il s'agit d'une sorte d'urgence et vous êtes le mieux placé pour y répondre.

— Une urgence ?

Le regard était à présent inquiet. Müller ne prit pas de gants et observa avec attention la réaction du médecin.

— Je viens de parler longuement avec Sophie Desmarest. Elle m'a appris qu'il vous arrivait de l'accompagner dans la salle de l'ordinateur. Je lui ai promis que vous ne lui en voudriez pas d'avoir trahi un secret : la situation l'exigeait !

— La situation ? demanda Riveiro d'une voix blanche.

— Il semblerait que l'assassin ait recruté ses victimes sur le Net : un site appelé Hacuna Matata. Un site... que vous visitiez avec Sophie Desmarest, c'est exact ?

Riveiro s'était figé. Il avala sa salive avec difficulté. Bien que, pas une seconde, Müller n'ait douté des révélations de la petite, il ne put s'empêcher d'être soulagé.

— Sophie était surtout intéressée par les sites concernant les extraterrestres, articula l'anesthésiste avec difficulté. Mais il lui arrivait en effet de visiter Hacuna Matata en passant. Vous avez parlé de victimes ?

— On a retrouvé des poils de singe sur les vêtements des deux petits. Un dénommé Mowgli proposait sur le site, à ses correspondants, de rencontrer un capucin appelé Mister Chance.

— Que voulez-vous de moi ?

— Si nous commencions par aller dans la salle de l'ordinateur ?

— Venez.

Ils prirent l'escalier pour monter au premier. Un groupe d'infirmières les croisa. Elles saluèrent Riveiro avec de grands sourires. Le médecin était aimé du personnel, Müller l'avait déjà remarqué. Il avait même fait la différence avec Roland Lagarde qui, lui, semblait plutôt craint.

Riveiro poussa une porte, la pièce était obscure, il alluma.

— Ces salles ne sont ouvertes aux enfants que l'après-midi ; le matin est réservé aux soins, indiqua-t-il.

Tout était bien rangé : livres, cassettes, jeux divers. Devant la télévision, un empilement de coussins de couleurs variées. Un ensemble gai mais où l'odeur trouvait quand même le moyen de se glisser. « Ça sent la piqûre », aurait dit Gaston, l'aîné de Müller, en plissant le nez.

Ils traversèrent la pièce pour se rendre dans la salle de l'ordinateur. Riveiro avait sorti son porte-clés, il l'ouvrit. Chaises, table, rien de plus : du sérieux. Le cœur de Müller se serra : sur l'une de ces chaises, il venait d'imaginer deux petits garçons, correspondant sans méfiance avec leur futur meurtrier.

Thomas referma la porte derrière lui et attendit.

— Savez-vous si ce site existe depuis longtemps ? lui demanda le commissaire.

— Je n'en ai aucune idée, répondit l'anesthésiste après une brève hésitation.

— En dehors de Sophie, vous est-il arrivé d'y emmener d'autres enfants ? Notamment Jean-Lou et Charles ?

— Je n'ai pas eu besoin de les y emmener. Ils fréquentaient le site chez eux. Ils savaient très bien se débrouiller tout seuls.

— Sophie m'a cité le nom de code de plusieurs protagonistes. Mowgli, Simba, Zazou, Tarzan, entre
autres. Ces noms vous disent-ils quelque chose ?

— Mais que voulez-vous qu'ils me disent ?
s'énerva Thomas. Ce sont presque tous des pseudo-
nymes empruntés au Roi Lion. Le Roi Lion est très
apprécié des enfants. D'ailleurs, vous trouverez la cassette du film dans la salle de jeu.

— Certains auraient pu se confier à vous, vous
dévoiler leur nom de code.

— Un nom de code ne se dévoile pas ; le secret fait
partie de l'aventure.

— L'aventure, en effet... railla Müller. Mister
Chance...

Le médecin lui lança un regard de reproche mêlé de
lassitude. Il était arrivé à Müller de se demander s'il
n'y avait pas, dans l'attitude de Thomas, une part de
comédie. S'il ne jouait pas au solitaire, à la victime...
Il se souvint du sourire des infirmières qu'ils venaient
de croiser. Les femmes ne détestent pas les hommes à
consoler.

— À votre avis, docteur, demanda-t-il d'une voix
plus cordiale, celui qui a créé ce site pourrait-il être
quelqu'un de Saint-Rémi ? Les animaux sauvages sem-
blent y être très à la mode. Madame Desmarest m'a
appris qu'elle-même préparait une bande dessinée avec
ses élèves sur ce thème.

— Connaissez-vous un seul enfant qui n'aime pas
les animaux sauvages ? demanda l'anesthésiste avec
feu. Ceux qui résident ici tout particulièrement. Nature,
liberté, espace... tout ce dont ils sont si cruellement
privés. Ce n'est pas une question de mode, monsieur
le commissaire, n'importe qui peut avoir créé ce site
pour leur faire plaisir.

Il regarda à nouveau sa montre.

— Et maintenant, si vous voulez bien...

— Un tout dernier service, s'il vous plaît.

Müller montra l'ordinateur. « Vous avez plus l'habitude que moi. Me chercheriez-vous ce site ? »

Thomas Riveiro hésita. La méfiance se lisait à présent dans ses yeux. Il sait que le site a été effacé, se dit soudain Müller. Il devine que je lui tends un piège.

Le médecin se décida brusquement, prit place sur un siège, alluma l'ordinateur et se brancha sur Internet. Comme l'avait fait Sophie un instant auparavant, il cliqua. Et encore. Il renonça plus vite que la petite. Ses mains retombèrent sur ses genoux.

— Le site n'existe plus, constata-t-il d'une voix atone.

— Comment l'expliquez-vous ?

— Ce n'est pas à moi de l'expliquer.

Il éteignit l'ordinateur et se releva.

— Une ultime question et je vous laisse, docteur, promit Müller. Quand avez-vous fait visiter Hacuna Matata pour la dernière fois ? Vous en souvenez-vous ?

Riveiro eut un rire aigre.

— Si vous tenez à le savoir, il me semble que c'était avec Sophie Desmarest, justement ! Je suppose que vous avez mis sa mère au courant et qu'elle m'en veut terriblement, ajouta-t-il.

— Madame Desmarest ne m'a pas donné cette impression. Mais je ne vous cacherai pas que les révélations de sa fille lui ont fait froid dans le dos.

Le mobile du commissaire sonna : « Excusez-moi. » Il passa dans la salle de jeu pour répondre : Boyer.

— Du nouveau, patron, annonça celui-ci d'une voix excitée.

— J'arrive, le coupa Müller, peu soucieux de parler devant l'anesthésiste qui venait de le rejoindre après avoir refermé à clé la salle de l'ordinateur.

Il coupa la communication, revint vers Riveiro.

— Il faut que je vous laisse. Merci pour les renseignements, docteur. Si quoi que ce soit vous revenait à propos de ce site, ou de ceux qui le fréquentaient, appelez-moi, surtout.

Il quitta la pièce sans attendre le médecin. Celui-ci ne l'appellerait pas, il en était certain. Alors pourquoi le lui avait-il proposé ? Une sorte de pitié, oui. Il ne pouvait se l'expliquer clairement, mais cet homme lui faisait pitié. S'il avait eu à le classer dans une catégorie, cela aurait été dans celle des victimes, pas des bourreaux. Tout en ne sachant que trop bien que les victimes peuvent, à l'occasion, se transformer en bourreaux !

Et, quoi qu'il en soit, Riveiro lui avait menti : il possédait la clé de la salle de l'ordinateur alors que lui-même lui avait signalé que pour y entrer il fallait la demander au secrétariat. Cette salle où il accompagnait régulièrement Sophie et que Jean-Lou et Charles avaient, eux aussi, fréquentée.

En traversant la cour, il éprouva le besoin impérieux d'une grande balade en forêt : respirer l'air pur. Celui de la pièce magique de Sophie lui avait paru singulièrement vicié.

À défaut de pouvoir satisfaire son désir, avant de monter dans sa voiture, il fixa, là-bas, la masse verte et rousse, et la respira longuement par les yeux.

Qu'avait voulu dire Boyer par « du nouveau » ? Bon ou mauvais, le nouveau ?

En priorité, il allait appeler Besançon et demander qu'on lui retrouve le nom du créateur du site. Avec un peu de chance, il l'aurait dès ce soir.

41.

À trente-trois ans, Julien pouvait affirmer que Blanche était la première femme à le toucher vraiment.

Il avait eu un certain nombre d'aventures et, quelques fois, pensé que l'une ou l'autre le mènerait à

un engagement plus sérieux, et non, finalement non !
Chez les plus séduisantes, les plus intelligentes de ses
conquêtes — mais n'était-ce pas plutôt lui qui toujours
se laissait conquérir ? — il avait très vite senti la distance, ce quelque chose de léger chez elles qui les
empêchait de s'accorder vraiment. Léger ne voulant
pas dire qu'elles étaient futiles ou superficielles ; il
s'agissait d'une différence de cœur.

On parle de « cœur lourd ». Celui des blessés de
l'enfance l'est à jamais. Ils peuvent cacher ce poids à
eux comme aux autres, mais leur respiration n'est pas
la même. Les blessés de l'enfance respirent moins
bien, voilà tout ! Cela peut donner des religieux
comme des assassins : une question de degré. Cela
donne aussi des artistes. Et parfois des journalistes
enragés...

La blessure de Julien s'appelait, bien sûr, Nina, cette
petite sœur à laquelle il avait refusé de l'accompagner
au supermarché : lui, onze ans, elle, sept. Tout le
monde avait eu beau lui expliquer qu'il n'était pour
rien dans sa disparition, cela n'effacerait jamais cette
question, accompagnée d'un souffle soudain bloqué :
« Et si je lui avais dit oui ? »

Sans doute était-ce ce cœur lourd qui lui interdisait
de dire oui à l'amour.

Avec Blanche, les choses avaient changé.

Elle-même était une blessée de l'enfance, sa respiration ressemblait à celle de Julien. Et ne s'était-elle pas
reproché tout récemment de n'avoir pas, comme lui, su
éviter l'imprévisible ?

Après la fameuse soirée chez Myriam où la jeune
femme avait eu sa crise de désespoir, son amie avait
accepté de parler d'elle à Julien. La blessure de
Blanche venait d'un père tyrannique et pervers qui, une
fois sa femme réduite à zéro, avait tenté la même opération avec sa fille, prenant plaisir à saper sa confiance
en elle pour mieux asseoir son pouvoir. La passion de

Blanche pour le dessin et les rêves qui l'accompagnaient l'avaient sauvée ; elle-même se plaisait à l'affirmer avec une sorte d'émerveillement touchant, comme si elle n'en était pas encore revenue.

Sous le sceau du secret, Myriam avait également révélé à Julien la phobie de la jeune femme : papillons, oiseaux, plumes. Et comment, autrefois, ce père cruel s'amusait à faire semblant de l'étouffer sous une couette pleine de duvet.

Celui-là, Julien l'aurait volontiers étranglé.

De son ex-mari, Blanche disait volontiers qu'elle n'avait rien à lui reprocher. Tout simplement, ils ne vivaient pas sur la même planète. Celle de Marc, publicitaire et mondain, était à mille lieues de la sienne où silence et solitude étaient nécessaires à sa création, une solitude que jamais Blanche n'avait crainte, que Marc redoutait. Lui aussi, Julien l'aurait volontiers étranglé pour n'avoir pas su apprécier une telle femme. Quoiqu'à la réflexion, il aurait mieux fait de s'en féliciter. Grâce à cette mésentente, qui s'était soldée par un divorce, Blanche était venue s'installer à Saint-Rémi où une grand-mère, décédée depuis peu, lui avait brodé de ces doux souvenirs d'enfance qui vous mettent pour la vie, cœur lourd ou non, en appétit de bonheur.

Oui, Julien était bel et bien tombé amoureux. Il avait pour Blanche et la façon dont elle exerçait son métier estime et admiration. Peut-on aimer sans admirer ? Il aurait voulu que ses bras prennent la forme d'une tente invisible où elle se serait réfugiée en cas de danger. Aime-t-on sans vouloir protéger ? Lorsqu'une fossette se creusait dans sa joue et qu'elle semblait hésiter entre grande et petite fille, il avait envie de dévorer les deux toutes crues. L'amour affame. À part ça, sitôt qu'il la perdait de vue, elle lui manquait. Et même lorsqu'elle était là. Bizarre !

Mais comment déclarer sa flamme alors que le paysage alentour brûle des sombres couleurs de la mort ?

Sans compter que, hélas, il n'était pas le seul sur les rangs. Les regards de la Médecine sur sa dessinatrice ne lui avaient pas échappé. À la réflexion, il craignait moins l'anesthésiste que le chirurgien. Un soir où ce dernier était passé chez Myriam pour voir Blanche, une soudaine lumière dans les yeux de celle-ci lui avait donné une pulsion d'étrangleur. Et de trois ! *Serial killer*...

Il faut bien rire pour survivre.

Bref, lorsqu'à onze heures, ce vendredi, Blanche l'appela pour l'inviter à venir pique-niquer chez elle, il se trouva le plus heureux des hommes.

42.

Le journaliste avait passé une partie de la matinée à Besançon pour prendre connaissance des appels tombés à la radio après l'émission spéciale-singe et attendre, hélas en vain, un coup de téléphone de monsieur Victor.

Il arriva chez Blanche vers midi. Elle avait un air survolté qui ne lui plut pas trop : que s'était-il encore passé ?

Elle l'entraîna dans la cuisine, une pièce à son image, colorée et chaleureuse. En fait de pique-nique, il y avait sur la table une salade composée, un beau morceau de Comté — fromage du pays — et des pommes.

Il accepta une bière.

— Devine qui j'ai trouvé chez Müller ce matin ? attaqua-t-elle tout de suite.

Il ne devina pas.

— Sophie !

— Sophie ? Elle n'était donc pas à l'école ?

— Figure-toi qu'elle avait mieux à faire. Elle nous a entendus parler du singe cette nuit. Et elle aussi en avait de belles à raconter à Müller !

Encore tout émue, Blanche fit part au journaliste des révélations faites par sa Fichini au commissaire : le site sur Internet, le capucin vanté par un dénommé Mowgli. Simba, Zazou et les autres. C'était très probablement sur Hacuna Matata, formule magique du Roi Lion, que l'assassin recrutait ses victimes.

— Quand je pense que ma fille s'y promenait !

— Internet ! s'exclama Julien. Internet... pourquoi pas ?

« Saint-Rémi à l'heure du Web ». Aurait-il dû y penser avant ? Il ne sut pas répondre à cette question. Mais soudain les pièces du puzzle tragique s'assemblaient. Il y avait Internet à la clinique des Quatre Lacs ainsi que chez Jean-Lou et Charles. Le singe qu'ils avaient reproduit leur avait été vanté sur la toile : un capucin appelé Mister Chance, ce nom de comédie. Comme ceux de Simba et de Zazou. Comme celui de Mowgli.

— Mowgli, répéta-t-il. Tu dis que c'est le nom du propriétaire du singe ?

— Sophie se souvient de plusieurs messages de lui. Il insistait beaucoup pour présenter son capucin à ses correspondants et se plaignait qu'ils ne lui répondent pas.

— Alors ce serait lui le coupable ? demanda Julien, incrédule.

— Un drôle de nom pour un assassin, remarqua Blanche en frissonnant.

— Derrière Mowgli, il y a les loups, lui rappela doucement le journaliste.

Ils gardèrent un instant le silence. En bas, on entendit vaguement le brouhaha du Café. Il faisait beau et Myriam avait dû ouvrir grand ses portes.

— Mais comment Sophie a-t-elle eu accès à ce site ? s'étonna Julien.

— Par Thomas, figure-toi. Ce cher Thomas Riveiro, répondit Blanche avec un rire crispé. Le mercredi, pendant que je faisais dessiner les petits à la clinique, il l'emmenait en douce dans la salle de l'ordinateur.

— En douce ?

— Thomas sait très bien que je refuse Internet à Sophie. Sans compter que vis-à-vis des Quatre Lacs, ce qu'il faisait n'était pas du tout réglo. Seuls les patients ont droit aux salles de jeu. Bref, il lui avait fait jurer le secret...

— Eh bien bravo ! Bravo, docteur ! s'exclama Julien avec colère.

— Tu connais Sophie, le tempéra Blanche. Elle a dû le tanner jusqu'à ce qu'il lui cède. Et elle affirme qu'elle n'était autorisée qu'à regarder, pas à intervenir. De toute façon, ce sont les sites sur les extraterrestres qui l'intéressent, elle ne faisait que passer sur Hacuna Matata.

— Il n'avait pas le droit de l'y emmener sans ton autorisation, s'entêta Julien.

Blanche demeura songeuse quelques secondes :

— Tu te souviens, hier, j'étais avec lui quand tu es venu me chercher ? Il me parlait de Sophie justement. Il était dans tous ses états. Je suis sûre maintenant qu'il avait entendu ton émission et fait le lien avec le capucin. Il cherchait à m'avertir. Et puis tu es arrivé.

— Alors pourquoi ne m'en a-t-il pas parlé à moi, au lieu de filer comme un rat ?

Ils picorèrent un peu de salade : maïs, poulet, tomate, avocat. Jaune-orange, blanc-beige, rouge éclatant, vert amande. Sur le beau bois miel de la table. Affamé en arrivant, Julien avait perdu tout appétit. Tant, trop d'informations depuis cette émission ; il lui semblait que son cerveau bouillait. Internet, à présent ! Où cette nouvelle piste allait-elle les mener ?

— À propos, je ne t'ai pas dit, le site a été effacé, annonça Blanche, comme répondant à son interrogation.

— Effacé ? QUAND ?

— Mais comment veux-tu que je le sache ?

— Pardonne-moi.

La question était stupide en effet. Ni Blanche, ni quiconque ne pouvait le savoir. Pour l'instant ! Stupide mais essentielle pour Julien. Si le site avait été effacé hier soir, après son émission, cela voulait dire que l'assassin avait entendu son appel et réagi immédiatement. Comme après l'appel de Mme Laurent, en déposant Charles au cimetière ? remarqua-t-il sombrement.

« Il est là », disait souvent Blanche. Oui, sans aucun doute, il était là, tout près, à l'affût de tout, au courant de tout. Et maintenant, allait-il supprimer Mister Chance comme le craignait Müller ?

Blanche désigna à Julien la salade presque intacte.

— Plus faim ?

— Plus faim.

— Un café ?

— Plein de café.

Elle se leva pour le préparer. Il la suivit des yeux : pantalon ciel, chemise à carreaux, queue de cheval. Aujourd'hui, il avait droit à la petite fille. Une petite fille à chérir. Décidément, l'amour vous dictait des mots idiots, dépassés, ringards, qu'en plus on adorait rouler dans son cœur, que ce drôle de sentiment habillait de neuf.

— As-tu dessiné ce matin ? demanda-t-il pour cacher une subite émotion.

Et un désir tout aussi imprévu et qui lui paraissait, vu les circonstances, des plus mal venus.

— Juste ce qu'il fallait pour me prouver que j'en étais encore capable.

— Quand tout cela sera fini, je t'emmènerai ailleurs respirer un bon coup, déclara-t-il soudain. Et puis, il faudra que je te présente à mes parents.

— Me présenter à tes parents ? Serait-ce une demande en mariage ? s'amusa Blanche.

Le cœur de Julien se pinça. Il aurait préféré qu'elle ne s'en amusât pas. Il s'efforça de rire.

— Qui sait ? Ils prétendent que je leur parle tout le temps de toi. Et, jusque-là, je n'étais pas trop bavard sur les femmes. D'où leur immense curiosité.

— Alors ils risquent d'être déçus.

— Qui vivra verra.

Qui vivra... se répéta Blanche en elle-même, le cœur lourd. Qui vivra... L'eau chantait dans la bouilloire, elle la versa sur la poudre de café. Aller respirer ailleurs... Mercredi, à la clinique, regardant les dessins de cerfs-volants, Roland en avait, lui aussi, exprimé le désir. Mercredi ? Deux jours seulement ? Une bourrasque emportait les heures. On ne pouvait plus mesurer le temps. Aller ailleurs apporterait peut-être cela : du temps qui se repose.

— Quand tout sera fini, répéta-t-elle d'une voix encombrée. On a du mal à croire que cela finisse un jour. Il paraît que c'est pareil en temps de guerre. On n'arrive plus à imaginer la paix.

Julien posa sa main sur la sienne.

— La paix reviendra ! promit-il.

— Mais plus rien ne sera pareil.

La souffrance remontait dans la poitrine de Blanche et cette difficulté à respirer que seule la présence de Julien apaisait un peu. Le téléphone de celui-ci sonna : « Pardonne-moi, chérie. »

Il s'éloigna pour répondre. Avait-il dit « chérie » ?

— Comment cela ? Vous êtes sûr ? C'est bien lui ?

La voix du journaliste s'était complètement cassée. Il sortit un carnet de sa poche et y nota une adresse qu'il répéta à voix haute.

— Je viens tout de suite.

Il raccrocha.

Comme il ne bougeait pas, qu'il semblait sans forces, lui qui l'instant d'avant s'employait à lui en redonner, Blanche se leva et le rejoignit.

— Julien ?

Avec difficulté, il leva son visage vers elle et dans son regard elle lut ce qu'elle connaissait par cœur : une torture qui s'appelle le remords.

Elle prit sa main.

— S'il te plaît, dis-moi... chéri.

— Monsieur Victor est mort. Il a été assassiné.

43.

Maguy Grosjean pleurait. Bien qu'elle ait reconnu le corps de son Victor, elle ne voulait pas croire que tout était fini, qu'elle ne le reverrait plus, un si brave homme, qui n'avait jamais eu d'ennemis, qui ne demandait qu'à vivre tranquillement, que tout le monde appréciait, à commencer par son patron.

Et, tout à la fois elle refusait d'y croire et elle s'accusait d'avoir envoyé son mari à la mort.

« C'est de ma faute ! »

La première chose qu'elle avait criée aux gendarmes venus la chercher à l'hôpital où elle travaillait comme infirmière : « C'est de ma faute. »

— Mais comment pouvez-vous dire cela ? s'était étonné l'adjudant.

Alors, elle lui avait raconté cette histoire de singe que Victor avait cru voir chez un client et comment elle l'avait poussé à chercher dans les archives de l'entreprise et rappeler le journaliste. Il n'était pas très chaud, son Victor. Il craignait de commettre une erreur professionnelle. Ce matin encore, quand elle était partie, elle n'aurait pas juré qu'il le ferait.

Il l'avait fait, et voilà !

— C'est de ma faute, répéta-t-elle une fois de plus à Müller.

Celui-ci se trouvait dans le salon du pavillon des Grosjean où le soleil entrait à flot comme pour démentir le malheur. Le corps du livreur avait été découvert par son patron, M. Martin, à huit heures trente : une balle à bout touchant entre les sourcils. Sitôt fait le lien entre la victime et l'émission de Julien Manceau, la gendarmerie avait appelé la police à Saint-Rémi.

— Vous pensez donc que c'est pour éviter qu'il ne rappelle cette radio que l'on a tué votre mari ? Pour l'empêcher de dévoiler le nom de son client ?

— Et pour quoi d'autre ?

Le commissaire rapprocha sa chaise du fauteuil où était effondrée la pauvre femme : mêmes gestes qu'hier soir avec Blanche, que ce matin avec Sophie. Et même demande pressante.

— Madame Grosjean, pouvez-vous essayer de vous souvenir de TOUT ce que vous a dit votre mari hier ? À l'heure actuelle, nous savons seulement qu'il avait aperçu un singe capucin dans un parc aux environs de Saint-Rémi alors qu'il livrait un client, rien de plus. L'ordinateur qui aurait pu nous aider à retrouver ce client a disparu. Le moindre détail sur celui-ci nous faciliterait grandement la tâche.

L'infirmière eut un gros soupir. Elle retira les lunettes accrochées à son cou par une chaînette pour tamponner ses yeux. En un réflexe, Müller essuya lui-même ses verres.

— Il faisait très chaud, commença-t-elle. Ça, Victor s'en souvenait. Même que lorsqu'il avait vu le singe, il avait cru à une hallucination. Il disait que c'était forcément une belle maison à cause du parc, mais il ne se rappelait pas être entré. On lui avait demandé de poser le carton dans la cour, peut-être un petit congélateur, un nouveau modèle qui plaisait beaucoup à l'époque.

— Qui avait-il vu ?

— Un monsieur. Hier, il avait le nom sur le bout de la langue.

— L'entreprise Martin livre tout à Saint-Rémi, intervint l'adjudant de gendarmerie. Il n'y a pas de magasin d'électro-ménager dans cette ville.

Deux coups légers furent frappés à la porte et Julien Manceau entra. Müller l'avait appelé durant son trajet vers Champagnole : il lui devait bien ça avec la tempête qu'avait déclenchée son émission ! Il fut frappé par la pâleur du journaliste ; comme un imbécile, il n'avait pas songé une seconde que celui-ci pourrait se sentir responsable de la mort du livreur. Il se leva.

Julien s'avançait vers Mme Grosjean. Il se pencha et lui prit les mains.

— C'est moi que votre mari a appelé hier. Je suis tellement désolé.

— Vous êtes Julien Manceau ?

Elle dégagea ses mains et se leva à son tour.

— Quand je pense que je vous aimais bien, cria-t-elle. C'est même à cause de vous que j'ai poussé mon Victor à chercher le nom de son client. Et voilà, il est mort maintenant !

Le journaliste était devenu blême.

— Je vous demande pardon, bredouilla-t-il.

Mme Grosjean lui désigna la porte.

— Comment avez-vous osé venir ? Fichez-moi le camp.

Müller se pencha vers l'oreille de Boyer : « Tu continues. » Il prit le bras du journaliste : « Venez. » Ils quittèrent la pièce, poursuivis par les sanglots de l'infirmière.

— Je ne m'attendais pas à une telle réaction, remarqua le policier. Excusez-moi, ce n'était pas la bonne idée de vous faire venir.

— Elle n'a dit que la vérité, constata Julien sombrement.

Ils descendirent les marches du perron. Un homme était en faction devant le portail. Voitures de police et de gendarmerie détonnaient dans cette rue paisible, bordée de pavillons modestes. On s'étonne parfois de voir se nouer d'affreux drames dans des rues ordinaires, habitées, croyait-on, par des gens sans histoire. Aucune vie n'est sans histoire.

— On fait un tour de jardin ? proposa Müller.

Pouvait-on appeler « jardin » ces allées étroites bordées de maigres rosiers ? pensa-t-il. Des roses jaunes, les préférées de Marie-Jeanne.

D'un coup de pied rageur, Julien éparpilla le gravier.

— M. Victor... si au moins il m'avait laissé son numéro, je l'aurais rappelé dès hier.

— L'auriez-vous mis en garde pour autant ? Auriez-vous pensé qu'il courait un danger ?

— Je n'en sais fichtre rien, reconnut le journaliste. Peut-être pas. Mais qui sait si cela n'aurait pas fait hésiter ce sauvage. Comment s'y est-il pris cette fois ?

— Une balle en plein front, une seule. Il n'a pas pris la peine de la récupérer. À première vue, un automatique Beretta 9 mm. La balistique confirmera. Le crime a été commis de sang-froid : l'œuvre d'un professionnel. Je ne vous ai pas dit qu'il avait emporté l'ordinateur avec la liste des clients. Voilà qui ne vous facilitera pas la tâche.

— Il efface ses traces, constata Julien. Comme pour Hacuna Matata.

Il eut un rire triste : « Décidément, je n'arrive pas à digérer ce nom. Pas plus que celui de Mowgli et des autres. On est où, là ? C'est quoi, cette mascarade ?

— Je vois que madame Desmarest vous a mis au courant.

— Je sors de chez elle ; elle m'a tout raconté.

Le cœur de Julien battit plus fort : Blanche l'avait-elle vraiment appelé « mon chéri » ? Il prit une profonde inspiration : si insolite, ce bonheur qui venait se mêler au malheur.

— Nous devrions connaître dès ce soir le nom du créateur du site, lui indiqua Müller. Besançon est sur l'affaire. En tout cas, une chose est à présent certaine : ce sauvage, comme vous dites, écoute votre émission.

— Il ne risque plus de m'entendre, gronda Julien. À partir d'aujourd'hui, silence radio ! J'ai eu suffisamment de succès comme ça : Charles au cimetière après l'appel de la mère, et maintenant ce malheureux bonhomme.

— Je pense que Charles était condamné de toutes les façons, remarqua Müller.

— Pas Victor Grosjean.

— Sans vous, nous en serions toujours au point mort.

— Avec moi, ça fait un mort de plus.

Ils en étaient à leur troisième tour de jardin. À chaque fois qu'ils passaient devant le portail, l'homme en faction leur souriait.

— Il y a une chose que je n'arrive pas à comprendre, reprit Julien. Pourquoi reste-t-il là ? Ça sent quand même de plus en plus le roussi pour lui. Qu'est-ce qui l'empêche de filer ? Ou bien il est fou, ou bien...

— Ou bien ?

— L'autre jour, vous avez dit qu'il envoyait peut-être un message : « Arrêtez-moi avant que je ne recommence. » Et si ce message était plutôt : « Tu ne m'attraperas pas, je suis plus fort que toi » ?

— Nous l'attraperons, ce fils de pute, se promit Müller avec force.

Julien serra les poings.

— Si jamais je le tiens en face de moi...

— Il est probable que vous ne le reconnaîtriez pas.

Une idée traversa Müller. Il s'arrêta pour réfléchir. Selon le légiste, Grosjean avait été abattu entre sept et sept heures trente, ce matin. Thomas Riveiro aurait-il eu le temps de commettre le crime et d'être à la clinique pour son intervention ?

La réponse était oui. Largement oui !

— Que pensez-vous du docteur Riveiro ? demanda-t-il à Julien en reprenant la marche.

— Nous en parlions à l'instant avec Blanche. Apparemment, elle ne lui en veut pas trop d'avoir accompagné Sophie sur ce maudit site. Selon elle, c'est la petite qui a dû le tanner jusqu'à ce qu'il cède. Il est vrai que quand Sophie a une idée dans la tête... Pour moi, c'est un brave type. Un peu énervant avec ses mines de persécuté.

— Vous l'avez remarqué aussi ?

— Ça crève les yeux. Pourquoi cette question ?

— Je l'ai interrogé ce matin sur le fameux site. Il ne m'a pas paru clair. Il n'arrêtait pas de se défiler. Il m'a semblé qu'il savait très bien que le site n'existait plus. Ce qui ne l'a pas empêché de le chercher pour moi.

— Vous pensez que c'est lui qui l'a effacé ?

— Je n'irai pas jusque-là, mais il y a emmené beaucoup d'enfants, dont les victimes. Et il a une maison avec un parc près de Saint-Rémi.

— Le docteur Lagarde aussi.

— Et bien d'autres, je sais, admit Müller.

— Si vous soupçonnez Thomas, vous briserez le cœur d'une petite fille, remarqua Julien.

— Il y a, tout près de nous, un monstre qui ressemble à Monsieur Tout-le-monde et qui arrête le cœur des petits garçons.

44.

— Zazou m'a demandé pourquoi je ne pouvais pas marcher, lance soudain petit Paul.

— Et que lui as-tu répondu ?

— Que c'était de naissance.

Le médecin regarde l'enfant paraplégique. De cette dramatique naissance, petit Paul n'ignore rien. Il sait le bassin trop étroit de sa mère, la mauvaise position dans laquelle il se présentait, la césarienne pratiquée trop tard par un accoucheur irresponsable répondant au désir d'une femelle soucieuse de ne pas abîmer son ventre, les ventres, les ventres. La criminelle était mannequin. La lésion de la moëlle épinière.

Votre enfant ne marchera jamais.

Le père regarde le fils qu'il vient de border pour la nuit après avoir appliqué les pansements anti-escarres sur chaque endroit sensible. Malgré ses efforts, certains points commencent à s'infecter comme si l'enfant ne se défendait plus. À moins qu'il ne s'en serve comme moyen de chantage : « Regarde, regarde ce que je suis devenu par ta faute. »

Sa faute ? N'est-ce pas pour répondre à la supplication de petit Paul qu'il a agi ? Pour lui, rien que pour lui ? « Emmène-moi, papa, je t'en supplie, emmène-moi loin d'elle. » Parfois même il ajoutait : « Je ne veux plus la revoir. Jamais. »

L'enfant se redresse. Son regard est soudain plein de nuit.

— C'est parce qu'elle ne m'a pas bien fait que tu as tué mother ?

Le coup l'atteint en plein cœur, lui coupe le souffle. Jamais jusqu'à ce jour petit Paul n'avait mis sa parole en doute. « Ta maman a eu un accident. Elle est près du bon Dieu. »

Ils venaient d'arriver en France quand il avait jugé le moment venu de lui parler. Son fils était si heureux d'être sorti de cette institution-prison où sa mère l'avait enfermé dans le seul but de le lui soustraire. Et tout à son bonheur d'avoir retrouvé Mister Chance et son ordinateur.

Il avait comme hésité à pleurer.

« Désormais, c'est moi qui m'occuperai de toi, toujours. »

C'était le temps béni où la confiance entre eux était totale. Zazou n'avait pas encore accompli son œuvre.

Il ne s'abaissera pas à répondre. Il n'a pas tué Roselyne ; elle a choisi son sort. En décidant de les séparer, elle savait à quoi elle s'exposait, il l'avait avertie. Jamais il n'accepterait que petit Paul vive ce qu'il avait vécu, lui.

L'enfant appuie sur le bouton qui relève le haut de son lit. Dans ses yeux passent à présent des lueurs inquiétantes. Quel nouveau coup s'apprête-t-il à lui porter ? Il se sent si las. La journée a été si longue. Tout l'après-midi, il a senti sur lui le regard du livreur : peur, incompréhension. Nul ne peut dire qu'il est insensible. L'amour d'un fils guidait sa main. Il devra se débarrasser du pistolet avant de partir.

— Je veux rentrer au Canada ! déclare soudain petit Paul. Je veux rentrer à Montréal.

La demande l'a fait sursauter.

— Mais tu sais bien que c'est impossible. On nous séparerait.

— On nous séparerait parce que tu as tué mother ?

ENCORE ! Cela suffit. Cette fois, il n'en peut plus. Pourquoi tu as tué Simba ? Et Zazou, tu l'as tué aussi ? Mother, maintenant ! Il ne se laissera pas démolir alors que toutes ses forces lui sont nécessaires. Vendredi prochain, ils seront loin.

Il se lève, pousse la table jusqu'au coin-cuisine, range le peu de vaisselle dans la machine, remet le lait au frais. Petit Paul n'accepte plus que cela : du lait. Le lait, le lait empoisonné des mères irresponsables. Quelques gâteaux secs également. Le minimum vital.

À ses pieds, Mister Chance sautille tout en poussant ses aboiements gutturaux, réclamant un ordre qui lui vaudra récompense.

Réfléchis.

Ce soir, Manceau n'a pas parlé à sa radio. Il n'y a pas été question de l'émission spéciale de la veille. La mort du livreur n'a pas été évoquée. Pourquoi ?

Supprime ce singe.

En Suisse, l'appel concernant le capucin a forcément été entendu. Peut-il prendre le risque de l'emmener avec eux ? De s'exposer à d'éventuelles questions ?

Mais s'il sacrifie Mister Chance, que fera-t-il de petit Paul au Venezuela ? Il avait prévu d'engager là-bas une femme pour s'occuper de lui. Ne lui a-t-il pas promis le soleil, la mer, des amis tant qu'il voudrait ? Des amis au grand jour ?

Si tu le laisses sortir, il te dénoncera.

La migraine cogne à coups de marteau dans sa tête, la sueur coule entre ses omoplates. Charles-le-maudit a également anéanti sa décision de libérer petit Paul. À cause de cet hypocrite, il sera contraint de continuer à cacher son fils jusqu'au retour de la confiance.

Il se verse un verre d'eau qu'il s'oblige à boire très lentement puis revient vers son fils.

— As-tu réfléchi à ce que tu voudras emporter là-bas ? demanda-t-il d'une voix qu'il s'efforce de rendre joyeuse. Tu ne pourras pas tout prendre. Il va falloir choisir.

— Je ne veux pas partir. Là-bas, ce sera pareil qu'ici : je serai prisonnier.

Une fois de plus, petit Paul a lu dans ses pensées. Il fut un temps où cela l'émerveillait.

— Comment un fils pourrait-il être prisonnier d'un père qui l'aime ?

— Si tu m'aimes, laisse-moi sortir. Maintenant !

Cette fois, c'est la nuit qui tombe sur son cœur, nuit glaciale et sans espoir. Pourquoi petit Paul le persécute-t-il ainsi ? Il n'ignore pas que le laisser sortir signifierait leur séparation définitive. Qu'ils seraient arrachés l'un à l'autre. Est-ce cela qu'il veut ? Après tout ce qu'il a fait pour lui ? Perdu pour lui ? « Dis papa, on restera toujours ensemble ? » Non, non, il se trompe. Petit Paul ne peut avoir fait un tel choix, pour lui mortel. Ce n'est qu'un jeu cruel auquel il se livre pour le punir de lui avoir supprimé son ordinateur. C'est cela ! Une punition. C'est tout. D'ailleurs, son Mowgli n'attend même pas de réponse, son regard s'éloigne, se fixe sur un écran invisible, ses doigts pianotent sur ses genoux. L'ordinateur, oui. « L'enfant-ordinateur » comme l'appelait sa mère : « Tu vas en faire un monstre. » N'en avait-elle pas, elle, fait un infirme ?

Le regard revient vers lui.

— Alors amène-moi un ami, un dernier.

L'incrédulité le submerge.

— Mais tu sais bien que c'est impossible. Nous partons dans quatre jours.

L'enfant désigne les boîtes de jeu sur les étagères, les jeux électroniques, les jeux de construction, ceux que l'on appelle « de société », choisis par lui sur catalogue dans l'espoir d'en partager un jour la découverte avec l'un des hôtes d'Hacuna Matata, ce site de malheur. Et aussi les maquettes. Toutes ces boîtes dont la plupart n'ont pas été ouvertes.

— Un dernier ami pour que je puisse les lui donner. Après, je serai d'accord pour partir.

Les larmes jaillissent soudain des yeux de l'enfant, ses lèvres tremblent, il tend les mains.

— D'accord, papa ?

Bonheur ! Depuis combien de temps petit Paul ne lui avait-il pas donné son nom ? Papa, papa. Souffrance ! Il ne pourra pas, cette fois, accéder à son désir. Mais là-bas, je te le jure, tu auras des jeux et des amis.

Pour toute réponse, il serre la main de l'enfant, maigre fagot d'os. Son doigt s'attarde sur le pouls, si faible. C'est le venin du doute et de la suspicion que Charles Laurent a introduit dans son esprit qui le ronge. « Zazou a dit que tu étais fou », lui a-t-il lancé l'autre jour. Oui, fou d'amour, c'est vrai, c'est tout. Sitôt arrivé au Venezuela, il le fera soigner. Au besoin, on l'alimentera artificiellement. Il trouvera un médecin discret, les recherches ont été abandonnées. Dieu ne peut pas vouloir lui reprendre son fils. Priez, priez pour petit Paul.

Très doucement, il repose cette main sur le drap, attend que le souffle se soit régularisé puis se relève.

— Dors, mon petit.

À présent, la poitrine lourde de chagrin, il marche vers la porte, suivant des yeux au passage les boîtes de toutes formes et couleurs que petit Paul voudrait offrir à un ami, un dernier, d'accord, papa ?

Et brusquement s'arrête. A-t-il bien vu ?

Il s'assure d'abord que petit Paul dort toujours puis s'approche un peu plus, le cœur battant. Il ne s'est pas trompé : derrière l'une des boîtes, ce sont bien les lunettes de Charles Laurent.

Comme il les a cherchées, ces lunettes ! Il a refait deux fois le trajet jusqu'au cimetière. Il a fouillé sa voiture centimètre par centimètre. Et elles étaient là, cachées par son fils.

Pitié et fureur se mêlent en lui. Pitié pour petit Paul, fureur contre celui qui portait ces lunettes. « Les âmes des enfants morts... » Il lui semble soudain que son esprit vacille. Foutaise ! Foutaise ! De là-haut, Zazou continue son œuvre de destruction, ces lunettes en sont la preuve. Il tend la main...

N'y touche pas. Tu aviseras plus tard.

... parvient à se dominer et reprend sa marche. Arrivé à la porte, il forme le code, se retourne une dernière fois vers son fils.

Petit Paul ne dormait pas. Il s'est redressé sur son lit. Il darde sur lui un regard de haine et ce regard le tue.

45.

Pour trouver Hacuna-Matata.com et le nom de son créateur, il avait suffi aux services de Müller de se brancher sur le site, aux États-Unis, où étaient répertoriés tous les points com de la planète.

Ce créateur s'appelait Thomas Riveiro.

Le nom de l'hébergeur, situé également en Amérique, avait été lui aussi trouvé sans difficulté. Restait à obtenir de l'hébergeur un cédérom tiré du disque dur d'Hacuna Matata. Ainsi connaîtrait-on l'historique du site ainsi que tout ce qui s'était dit sur le forum de discussion. Les informations étaient tombées le vendredi soir. Le décalage horaire s'ajoutant au week-end, on ne pouvait espérer recevoir ce cédérom avant la semaine prochaine.

Et ce samedi matin, regardant le jour se lever depuis la fenêtre de son bureau, un gobelet de café à la main, Francis Müller réfléchissait.

Thomas Riveiro lui avait caché qu'il avait créé le site et, selon toute probabilité, l'avait effacé. Il pouvait y avoir deux raisons à cela.

Soit il était l'assassin et, après l'appel de Manceau à la radio, il avait compris que la situation devenait périlleuse pour lui.

Soit il était innocent et l'idée qu'un meurtrier ait pu sévir sur le site dont il était l'auteur l'avait épouvanté.

Le fait qu'il ait laissé, si maladroitement, voir à Müller qu'il possédait la clé de la salle de l'ordinateur plaidait plutôt en sa faveur. Cela ne collait pas avec le professionnalisme affiché jusque-là par le tueur. Mais le médecin pouvait penser que Sophie avait parlé de cette clé à Müller et avoir ainsi pris habilement les devants.

Müller revint à son bureau et décrocha le téléphone.

Laurent Chauvin, le directeur de la clinique, le reçut presque immédiatement. Après lui avoir demandé de garder leur entretien pour lui, le commissaire lui fit part de ses préoccupations en ce qui concernait son anesthésiste. Il se refusait pour l'instant à prononcer à voix haute le mot « soupçons ».

Lors de l'enquête préliminaire, menée au lendemain de l'assassinat de Jean-Lou et concernant l'ensemble de son personnel, Laurent Chauvin avait déjà dit aux policiers à peu près tout ce qu'il savait sur son collaborateur.

Il avait engagé celui-ci par annonce dix-huit mois auparavant. Après avoir pas mal bourlingué, Riveiro avait exercé durant plusieurs années dans une clinique à Nice. Ses recommandations étaient excellentes. Aux Quatre Lacs, on n'avait eu qu'à s'en féliciter.

Sur un plan plus personnel, Chauvin croyait savoir que son anesthésiste avait divorcé peu de temps avant son arrivée en Franche-Comté, ce qui pouvait expliquer son choix d'un trou perdu comme Saint-Rémi : le besoin de rompre avec un passé douloureux.

Après tout, n'est-ce pas ce qu'a fait Blanche Desmarest après son propre divorce ? pensa Müller.

Laurent Chauvin s'émut à l'idée que son anesthésiste pût avoir quelque chose à voir avec le meurtre des enfants. Il était très aimé de ceux-ci et menait, en ce qui les concernait, une lutte efficace contre la douleur. Comment un tel homme aurait-il pu tuer deux de ses propres patients ? Il se refusait à y croire.

Le commissaire le rassura : Riveiro ne représentait qu'une piste parmi d'autres. Il était de son devoir de n'en négliger aucune.

— En tout cas, conclut le directeur en le raccompagnant à la porte, il y a une chose certaine : cet ordinateur de malheur ne restera pas un jour de plus dans ma clinique.

Il était dix heures trente lorsque Müller se retrouva sur la place de la Mairie. Celle-ci était calme, ce qui la veille n'avait pas été le cas, loin de là ! Dans la soirée, la nouvelle de l'assassinat de Victor Grosjean s'était répandue comme une traînée de poudre. L'émission de Julien Manceau était très suivie à Saint-Rémi et le lien avec l'appel de celui-ci et le meurtre du livreur avait vite été fait. De nouveau, les gens s'étaient rassemblés. De nouveau, la presse était accourue. La colère, la haine montaient. Toutes chances que ce samedi soit également chaud.

Que devait-il faire ?

Appeler le juge d'instruction et mettre Riveiro en garde à vue ? Il n'avait pas assez d'éléments pour cela et ce serait livrer le médecin à un lynchage certain, au moins médiatique. S'il était innocent, briser sa carrière.

Mais s'il était coupable et décidait de filer ?

Une fois de plus, naviguer entre deux risques.

À midi, le policier avait pris sa décision : il ferait un aller et retour à Nice pour y rencontrer le directeur de l'établissement où avait exercé l'anesthésiste durant plusieurs années. Par lui, il aurait certainement davantage de renseignements. Et peut-être pourrait-il rencontrer l'ex-madame Riveiro.

Obtenir du juge d'instruction un additif à la commission rogatoire ne posa aucun problème. Comme il se devait, Müller avertit de sa visite un magistrat de la ville, il chargea Boyer d'organiser une surveillance discrète autour du domicile du médecin. Enfin, il fit part à Julien du motif de son voyage et lui conseilla de mettre Blanche Desmarest en garde afin qu'elle ne permette pas à Sophie d'approcher de trop près son ami Thomas.

Il prit la route ce samedi 8 octobre vers quinze heures.

Il arriva à Nice par une délicieuse fin de journée. Dieu que l'air fleurait bon. Ici, les pins avaient de chaudes odeurs de vie. Ici, la venue de la nuit était légère et le chant de la mer berçait le tout de sa respiration régulière.

Après avoir posé son sac à l'hôtel et appelé sa femme pour lui dire combien il aurait aimé l'avoir près de lui, Müller se rendit sur le port où il dîna d'une bouillabaisse agréablement aillée, agrémentée d'un succulent rosé de Provence. Puis, en compagnie de Schubert, il marcha un bon moment sur la plage, le nez au vent, avec l'impression de se purifier de trois semaines de fange.

Pourquoi était-il devenu flic ? Il lui arrivait encore de se poser la question, sans pour autant jamais regretter son choix, constatant simplement combien d'autres métiers auraient été plus confortables.

Quelle mouche avait-elle poussé le jeune homme, muni de sa maîtrise de droit, à se présenter au concours de commissaire ? Nul doute, le désir de n'être pas spectateur de la vie mais DANS la vie. Celui d'agir plutôt que de subir.

La mère de Francis Müller, psychologue, n'avait pas été étrangère à son choix. Alors qu'il était étudiant, il arrivait à celle-ci, sans nommer ses patients, de lui raconter certains cas extraordinaires qu'elle avait à soigner. La complexité du cerveau humain le laissait incrédule. Et admiratif. Sa femme riait lorsque Müller lui assurait que s'il n'avait pas été flic, il aurait sans doute été psy.

De cette mère, il tenait un sentiment de compassion pour ses frères humains, tiraillés entre tant d'instincts contraires comme de vents sur l'Océan et parfois engloutis sans pouvoir résister. Sous la noire carapace du pire des salauds, il ne pouvait s'empêcher de chercher l'âme, la petite lumière d'une conscience qui battrait encore. Ceci ne se conjuguant pas toujours bien avec son métier. Il tenait aussi d'elle sa passion pour la musique.

Riveiro était-il le pire des salauds ? Avait-il tué froidement deux de ses jeunes patients ? Avait-il appuyé le canon d'un pistolet au front d'un livreur innocent ?

Il eut du mal à s'endormir. Demain, peut-être y verrait-il plus clair.

46.

Les cloches des églises, joyeuses, légères dans un ciel d'azur, le réveillèrent. Dimanche ! Il devait rencontrer à dix heures le directeur de la clinique Saint-Jean, un certain monsieur de Villeclare. Comme le voulait l'usage, un policier local serait présent lors de l'entretien.

Villeclare était un long bonhomme maigre aux cheveux gris, d'allure aussi aristocratique que son nom. Bien qu'il n'y lût aucune chaleur, son regard droit plut à Müller. Personne n'aime parler à la police de ses collaborateurs ; dans le milieu médical sans doute moins encore qu'ailleurs. La commission rogatoire ne lui laissait pas le choix.

Boyer s'était chargé de prendre rendez-vous et Müller lui avait demandé d'en dire le moins possible sur les raisons de sa visite et de citer Besançon plutôt que Saint-Rémi. À Nice, on était certainement au courant de ce qui s'était passé là-bas et il ne voulait pas que le jugement de son interlocuteur soit influencé par ce qu'il aurait pu entendre.

Le directeur le pria de s'asseoir ainsi que le jeune policier qui l'accompagnait. Lui-même prit place derrière son bureau.

— Je vous écoute, commissaire.

— Vous avez employé ici, durant plusieurs années, le docteur Riveiro, commença Müller. Toutes informations tant sur le médecin que sur l'homme nous seraient très utiles.

Villeclare garda le silence durant quelques secondes,

les yeux sur ses longues mains croisées. Puis il leva un regard résigné vers le policier.

— Le docteur Riveiro était un excellent et sympathique collaborateur. Nous en étions totalement satisfaits. J'ajouterai que nos épouses s'étaient liées d'amitié. Il nous arrivait de recevoir le couple à la maison.

Il s'interrompit quelques secondes, poussa un gros soupir :

— C'est vous dire combien ce qui est arrivé nous a bouleversés tous les deux.

Un clignotant s'alluma dans la tête du policier.

— Et que lui est-il arrivé ? demanda-t-il d'une voix aussi détachée que possible.

— Vous ne le saviez pas ? s'étonna le directeur. Je pensais que c'était ce qui vous amenait ici.

— Je suis venu pour que vous m'en parliez.

— Eh bien, allons-y, reprit Villeclare avec, dans la voix, un accent de colère. Une affaire sordide ! Une mère qui avait porté plainte contre ce médecin en l'accusant d'attouchements sexuels sur la personne de son fils.

Le clignotant devint signal d'alarme.

— Quel âge avait l'enfant ?

— Un petit : huit ans. Le docteur Riveiro a été mis en examen. Très vite, le garçon a reconnu avoir voulu... faire son intéressant. À l'époque, on ne parlait que d'affaires de pédophilie à la télévision et ailleurs : cela lui avait donné sa bonne idée. Une bonne idée, vraiment ! Il y a eu non-lieu, mais les dégâts étaient faits.

— Les dégâts ?

— Madame Riveiro a demandé le divorce. Thomas nous a donné sa démission. Il lui aurait été difficile de continuer à exercer ici après le scandale. Je n'ai pu faire autrement que de l'accepter.

Un silence tomba durant lequel Müller prit la décision de ne pas parler de Saint-Rémi. Villeclare n'avait visiblement pas fait le lien. On pouvait très bien imaginer qu'il n'avait suivi le drame que de loin. Les directeurs d'hôpitaux sont très occupés.

— Votre présence ici signifie-t-elle que le docteur Riveiro a d'autres ennuis ? demanda ce dernier comme s'il avait suivi la pensée de Müller.

— Cela vous étonnerait ?

Devant la question, volontairement provocante, le directeur se cabra.

— Cet homme était brisé, constata-t-il sèchement. Ma femme et moi avons craint qu'il ne mette fin à ses jours.

Il se tut un moment :

— Commissaire, qu'est-il arrivé à notre ami ?

— Dans l'intérêt même de celui-ci, permettez-moi de ne pas vous répondre tant que la vérité n'aura pas été établie.

Il y eut un nouveau silence. Villeclare fixait le policier sans esquisser le moindre geste, attendant la suite. Le silence pèse aux personnes peu assurées, en manque d'estime d'elles-mêmes, aurait remarqué la mère de Müller. Il arrivait au policier de s'en servir. Selon toute évidence, Villeclare s'y trouvait dans son élément et ce fut lui qui dut réattaquer.

— N'avez-vous jamais douté, vous ou votre femme, de l'innocence de votre ami et collaborateur ?

— Jamais ! En notre âme et conscience.

Müller ne put s'empêcher de savourer la réponse. Qui, aujourd'hui, osait encore mettre en avant son âme et sa conscience ? Comme bien d'autres, ces mots appartiendraient bientôt au passé. Ou à une littérature considérée comme désuète, regretta-t-il.

Le directeur se pencha vers lui et, cette fois, ce fut l'indignation qui vibra dans sa voix.

— Je dois à la vérité de reconnaître que notre avis n'était pas partagé par tout le monde et qu'ici même, quelques-uns se sont plu à penser Riveiro coupable et remuer la boue, constata-t-il avec dégoût. Concernant les enfants, Thomas menait, avec mon plein assentiment, une croisade antidouleur musclée. Il se trouve que cela dérangeait certaines habitudes, mais oui, on peut, hélas, parler ainsi : on peut s'habituer à la souffrance d'enfants dont la voix est trop faible pour protester utilement. De là à ce que le bruit court que le médecin se montrait trop câlin avec ceux-ci.

Le plaisir de penser les autres coupables... Müller se souvint des lettres haineuses reçues à la radio après l'appel de Julien sur le capucin. La plupart lâchement anonymes : mon voisin qui... mon patron que... Il avait, à maintes reprises, pu constater que ceux qui prêtaient aux autres de vils sentiments en étaient souvent eux-mêmes la proie : les voleurs voient des voleurs partout.

— Ma question vous surprendra sans doute, dit-il. Le docteur Riveiro possédait-il un singe ?

Les yeux du directeur s'agrandirent.

— Mais certainement pas ! Grand Dieu, qu'en aurait-il fait ?

— Les enfants raffolent de ce genre d'animal. Et il en a deux, je crois.

— Garçon et fille, acquiesça Villeclare. Il était fou de son garçon. Il doit terriblement souffrir d'en être séparé.

— Quel âge ?

— Neuf ans. Et si ma mémoire est bonne, la fillette, quatre.

— À ce sujet, quelque chose m'étonne, reprit Müller. Pourquoi madame Riveiro a-t-elle demandé le divorce ? N'était-elle pas, comme vous et votre femme, convaincue de l'innocence de son mari ?

— Nous n'avons pas bien compris, reconnut Villeclare. Sans doute n'a-t-elle pas supporté le scandale. D'ailleurs, sitôt le divorce prononcé, elle a quitté la ville sans nous laisser d'adresse, même à mon épouse. Nous en avons été chagrinés.

— Je comprends.

Villeclare eut un mouvement pour se lever. Müller le précéda, aussitôt imité par le jeune policier. À quel moment l'ami de Thomas Riveiro ferait-il le lien entre le singe et ce capucin dont il avait dû avoir écho dans la presse ? Serait-ce sa femme qui lui mettrait la puce à l'oreille ? Il se sentit coupable de ne pas avoir répondu à la loyauté parfaite de l'homme par une totale franchise. Il lui tendit la main.

— Merci de m'avoir reçu. Et en plus, un dimanche ! Votre témoignage va beaucoup m'aider. Sans doute interrogerai-je également certains des collaborateurs du docteur Riveiro. J'ai demandé leurs noms au secrétariat.

— Vous allez faire remonter la boue, réprouva Villeclare.

Müller soupira.

— Hélas, monsieur, la boue fait partie de notre métier. Comme le sang pour vous. Mais vous, c'est pour le mieux. Nous, en général pour le pire.

47.

Il a passé la plus grande partie de ce dimanche à préparer le départ. Pour petit Paul et lui, deux valises et un sac, pas davantage. L'indispensable dans le sac. S'il arrivait quoi que ce soit, il doit pouvoir disparaître rapidement.

Il n'arrivera rien.

Ils prendront la route jeudi avant que le jour soit levé, direction l'aéroport de Genève. Petit Paul et Mister Chance dormiront profondément. Passeports et papiers divers, tout est en règle. Quand bien même les recherches ont cessé au Canada comme aux États-Unis

— il s'en est maintes fois assuré sur les divers sites de presse Internet — il ne peut se permettre aucune erreur.

La valise de l'enfant a vite été bouclée. Il y a quand même glissé quelques jeux. Petit Paul continue à réclamer cet ami, ce dernier, à qui il voudrait offrir ses trésors, et son insistance à la fois le crucifie et l'inquiète. L'enfant est suffisamment intelligent pour avoir compris que malgré tous les « papa » suppliants du monde, il ne pourra, cette fois, exaucer son désir. Y a-t-il un piège sous cette insistance ? Il n'a ni le temps ni la force de chercher. Et dans quatre jours tout cela sera du passé. Enfin ! Il n'en peut plus.

Il est huit heures du soir. Il fait la pause en dégustant un petit verre de vin de paille dont la couleur dorée évoque pour lui une femme en qui il avait mis quelque espoir et qui s'est révélée, oh combien, décevante, qui fricote aujourd'hui avec celui-là même qui s'acharne après lui. Il ne la regrettera pas. Il en a fait son deuil.

Qu'aura été sa vie sinon une succession de deuils, escortant celui, impossible à faire, d'un père sans visage, sans bras pour se tendre vers toi et te sortir de ta nuit, un père détruit, nié, avec la complicité de Dieu, par celles qui te l'avaient arraché pour mieux te punir de lui ressembler ?

La sonnerie du téléphone le fait sursauter. Qui peut l'appeler à cette heure ? Il décroche.

— Ici le docteur Lagarde.

— C'est Thomas Riveiro. Je ne vous dérange pas ?

La voix n'est pas nette : l'anesthésiste a bu. Le ton angoissé indique qu'il a dépassé la ligne qui fait basculer de l'euphorie à la solitude.

— Bien sûr que non, vous ne me dérangez pas. Que se passe-t-il, mon vieux ?

— Ils savent que c'est moi, lance brusquement Thomas. J'en suis certain, ils le savent. D'ailleurs, ils surveillent la maison, j'ai vu passer des voitures...

— Attendez, répond Roland de sa voix la plus

calme. Expliquez-moi, je ne comprends pas ce que vous dites : qui sait quoi ?

— La police... Müller... Il sait que c'est moi qui ai créé le site.

Sous le choc, il ferme les yeux, le sang monte en torrent à ses tempes. Ainsi, c'était lui ! L'homme qu'il côtoyait presque chaque jour, avec qui il travaillait en confiance. Comment ne s'en est-il pas douté ? Soudain, cela lui paraît évident : Thomas, toujours fourré avec les enfants dans la salle de l'ordinateur.

Calme-toi. Il a dit « la police ». Que savent-ils exactement ?

— De quel site s'agit-il, Thomas ?

— Mais de Hacuna Matata voyons ! s'énerve l'anesthésiste. Ne me dites pas que vous n'en avez pas entendu parler.

— Ce nom me dit en effet quelque chose, répond prudemment Roland.

— Eh bien, Müller affirme que c'était là que l'assassin draguait ses victimes. À cause des poils de singe retrouvés sur leurs vêtements.

Voici qu'au bout du fil, le rire de Riveiro éclate, brutal et désespéré.

— C'est drôle, mais il ne me disait rien qui vaille, ce Mowgli avec son Mister Chance. Rien que ce nom : Mister Chance... Et toujours à râler : mon capucin par-ci, mon capucin par-là. Je sentais bien que quelque chose clochait, mais de là à penser qu'il pouvait s'agir du criminel...

Le criminel, Mowgli ? Les ongles de Roland Lagarde s'enfoncent dans ses paumes. Il lui semble qu'on lui ouvre la poitrine, qu'on en arrache le cœur et le jette sous les projecteurs. Il se lève. À part Mowgli et Mister Chance, que savent-ils d'autre ? De combien de temps dispose-t-il ?

— Dites-moi, Thomas. Comment la police a-t-elle découvert ce que vous me racontez ?

Il a réussi à parler d'un ton dégagé alors que son esprit explose, qu'un tourbillon de mort l'aspire.

— C'est la petite qui a lâché le morceau, répond Riveiro. Pourtant, elle m'avait promis...

— Quelle petite ?

— Mais Sophie, bien entendu. Sophie Desmarest ! Elle m'a bien eu. J'avais fini par céder pour ses foutus extraterrestres et elle aimait bien passer d'abord par Hacuna Matata. Il lui faisait pitié, ce Mowgli. Elle voulait même correspondre avec lui, mais ça pas question. On regarde. On ne touche pas.

Elle voulait correspondre avec lui ! Dans la nuit qui l'entoure, une lumière vient de s'allumer. Pourquoi est-il ainsi fait que le moindre signe de compassion le bouleverse ? Lui donne des espoirs insensés.

À l'autre bout du fil, un bruit de bouteilles heurtées le ramène à la réalité. Riveiro continue à boire. Il faut l'arrêter avant qu'il ne soit tout à fait incapable de parler ; il y a encore des choses qu'il doit savoir.

— Où êtes-vous, Thomas, chez vous ?

— Où voulez-vous donc que je sois ? éructe l'anesthésiste. Chez un ami ? Je n'en ai pas. Blanche me tourne le dos. Je la comprends d'ailleurs, elle se méfie maintenant. Hier, j'avais décidé de tout dire à Müller, je suis allé à la mairie mais il n'y était pas.

— Que vouliez-vous lui dire, Thomas ?

Doucement. Progressivement.

— Eh bien, que j'avais créé ce foutu site. Et que je l'avais effacé. Comme un con.

— Vous l'avez effacé ?

Le soulagement est tel que le chirurgien a crié. Attention ! Attention ! Mais en effaçant le site, Riveiro a retardé les recherches que la police ne manquera pas de faire. Il lui a offert la bouffée d'oxygène dont il avait besoin. Avant qu'ils ne retrouvent trace de son pauvre petit Mowgli sur le disque dur, celui-ci sera loin. Sauvé !

— La trouille, vous comprenez ça, vous ? reprend l'anesthésiste avec une agressivité désespérée. La trouille. Sans ce foutu site, les pauvres petits seraient encore vivants. Que vont-ils en conclure, je vous le demande ?

Il n'a pas à le lui demander. Il sait : COUPABLE. Riveiro est coupable. S'il n'avait pas créé Hacuna Matata, petit Paul n'aurait pas découvert, sur l'écran, un dénommé Simba, un dénommé Zazou. Il n'aurait pas appris que tous deux vivaient près de l'endroit où lui-même était caché. « Un ami, papa, un vrai. » La supplication n'aurait pas eu raison de sa volonté. Le plan initial aurait été exécuté : sitôt les recherches abandonnées, sortir l'enfant en pleine lumière, lui redonner le jour.

« Voici mon fils qui vient d'arriver (de naître). La garde m'en a été confiée. »

« Et la mère ? »

« La mère trouvait ça bien lourd, voyez-vous. »

Que de fois a-t-il prononcé ces mots délicieux à voix haute : « La mère trouvait ça bien lourd. » On ne porte pas seulement un enfant dans son ventre, on le porte tout au long de sa vie. Il le porterait à sa place.

Qui aurait osé demander plus d'explications ? Devant l'infirmité, les gens se protègent. Et peut-être un jour, Blanche...

Au prix d'un gros effort, il parvient à contrôler sa colère. Riveiro l'a aussi privé de Blanche.

— Vous m'avez dit que vous vouliez rencontrer Müller et qu'il n'était pas là ? Est-ce bien cela, Thomas ?

— Parti pour le week-end. À Nice, évidemment ! J'ai fini par l'arracher à cet imbécile de policier.

— Nice ? Pourquoi, Nice ?

La voix de Riveiro s'encombre.

— C'est là que j'exerçais avant, je ne vous l'ai pas dit ?

— C'est possible, je ne m'en souvenais pas.

Il y a un bruit d'un verre qu'on lance et qui se brise. Suivi d'un cri de détresse.

— Vous avez vu tous ces journalistes ? Vous les avez vus, Roland ? Eh bien, ils vont avoir bientôt un scoop du tonnerre : Riveiro, le Riveiro de Nice, est sur la liste des suspects.

— Que s'est-il passé à Nice, Thomas ? demande Roland Lagarde de sa voix la plus engageante.

— L'horreur, bégaye Thomas. L'abomination, le mensonge, la calomnie. J'ai tout perdu.

À présent, il sanglote, d'écœurants sanglots de vaincu.

— Je ne supporterai pas que tout recommence, hurle-t-il. J'aime mieux mourir.

Réfléchis. Réfléchis. Demain, Riveiro ira trouver Müller et ce sera sur son épaule qu'il chialera.

— Voulez-vous que je vienne vous voir ? propose-t-il. Nous parlerons de tout cela. Il y a sûrement un moyen de vous en sortir. Je vous aiderai.

Au bout du fil, les pleurs ont brusquement cessé. L'homme retient son souffle.

— Vous croyez ? Vous croyez qu'il n'est pas trop tard ? Vous parlerez à Müller ?

— Pourquoi pas ? Mais avant il faut m'écouter, Thomas. Qu'est-ce qui vous fait penser que votre maison est surveillée ?

— J'ai vu des voitures passer sur la route. C'est une route privée, vous vous rappelez ? Vous êtes venu.

— En effet. Mais il y a aussi une autre entrée si mes souvenirs sont bons. Celle qui passe par-derrière et mène à la maison des gardiens.

— Il n'y a plus de gardiens. On ne la prend jamais, le chemin est plein d'herbes.

— Je m'en arrangerai. On ne doit pas me voir pénétrer chez vous. On croirait à un complot. Pouvez-vous aller ouvrir discrètement la porte de cette entrée-là ?

Et il ajoute, il le faut, mais combien ces paroles, dites à un assassin, lui coûtent : « Je suis votre ami. »

À nouveau, là-bas, on pleure et la voix qui répond dégouline de lâche reconnaissance.

— Merci. Merci. Je vais l'ouvrir tout de suite. Je vous attends.

48.

Jean-Lou était Simba.

Charles était Zazou.

Boyer et ses hommes avaient bien travaillé pendant le voyage, lui aussi fructueux, de Müller à Nice.

C'était le père de Jean-Lou qui avait offert à celui-ci l'abonnement à Internet, une année auparavant. Durant les dernières vacances, alors qu'ils naviguaient ensemble en Corse, son fils lui avait parlé de son site préféré : Hacuna Matata et lui avait confié le nom de code qu'il s'était choisi : Simba. Ni Mowgli, ni Mister Chance n'avaient été évoqués par le petit. De cela, Mr. Girard était certain. Jean-Lou lui avait demandé le secret sur son pseudo : Simba, fils du Roi Lion, rien que ça ! Il craignait que l'on se moque de lui, sa mère surtout.

Chez les Laurent, c'était l'une des sœurs de Charles qui avait appris aux enquêteurs que celui-ci fréquentait également Hacuna Matata et qu'il avait choisi Zazou comme pseudonyme. Elle l'avait surpris un jour alors qu'il correspondait sur la toile et s'était moquée : Zazou était l'oiseau bleu du Roi Lion, un film qu'ils avaient vu ensemble, son personnage préféré. À sa sœur non plus, il n'avait parlé ni de Mowgli, ni d'un singe. Cela se passait fin août, peu avant la rentrée des classes.

QUAND ?

Quand Mowgli avait-il fait son entrée sur le forum et proposé à ses correspondants de rencontrer son capucin ? Quand l'assassin avait-il décidé de draguer des enfants sur la toile ? Pour le savoir, il faudrait attendre le cédérom tiré du disque dur du site ; au plus tôt mercredi.

Rentré à Nice dans la nuit de dimanche, Francis Müller réunit ses hommes le lundi dès huit heures.

Après les avoir écoutés, il leur apprit ce que lui-même avait découvert sur le passé du docteur Riveiro grâce au directeur de la clinique Saint-Jean. Il avait également interrogé deux des anciens collaborateurs de l'anesthésiste. L'un de ceux-ci, contrairement à Ville-clare, n'était pas persuadé de son innocence. La tendresse exagérée du médecin pour les enfants, plus particulièrement les petits garçons, était, à Saint-Jean, de notoriété publique. Il passait beaucoup de temps avec eux dans la salle de jeu.

— Qui n'était pas dotée d'Internet, précisa Müller.

— Le docteur Riveiro savait-il que vous étiez à Nice, patron ? demanda l'un des enquêteurs.

— Bien sûr que non ! Pourquoi cette question ?

— Il est passé ici samedi dans la soirée. Il voulait absolument vous parler. Lorsque je lui ai appris que vous ne seriez de retour qu'aujourd'hui, il a fait une drôle de tête et il a déclaré : « Il est à Nice, je suppose. »

— Et tu as confirmé ?

— Ni oui, ni non. À vrai dire, il en semblait convaincu. J'ai proposé de le recevoir, mais il a dit qu'il préférait vous attendre et il a filé.

— Il n'a pas bougé de chez lui de toute la journée de dimanche, ajouta Boyer. Nous avons vérifié.

Le téléphone sonna et Müller décrocha. Laurent Chauvin, le directeur de la clinique des Quatre Lacs.

— Je suis inquiet, commissaire.

Le docteur Riveiro qui devait intervenir à huit heures trente n'était pas encore arrivé, expliqua Chauvin. Une heure de retard, c'était beaucoup pour un homme habituellement ponctuel. Il avait essayé d'appeler chez lui, sans résultat. Son mobile était sur répondeur.

— Après notre conversation de vendredi, j'ai jugé bon de vous avertir.

— Vous avez eu raison, merci. Je vous tiens au courant.

Müller raccrocha. Il garda le silence quelques secondes durant lesquelles tous ses hommes le regardèrent essuyer ses verres de lunettes, puis il se tourna vers son adjoint.

— Tu m'as bien dit que Riveiro n'avait pas bougé de chez lui hier ?

— Affirmatif ! Il n'est pas non plus sorti cette nuit et sa voiture était toujours dans sa cour ce matin à six heures. On peut la voir de la grille du parc.

— Le docteur Riveiro devait intervenir à la clinique à huit heures trente. Il n'est pas encore arrivé, laissa tomber Müller. J'ajouterai qu'il ne répond pas au téléphone.

Un silence soucieux se répandit dans la salle de mariage où les réunions avaient lieu lorsqu'elles étaient nombreuses, autour d'une table installée pour l'occasion. On se marie peu en octobre. Müller décrocha son appareil.

— J'appelle le juge d'instruction. On va aller voir ce qui se passe là-bas. Boyer et trois hommes avec moi.

Dans l'un de ses poèmes, Rimbaud a donné des couleurs aux voyelles ; on pourrait faire de même avec les jours de la semaine, pensa Müller en descendant les marches de la mairie qu'un employé balayait dans un ample bruit de paille qui le ramena à l'enfance.

Pour lui, la couleur du lundi était grise. Mais après un samedi et un dimanche qui, selon ses enquêteurs, avaient flamboyé des couleurs de la colère et de la révolte, on sentait sous ce gris-là des braises rougeâtres qui ne demandaient qu'un peu de vent pour que le feu reparte.

« Tenez-moi au courant, avait insisté le juge. Je n'aime pas trop ça. »

Lui non plus.

Il arrivait à sa voiture lorsqu'il vit Julien Manceau sortir de chez Myriam et hâter le pas vers lui. Il l'attendit.

— Montez, ordonna-t-il. Vous tombez bien. Nous allons faire une petite visite à Riveiro. Au cas où, vous serez notre témoin et je vous raconterai mon week-end à Nice en chemin. Il y a des choses qui devraient vous intéresser.

La maison louée par le médecin se trouvait à une dizaine de kilomètres de la ville, sur la route de Champagnole. Pour y arriver, il fallait y ajouter un bon cinq cents mètres sur une voie privée cahoteuse. Les voitures s'arrêtèrent devant la grille. On pouvait en effet distinguer, au bout d'une allée bordée de tilleuls, la voiture de Thomas garée dans la cour.

Cette grille n'était pas fermée à clé. Deux hommes l'ouvrirent, l'un d'eux resta sur place tandis que les véhicules s'engageaient à petite vitesse sur le chemin de la maison. Le parc, grandiose, était aussi mal entretenu que la route qu'ils venaient d'emprunter. Hêtres et sapins luttaient pour la lumière, entrelaçant leurs branches autour d'un tapis de feuilles mortes, dépouilles de combattants. Jusque-là, Müller et Julien n'avaient cessé de parler. À présent, tous deux se taisaient.

Une lumière était allumée au-dessus de la porte de la maison. Ils quittèrent les voitures.

— Toi, tu viens avec nous, ordonna Müller à Boyer. Vous autres, vous surveillez les issues.

Ils montèrent les quelques marches du perron et Müller appuya sur la sonnette qui résonna, sinistre, à l'intérieur de la demeure. Les sons aussi ont leurs couleurs, qui varient selon les circonstances. Sans réponse, l'adjoint tourna la poignée et la porte s'ouvrit.

Ils se trouvaient dans un hall dallé de noir et blanc. Cela sentait l'alcool et la poussière.

— Docteur Riveiro ? Docteur Riveiro ? Êtes-vous là ? appela Müller.

Seul le silence lui répondit.

— On y va, décida le commissaire.

La main posée sur son revolver, il précéda les deux hommes au salon.

L'anesthésiste était écroulé dans le canapé, la tête renversée sur les coussins inondés de rouge. Le pistolet avec lequel il s'était tiré une balle dans la bouche était à portée de main droite. Plusieurs bouteilles de bière et une de whisky, vides, étaient éparpillées partout. Il y avait du verre brisé.

Sans la toucher, Müller se pencha sur l'arme.

— Il se pourrait bien que ce soit celle qui a tué Victor Grosjean, constata-t-il.

Lorsque Julien avait conseillé à Blanche de se méfier de Thomas Riveiro, elle avait commencé par rire. Thomas soupçonné ? Allons, il était incapable de faire du mal à une mouche ! Un vrai sauvage, ça, elle voulait bien en convenir. Pour le taquiner, ne lui avait-elle pas demandé plusieurs fois de la recevoir chez lui ? Il s'était toujours défilé : « Jamais personne n'est venu. » Alors pourquoi avoir choisi une si grande maison ? » s'était-elle étonnée. « J'ai été habitué à l'espace. »

Cette maison, cet espace, ce lundi matin, débordaient d'invités surprise : les services de l'identité judiciaire, ceux de la balistique, des ambulances, des hommes prenant des mesures, des photos, relevant des empreintes. On attendait le juge d'instruction. Le procureur avait été averti.

Il y avait également du monde dans le parc où Julien marchait, encore sous l'effet des nausées qui l'avaient secoué à la vue du visage détruit de l'anesthésiste.

Blanche ne rirait plus.

Le pistolet était de la même marque que celui qui avait servi à tuer le livreur. On avait retrouvé une ampoule de chlorure de potassium dans l'armoire à pharmacie de Riveiro, dans sa chambre, un ordinateur et sa souris, sur sa veste des poils identiques à ceux découverts sur les vêtements des enfants.

— Mowgli ne fera plus de mal à personne, avait déclaré Müller.

Un rayon de soleil perça timidement la brume, éclairant les arbres du parc et soudain Julien se souvint. C'était une huitaine de jours auparavant, un dimanche, sur la route de la cascade de l'Éventail, lors de la battue organisée pour retrouver le petit Charles. Un homme marchait à ses côtés, il lui avait parlé de ce parc et de cette maison, un banquier à la retraite qui avait souhaité l'acquérir. Celui-là même qui avait retrouvé le corps du petit Jean-Lou sous le hêtre. Comment s'appelait-il déjà ? Rondeau ! Oui, Pierre Rondeau. L'homme était sympathique et se disait poète. Lui aussi avait parlé d'espace.

Pourquoi ce souvenir lui paraissait-il soudain si important ? Il fouilla sa mémoire. Oui. Il y avait encore autre chose. Devant eux, sur cette même route, marchaient Riveiro et Lagarde. « Finalement, c'est lui qui a eu MA maison », avait dit Pierre Rondeau avec regret en désignant l'anesthésiste.

Un vertige traversa Julien. Dans cette maison que Rondeau appelait la sienne, Jean-Lou et Charles avaient probablement été assassinés. La mort rôdait autour du poète.

« Mowgli ne fera plus de mal à personne. »

Se trouvait-il dans le parc du loup ?

Ce ne fut pas un caillou blanc de Petit Poucet qu'il

découvrit, alors qu'il revenait vers la maison, mais, éclair vert dans un buisson, les lunettes de Charles Laurent.

49.

Le procureur, le juge d'instruction, le maire et Francis Müller apparurent en haut des marches de la mairie. Il était dix-huit heures.

Jamais, depuis le début de l'affaire, la foule n'avait été si nombreuse sur la place. Dans le courant de l'après-midi de ce lundi, le bruit avait couru que l'assassin des enfants avait été retrouvé et qu'il s'agissait du docteur Riveiro, exerçant le métier d'anesthésiste à Saint-Rémi et à Champagnole. Il se serait suicidé.

Une déclaration du procureur ayant été annoncée, les gens étaient venus de partout pour l'entendre. Les médias n'étaient pas en reste. Cette histoire de poils de singe, cette histoire de piège tendu via Internet étaient pain bénit pour la presse comme pour le public.

« On parle de nous, même en Suisse, avait raconté fièrement Charlotte à Sophie. Maman a une sœur à Genève qui lui téléphone tous les jours pour savoir. »

Sophie regarda les hommes qui descendaient lentement, presque cérémonieusement les marches ; ils s'arrêtèrent sur la dernière. Quelqu'un passa le micro au procureur. Elle avait toujours imaginé un procureur de la République comme une sorte de grand-père en costume sombre. Eh bien, ce n'était pas ça du tout. Ce procureur-là, en tout cas, était plutôt jeune, il ne portait pas de costume, mais quand même une cravate et des chaussures de cuir.

Son regard parcourut la foule puis il approcha un micro de ses lèvres comme s'il voulait l'embrasser, comme les chanteurs à la télé, tandis que plein d'autres micros se tendaient vers lui.

— On a trouvé ce matin à son domicile le corps sans vie du docteur Riveiro, annonça-t-il. Celui-ci s'est, selon toute probabilité, donné la mort. Un large faisceau de preuves découvertes chez lui permet à la police de penser que l'assassin des deux enfants de Saint-Rémi et celui de monsieur Grosjean à Champagnole ne sévira plus.

Un lourd silence fait de cris, d'incrédulité, d'attente, tomba sur la place. Sophie leva ses yeux pleins de larmes vers le ciel où la nuit s'annonçait.

« Entre chien et loup », se récita-t-elle pour retenir ses sanglots. « Mi-figue, mi-raisin, mi-chair, mi-poisson... » On avait étudié ces expressions aujourd'hui, au cours de français, et voilà qu'elle vivait l'une d'elles : « entre rire et larmes ». Rire, parce que prétendre que Thomas était l'assassin était ridicule. Larmes, parce qu'il était bel et bien mort.

Elle se tassa un peu plus contre le platane près duquel elle s'était réfugiée. Elle n'avait pas envie d'entendre ce que le procureur disait, mais elle ne pouvait s'empêcher d'écouter, c'était plus fort qu'elle.

— L'arme avec laquelle le docteur Riveiro a mis fin à ses jours la nuit dernière est, selon toute probabilité, la même que celle qui a servi au meurtre de monsieur Grosjean. Il détenait chez lui une ampoule du produit qui a tué les deux enfants. On a aussi découvert dans son parc les lunettes de Charles Laurent. Tout ceci permet donc de penser que ce médecin était bien l'homme que nous recherchions.

C'EST PAS VRAI ! cria Sophie en elle-même. C'est pas vrai !

Les larmes inondèrent son visage. Elle chercha sa mère des yeux et la trouva non loin du bistrot, entre Myriam et Julien. Quand elle était rentrée du collège, cet après-midi, et qu'ils s'étaient carrément jetés sur elle, elle avait compris qu'une nouvelle horreur s'était produite : un autre enfant enlevé ?

« On a à te parler, ma chérie. »

Elle était montée sans répondre dans sa chambre. Ils l'avaient suivie, et là ils avaient voulu lui faire croire que c'était Thomas qui avait tué tout le monde. « Il s'est suicidé », avait conclu Julien d'une voix prudente.

« C'est de ma faute », avait-elle crié.

Si elle n'avait pas trahi leur secret. Si elle n'avait pas été raconter à Müller que Thomas l'emmenait dans la pièce magique et qu'elle y avait vu le singe, jamais on ne l'aurait soupçonné, jamais il ne se serait suicidé, Thomas qui était si gentil, même si parfois il l'engueulait comme mercredi dernier quand elle voulait qu'il l'emmène surfer bien que Charles ait été enterré le matin. « Tu crois que je n'ai pas envie de pleurer moi aussi ? »

Après ça, Julien lui avait pris les mains comme il faisait avec maman, mais elle ne les lui avait pas laissées.

— Ne dis pas ça, Sophie. Au contraire, c'est grâce à toi que d'autres enfants auront la vie sauve.

Elle essuya ses yeux avec le bord de son T-shirt. Elle avait oublié son mouchoir. Elle l'oubliait tout le temps. À présent, c'était le commissaire Müller qui parlait et elle le détestait lui aussi. Il répondait aux questions des journalistes qui les posaient tous à la fois comme à la télé. On était à la télé.

— Commissaire Müller, ce singe, ce capucin, a-t-il été retrouvé ?

— Pas encore. Nous procédons à des fouilles dans le parc. Nous les étendrons s'il le faut à la forêt avoisinante.

— Est-il exact que l'assassin se cachait sous le nom de Mowgli pour recruter ses proies sur le site ? lança une femme en tendant son micro.

— C'est en effet probable. Nous en saurons davantage lorsque nous aurons reçu copie du disque dur de ce site.

Thomas : Mowgli ? Cette fois, pour Sophie, le rire l'emporta sur les larmes. Un rire nerveux qui lui tordit le ventre. C'était vraiment trop ! Trop con, trop con, se répéta-t-elle avec défi. Elle le savait bien, elle, que Mowgli était un enfant qui correspondait avec les copains et n'arrêtait pas de râler puisqu'ils refusaient de croire que son singe existait vraiment. Elle avait lu les messages.

« S'il existe, pourquoi tu ne nous montres pas une photo ? »

« Elles sont restées au Canada. »

« C'est ça ! Pourquoi pas sur la Lune... »

Après, ils ne lui répondaient même plus.

Le procureur reprit le micro.

— Il reste à présent au commissaire Müller et à ses hommes, que nous remercions pour leur excellent travail, à vérifier quelques points de détail, mais nous pouvons d'ores et déjà, sans oublier la douleur des familles, dire que cette affaire est close. Merci !

La foule cria et applaudit. Sophie eut envie de se cacher. La honte ! C'était comme s'ils applaudissaient la mort de Thomas, comme s'ils lapidaient son cadavre. À nouveau, elle chercha sa mère des yeux et fut soulagée de constater qu'elle ne se mêlait pas aux bravos. Il n'aurait plus manqué que ça ! Maman aimait Thomas. Mais maintenant, pour elle, il n'y avait plus que Julien qui comptait.

50.

Cela faisait un moment que le commissaire Müller et les autres avaient disparu dans la mairie. À présent, les journalistes interrogeaient les gens. Sophie repéra ceux de la télévision. Et si j'allais leur dire que je ne suis pas d'accord, pensa-t-elle soudain. Si elle allait leur dire qu'elle avait lu les messages de Mowgli, pas tous, bien sûr, mais assez pour être sûre et certaine que Thomas n'aurait jamais su parler comme Mowgli. Même s'ils ne la croyaient pas, au moins elle l'aurait défendu.

Elle se détacha du platane qu'elle avait complètement écorché et marcha résolument vers les journalistes. Elle y était presque quand une main se posa sur son épaule. Elle sursauta avant de reconnaître Roland. Elle aimait mieux Roland que Julien. Il était moins collant. En le voyant, ses larmes se remirent à couler. Roland travaillait avec Thomas, il le voyait presque tous les jours ; il devait bien savoir qu'il n'avait pas tué Jean-Lou et Charles.

Il lui prit le menton pour l'obliger à le regarder.

— Que se passe-t-il, Sophie ?

— Ils disent que c'est Thomas, sanglota-t-elle, mais moi je sais que c'est pas lui.

— Qu'est-ce qui te fait penser ça ?

— Thomas aimait vraiment les enfants, tous les enfants. Il aimait Jean-Lou et Charles.

Elle se souvint de la caresse de ses doigts sur sa joue, de son regard parfois si triste quand il pensait à ses enfants à lui et qu'ils lui manquaient et ses pleurs redoublèrent.

Roland sortit un mouchoir de sa poche et le lui tendit. Un grand mouchoir blanc avec ses initiales : R.L., joliment tortillonnées en bleu dans un coin. Papa avait des mouchoirs pareils, ses initiales à lui étaient : M.B.

Elle se moucha et essuya ses yeux.

— Vois-tu, Sophie, remarqua Roland presque tout bas, on peut aimer quelqu'un et être amené à faire des choses qu'on ne voudrait pas.

— Je ne comprends pas ce que vous dites, répondit-elle.

— Comment ? Tu me vouvoies maintenant ?

Là, il avait pris un ton tellement indigné qu'elle ne

put s'empêcher de rire : un vrai rire qui lui fit énormément de bien.

— Je ne comprends pas ce que TU dis, se corrigea-t-elle.

— Eh bien je vais essayer de t'expliquer. Ta maman par exemple, je suppose que c'est la personne que tu aimes le plus au monde ?

Sophie savait bien que oui, mais elle n'avait pas envie de le dire parce qu'en même temps elle la détestait de croire Thomas coupable. Elle se contenta d'incliner la tête.

— Alors, imagine que ta maman soit en danger, reprit Roland. Pour la sauver, il va falloir que tu sacrifies quelqu'un que tu aimes également, mais moins...

— Ça n'existe pas, trancha Sophie. Moi, je sauve tout le monde et j'appelle la police.

— Il peut arriver que l'on n'ait pas le choix, murmura Roland.

Il avait à nouveau sa voix toute basse et Sophie comprit qu'il était triste lui aussi.

— Et puis Thomas n'avait personne à sauver, reprit-elle. Il était tout seul, le pauvre. Et surtout, il ne pouvait pas être Mowgli, ça c'est carrément impossible.

Du menton, elle désigna les journalistes de la télévision.

— D'ailleurs, je vais aller leur dire. À l'école, on nous apprend qu'il faut avoir le courage de ses opinions.

— Penses-tu qu'ils te croiront ? l'interrogea Roland. Moi, je suis prêt à t'écouter, Sophie.

Elle poussa un gros soupir. Bien sûr, elle savait qu'ils ne la croiraient pas. Personne ne la croyait. Elle leva ses yeux humides vers le ciel. La nuit était presque là, chien et loup, c'était fini, c'était tout loup.

— Pourquoi penses-tu que c'est impossible que Thomas et Mowgli aient pu être une même personne ? lui demanda Roland en se penchant vers elle.

— J'ai lu ce que disait Mowgli. C'était un enfant

qui voulait des copains et qui était triste parce qu'ils ne lui répondaient pas, c'est tout.

— C'est tout, répéta Roland. C'est tout.

Voilà que maintenant il lui souriait comme si elle avait dit quelque chose d'extra et, durant quelques secondes, Sophie eut l'impression qu'il allait l'embrasser pour la remercier. Mais il fit encore mieux : il approcha sa bouche tout près de son oreille : « Tu sais, moi je pense que tu as raison », murmura-t-il.

Le premier qui la croyait ! La poitrine de Sophie se libéra. Victorieuse, elle se tourna vers sa mère, toujours entre Myriam et Julien. Ils revenaient vers le bistrot. Julien avait mis une main sur l'épaule de Blanche. À nouveau, la révolte l'emplit. Eux, ils refusaient de l'écouter. Eux, jamais elle ne les convaincrait.

— Ta maman sait-elle que tu es là ? lui demanda Roland en suivant le petit groupe des yeux.

— Non, répondit Sophie avec rancune. Elle croit que je suis dans ma chambre. Je ne voulais pas aller avec eux.

— Alors rentre vite, sinon elle va s'inquiéter.

Sophie se dressa sur la pointe des pieds, posa un baiser sur la joue du chirurgien et fila.

Roland Lagarde suit la fillette des yeux. Il n'a pas remarqué qu'elle avait gardé son mouchoir, l'émotion, la gratitude le submergent.

« C'est un enfant qui était triste parce qu'on ne lui répondait pas. »

« Elle voulait correspondre avec lui », avait dit Riveiro.

Soudain, un immense sentiment de gâchis le terrasse.

« Un ami, papa, un vrai. »

Comment n'y a-t-il pas pensé avant qu'il ne soit trop tard ?

UNE amie.

51.

— Bon sang, comme emmerdeur, on peut dire que vous vous posez là ! lança Müller, excédé, à Julien.

Il n'était pas huit heures trente lorsque le journaliste avait forcé la porte de son bureau où il commençait, non sans soulagement, à faire le ménage dans ses dossiers. Julien avait la tête du gamin têtu qui dit « non, j'ai pas compris » alors que toute la classe dit « oui ». Bien qu'il ait eu sous les yeux les preuves de la culpabilité de Riveiro — et n'était-ce pas lui qui avait retrouvé les lunettes de Charles ? —, il ne parvenait pas, assurait-il, à se persuader de cette culpabilité. Une sorte d'intime conviction qu'il était, bien entendu, incapable d'étayer. Malaise, gêne, étaient ses seuls arguments.

Résigné, Müller reprit une nouvelle fois la liste.

— Le pistolet, le chlorure de potassium, les poils de singe, les lunettes, que vous faut-il de plus ? Une lettre d'aveux ? Ses aveux, c'est par son geste que Riveiro les a faits : ses aveux et ses adieux.

— D'accord, d'accord, il y a toutes ces preuves, admit Julien en s'arrêtant un moment de tourner dans la pièce. Presque trop, d'ailleurs ! On dirait une mise en scène.

— Suggéreriez-vous que quelqu'un les a disposées chez lui ? le railla Müller. Je vous rappellerai que l'on n'a retrouvé dans la maison aucune empreinte autre que celle de notre... coupable.

— Et cela ne vous paraît pas surprenant ? Sans parler de visites, il devait bien venir parfois quelqu'un chez lui. Ne serait-ce que pour faire le ménage.

Il reprit son va-et-vient dans la pièce.

— Mais ce n'est pas ce qui me trouble le plus. Ce qui me gêne vraiment, c'est que Riveiro ne correspond absolument pas avec l'idée que nous nous étions faite

de l'assassin : un monstre froid, organisé, professionnel...

— N'oubliez pas le principal : un cinglé, le coupa
Müller. Et, de la part d'un cinglé, on peut s'attendre à
tout.

— Même un cinglé a ses raisons, un mobile pour
agir, rétorqua Julien. Quel mobile était celui de Thomas ? Moi, je n'en vois pas. Il enlève ces enfants, il
n'en fait rien, pardon pour l'expression, il les garde
quelques heures et après ça, il les tue. En douceur.
Nous revoilà à nouveau à la case départ : POUR-
QUOI ?

— Villeclare nous a donné la réponse à Nice : la
privation de son fils. Il paraît qu'il l'adorait. Entre
parenthèses, un fils du même âge que les victimes.
C'est lorsqu'il en a été séparé que la machine a dû se
détraquer complètement. Une machine qui ne devait
déjà pas tourner bien rond avant, non-lieu ou pas.
Ajoutez la femme qui part sans laisser d'adresse...

— De là à assassiner des enfants !

— La panique, mon vieux, la panique. Reprenons...
Le manque est atroce, flash, pulsion, appelez ça
comme vous voudrez, Thomas enlève un petit. Enlever
est d'ailleurs un grand mot puisque l'enfant le suit sans
problème. Mais voilà, celui-ci demande à rentrer chez
lui et Riveiro se « réveille ». Il s'aperçoit de son épouvantable erreur. S'il libère le garçon, celui-ci le dénoncera forcément. Il revivra en cent fois pire ce qu'il a
vécu à Nice et cette fois n'échappera pas au châtiment.
Quant à votre « en douceur », souvenez-vous que partout où Riveiro est passé, il s'est fait remarquer pour
son combat contre la douleur des enfants : une piqûre
pendant le sommeil et c'est terminé.

— Et il récidive...

— Nouveau flash. Plutôt que *serial killer*, appelons-
le *desesperate killer*.

Julien revint vers le bureau, il y posa les poings.

— Et le singe dans tout ça ? Il colle lui aussi avec votre théorie ?

— Le singe m'emmerde, c'est vrai, reconnut Müller avec une grimace. Un peu trop exotique à mon goût. Je serai content quand on l'aura retrouvé, mort ou vif. À Nice, Villeclare a presque ri quand je lui ai demandé si son anesthésiste en possédait un. Mais ça va avec le site. On peut supposer qu'il se l'est procuré avant ou après avoir créé Hacuna Matata, dans le but de distraire les petits. Sur Internet, vous pouvez acquérir à peu près n'importe quoi.

— Avec l'acquisition d'un singe, le flash et la pulsion ne marchent plus. Ça devient de la préméditation, comme la création du site d'ailleurs. Qu'avait-il besoin de tout ça puisqu'il connaissait les enfants et que ceux-ci lui faisaient confiance ?

— La folie, n'oubliez pas. La folie. Mister Chance ! Le nom va avec. Attendons de voir l'enregistrement du forum de discussion. Il nous en apprendra certainement beaucoup.

— On a retrouvé bien peu de poils dans la maison, s'entêta Julien.

— Rien ne dit qu'il gardait l'animal chez lui. Il peut l'avoir liquidé aussitôt après votre émission. C'est ce que j'aurais fait à sa place. Dans ce cas, il a eu largement le temps de passer l'aspirateur.

— À quoi bon liquider le singe s'il avait l'intention de se suicider ?

— À ce moment-là, sans doute n'y pensait-il pas encore. C'est samedi, lorsqu'il a compris que j'étais descendu à Nice, qu'il n'a plus vu d'issue. Son passé allait être découvert. Il n'avait plus aucune chance de s'en tirer.

— Alors pourquoi... ne se tire-t-il pas ?

— Il n'aurait pas été bien loin. La maison était surveillée. De toute façon, sa vie était foutue.

Müller se leva. Il en avait vraiment assez de ce journaliste. Mais il devait reconnaître qu'il l'avait sacrément aidé. Je lui donne encore cinq minutes, pas plus, se promit-il.

— Riveiro passe tout son dimanche à ruminer la situation chez lui, reprit-il. Il boit plus que de raison. L'arme est à portée de sa main, celle avec laquelle il a tué le malheureux Grosjean...

— À ce propos, avez-vous eu les résultats de la balistique ? le coupa Julien.

— Nous aurons le rapport final demain. Un peu de patience...

Un coup de feu tiré dans la bouche de bas en haut confirmerait le suicide. Si le trajet de la balle était horizontal, la chose serait moins probable. Müller ne doutait pas de la réponse.

— Vous me tiendrez au courant ?

— Cela va de soi, répondit le commissaire.

Il eut un soupir d'énervement : « Si je vous suis bien, vous soupçonnez quelqu'un d'avoir... suicidé Riveiro ? »

— Sans aller jusque-là, je pense qu'il peut s'être suicidé et n'être pas pour autant le coupable.

« Nous avons eu très peur qu'il ne mette fin à ses jours », avait dit Villeclare. Un sentiment de malaise s'empara de Müller. Il tourna le dos au journaliste et alla ouvrir une fenêtre. Il n'allait quand même pas se laisser contaminer par cet ergoteur. Certes, Riveiro avait davantage le profil d'une victime que d'un assassin, mais que de fois avait-il vu des gens pétrifiés par l'étonnement en apprenant que leur voisin était le criminel recherché : « Un homme si comme il faut... Jamais nous n'aurions pensé... »

Il prit une large inspiration. L'air piquait : pins, brouillard. Octobre s'installait. Ses yeux parcoururent la place. Celle-ci avait retrouvé son calme. Les portes de Chez Myriam étaient closes, on commençait à chauffer. Il lui sembla qu'il n'oublierait jamais ce village. Pourtant il n'y aurait passé que quatre petites semaines.

« Une affaire rondement menée », l'avait félicité le procureur.

Dans ce genre d'histoire, si ce n'était pas rondement, cela pouvait durer indéfiniment. Voir Nina, aurait dit Julien.

Il eut soudain hâte de rentrer chez lui. Marie-Jeanne avait appelé ce matin avant d'accompagner les petits à l'école. Tous trois avaient suivi la conférence de presse hier, à la télévision. Les garçons demandaient le retour du héros. À l'école, leurs copains ne parlaient, paraît-il, que de l'affaire de Saint-Rémi. Cinq, sept ans, l'âge où ils pouvaient encore se glorifier d'avoir un papa policier. Dans quelques années, un père flic les gêne-rait-il ? Müller pensa à tous ces pauvres gars qui évi-taient de se balader en uniforme alors que la plupart auraient eu tout lieu d'en être fiers.

Il revint vers son bureau.

— J'ose espérer que vous n'avez pas fait part de vos états d'âme à madame Desmarest et à sa fille.

— Rassurez-vous, je m'en garderai bien. Blanche a eu assez de mal comme ça à accepter que son ami puisse être l'assassin. Quant à la petite, elle n'a qu'un seul refrain : Thomas n'était pas Mowgli.

— À ce propos, je ne vous ai pas dit que j'avais parlé hier à la sœur de Charles. Elle s'est souvenue d'un détail. Après qu'elle a découvert son nom de code, le petit lui aurait dit : « Pour Zazou, maintenant, vous êtes deux dans le secret, le docteur et toi. »

— Quel docteur ?

Müller leva les yeux au ciel.

— Celui qui a créé le site, celui qui l'a effacé quand il s'est senti menacé, celui qui emmenait les enfants dans la salle de l'ordinateur et, très probablement, rece-vait leurs confidences, dit-il avec impatience. L'anes-thésiste des deux petites victimes ; vous voyez quel-qu'un d'autre, vous ?

On frappa et Boyer entra.

— Excusez-moi, patron, mais monsieur le maire vient d'arriver. Il demande à vous voir.

— Qu'il ne se dérange pas, j'y vais tout de suite.

Après avoir jeté un regard peu amène vers Julien, l'adjoint sortit.

— Bien, dit Müller. Nous allons devoir nous quitter. Je pense que vous ne tarderez pas à regagner Besançon. Désolé de ne pas vous avoir convaincu.

— Reconnaissez juste une chose, remarqua Julien d'un ton désagréable. Cela vous arrange rudement que Riveiro soit le coupable.

— Je ne comprends pas ce que vous voulez dire. Ce qui m'arrange, c'est que le meurtrier soit désormais hors d'état de nuire, Riveiro ou un autre.

— Mais imaginez que Thomas soit innocent, son suicide vous poserait un sérieux problème de conscience, non ? Ne l'avez-vous pas un peu poussé à bout ?

Ce furent les paroles de Julien qui poussèrent Müller à bout. Que cherchait l'emmerdeur avec ses problèmes de conscience ? À introduire le remords dans la sienne ? Parce que, plus de vingt ans après sa disparition, il se reprochait encore d'avoir laissé sa petite sœur aller seule au supermarché, il s'appliquait à instiller partout son malaise. Il n'y a pas d'enquête sans dégâts. Et quand bien même Riveiro n'aurait pas été l'assassin — et il l'était bon Dieu —, il n'aurait fait que son boulot en l'interrogeant et descendant à Nice pour fouiller d'un peu plus près son passé. Sans compter qu'il avait plutôt pris des gants avec lui.

Il ouvrit la porte et poussa sans ménagement Julien dehors.

— Fichez-moi le camp, cria-t-il. Et ne revenez plus. Que cela vous plaise ou non, l'affaire est close.

52.

Arrêté sur le seuil du café, l'homme tournait la tête de tous côtés à la recherche de quelqu'un. Où Julien l'avait-il déjà vu ?

Une bonne soixantaine d'années, un visage avenant sous les cheveux blancs, lunettes à montures épaisses, dans la tenue, une recherche : veste tyrolienne et plume au chapeau.

Et comme le souvenir lui revenait, il éprouva un sentiment d'humilité devant ces drôles de tours que vous joue la vie.

Hier, hier seulement, marchant dans le parc de Riveiro, il évoquait cet homme alors que, depuis leur unique rencontre, pas une seule fois il n'avait pensé à lui. Et voici qu'attiré par les mystérieux courants de la pensée, celui-ci lui apparaissait cet après-midi, venu pour lui, il n'en doutait pas une seconde.

— Qu'est-ce que tu as ? demanda Blanche, assise à ses côtés. Tu le connais ?

Il inclina la tête et leva la main dans la direction de Pierre Rondeau, ce banquier à la retraite qui avait retrouvé le corps de Jean-Lou et guigné la maison de son assassin. Le voyant, le visage de l'homme s'éclaira, il vint droit à sa table et retira son chapeau.

— Monsieur Manceau, je vous cherchais ! On m'a dit à votre hôtel que j'avais quelque chance de vous trouver ici. Mais peut-être ne vous souvenez-vous pas de moi ?

— Oh que si ! répondit Julien avec un clin d'œil intérieur vers le destin.

Il se tourna vers Blanche.

— Je te présente monsieur Rondeau. Nous avons fait connaissance en de tristes circonstances : lors de la battue où nous recherchions Charles.

— Avec l'espoir de ne rien trouver, glissa le banquier en s'inclinant pour baiser la main de la jeune femme.

— Vous prendrez bien quelque chose avec nous ? proposa celle-ci.

— Si cela ne vous dérange pas.

Il s'installa en face du couple. Julien fit signe à Myriam. Seize heures trente, une heure calme avant la ruée de l'apéritif. Rondeau adressa au journaliste un sourire chaleureux.

— Je suis venu vous remercier, expliqua-t-il. Savoir que l'assassin ne sévira plus est pour tous un immense soulagement.

— Mais ce n'est pas moi qu'il faut remercier, protesta Julien, étonné.

— Tututut... Avec ma femme, nous avons suivi toutes vos émissions et appris quel rôle avait joué votre appel à propos du singe dans la découverte de la vérité.

Julien réprima un soupir en pensant à Victor Grosjean. Le livreur avait payé cette vérité de sa vie. Il désigna Blanche.

— Madame Desmarest a également contribué à éclaircir cette affaire : les victimes étaient ses élèves en dessin.

— J'aurais souhaité être plus efficace, remarqua Blanche tristement.

Elle continuait à se reprocher de n'avoir pas perçu plus tôt le rôle néfaste joué par Mister Chance, su lire un avertissement qu'elle avait eu sous les yeux avec les dessins des enfants. Le malaise qu'elle disait alors ressentir, cette sensation que quelque chose ne tournait pas rond n'étaient-ils pas comparables avec ce que Julien éprouvait depuis le suicide de Thomas ? Un malaise qu'il avait essayé ce matin, sans résultat, de faire partager à Müller.

Il s'était bien gardé de parler à Blanche de son entrevue orageuse avec le policier. Ne commençait-elle pas seulement à admettre que Thomas puisse être le coupable ? À quoi bon réintroduire le doute dans son esprit ?

Myriam vint prendre la commande. Elle regarda Rondeau et son front se plissa.

— Est-ce qu'on ne se serait pas déjà vus quelque part ? demanda-t-elle avec sa simplicité habituelle.

— Ici même, répondit Rondeau en lui souriant largement. Quand je cherchais une maison dans le coin, il m'est arrivé plusieurs fois de venir me rafraîchir dans votre sympathique établissement.

— J'y suis ! s'exclama Myriam. L'agence suisse : une grande blonde avec l'accent. Et vous avez trouvé ?

— Pas à Saint-Rémi, hélas, sinon vous me verriez plus souvent chez vous, regretta l'ancien banquier. En fait, ma femme et moi avons fini par acheter à Champagnole.

Il commanda une eau minérale. Julien et Blanche reprirent un café. Myriam s'éloigna.

— Je me trouvais hier dans le parc de la maison du docteur Riveiro, raconta Julien à Rondeau. Je me suis souvenu qu'elle vous avait tenté. Je me trompe ?

— Pas du tout. Et le parc plus encore que la maison, acquiesça celui-ci. Quel choc quand nous avons appris que c'était, en quelque sorte, la maison du crime. Ma femme la trouvait sinistre. Les femmes sont fortes pour l'instinct : le sien l'avertissait peut-être du drame qui s'y préparait.

— Si c'était vous qui aviez occupé la maison, le drame ne s'y serait pas produit, intervint Blanche.

— Les maisons ont leur destin, comme nous autres, rétorqua le banquier. Qui sait si cette épouvantable histoire n'était pas inscrite dans les murs de celle-ci ? Sans doute connaissez-vous la phrase de Cocteau : « Le poète décalque l'avenir. »

— « Le poète décalque l'avenir », répéta Blanche admirative. C'est magnifique.

... Et entre poète et dessinatrice, nul doute que le courant passe, pensa Julien, amusé.

— J'avais autre chose à vous dire, reprit Pierre Rondeau en se tournant vers lui. J'ai fini par retrouver où j'avais vu cet autre médecin, celui qui marchait devant nous sur la route de la Cascade en compagnie de l'assassin. J'étais certain de l'avoir déjà rencontré quelque part.

— Vous voulez parler de Roland Lagarde, le chirurgien ? demanda Julien.

— C'est cela.

Rondeau soupira :

— Dieu sait pourtant si cette rencontre m'avait frappé ! Ce jour-là, j'étais allé déposer quelques fleurs sous le hêtre où j'avais découvert le petit Jean-Lou. Eh bien, il était là lui aussi avec un bouquet.

Au fond de la tête de Julien, un clignotant s'alluma.

— Roland ? Des fleurs pour Jean-Lou ?

— Voilà qui ne m'étonne pas de lui ! intervint Blanche. Il cache ses sentiments, mais il est très sensible.

Un éclair de jalousie traversa Julien.

— J'ajouterai qu'il n'avait pas eu l'air trop content de me voir, reprit Pierre Rondeau. J'aurais bien voulu échanger quelques mots avec lui, mais il avait filé aussitôt. Je n'ai remis le nom sur le personnage qu'en le croisant l'autre jour à Genève.

— Genève ?

— Il avait fait appel à la même agence que moi. Je m'y rendais pour un ami. On m'y a appris que le docteur Lagarde avait loué une maison appelée : « La maison du photographe ». Ce qui est curieux, voyez-vous, c'est que celle-là aussi, je l'avais visitée. Seulement, cette fois, c'était à moi qu'elle déplaisait. Quelque chose de... sombre. De plus, il y avait un pigeonnier dans la propriété, un pigeonnier en activité. Le matin, cela devait être infernal.

Il eut un rire d'excuse : « Je n'aime guère la musique de ces oiseaux-là. »

— Un pigeonnier..., répéta Blanche, frappée. Un pigeonnier en activité...

— Pardonnez-moi mais je n'ai pas bien entendu, intervint Myriam, revenue avec les consommations. Vous parliez de la « maison du photographe » ? Et qui l'habite ?

Elle avait posé sa question avec une sorte de répugnance.

— Le docteur Lagarde, répondit Rondeau.

— Ça alors ! Première nouvelle, lâcha Myriam avec une grimace.

— Peut-on savoir ce que tu as contre cette maison ? s'étonna Julien. Et d'abord, pourquoi ce nom ?

— Elle appartenait à un Suisse, photographe de son métier, raconta Myriam. Il avait aménagé le sous-sol en studios et laboratoire. Beaucoup de monde y passait. Des jeunes des deux sexes. Des très jeunes ! On assurait qu'il s'y prenait de drôles de clichés, si vous voyez ce que je veux dire. Bref, les gendarmes ont fini par s'en inquiéter et le bonhomme s'est évaporé. La maison est restée vide un bon bout de temps.

Elle se tourna vers Blanche.

— Je n'avais jamais fait le lien avec ton Lagarde.

À nouveau, la jalousie brûla le cœur de Julien.

— Ce n'est pas « mon » Lagarde, protesta Blanche en riant. Et d'après ce que j'en ai vu, cette maison m'est apparue comme belle et tranquille. Il est vrai que c'était la nuit.

Son rire se cassa. Cette nuit-là, il y avait eu l'incident du papillon. L'incident ? Elle avait avoué sa phobie à Roland : papillons, oiseaux, plumes. Était-ce pour ne pas l'effrayer davantage qu'il ne lui avait jamais parlé du pigeonnier ?

Myriam tourna la tête vers la porte. Un grand sourire éclaira son visage.

— Tiens ! Mais voyez-vous donc qui nous arrive !

53.

Cartable au dos, Sophie venait d'apparaître à la porte du café. Elle repéra le petit groupe, parut hésiter puis s'approcha, le visage sombre. Depuis l'annonce du suicide de Thomas, la veille, elle n'était pas à prendre avec des pincettes. Ce que Julien redoutait le plus était qu'elle se mette en tête que Thomas était mort à cause d'elle, ce fameux secret qu'elle avait trahi. C'est pourquoi il n'avait exprimé aucun doute devant elle et ne cessait de lui répéter qu'en parlant à Müller, elle avait probablement sauvé la vie d'autres enfants.

— Est-ce que j'ai le droit d'aller en car à Besançon demain avec Charlotte pour voir l'exposition ? demanda-t-elle à sa mère sans prêter attention à ceux qui l'entouraient.

Blanche parut tomber des nues.

— Quelle exposition, ma chérie ?

— Tu le sais bien, maman. Roland nous en a parlé l'autre jour ! L'expo sur les extraterrestres. On s'est renseignées : ça finit dimanche.

— La mère de ton amie vous accompagnera-t-elle ? demanda Blanche.

— Elle ne peut pas. On ira toutes seules.

— Alors c'est non, trancha la jeune femme. Pas sans adulte.

— Et pourquoi « pas sans adulte » ? riposta la fillette avec colère. Je croyais qu'on avait trouvé l'assassin ?

— Parce que j'ai encore peur, avoua Blanche avec simplicité, et le cœur de Julien fondit. Besançon n'est pas tout près.

— Si t'as peur, t'as qu'à venir avec nous.

— Au cas où tu l'aurais oublié, le mercredi je suis prise à la clinique.

— Je savais que tu dirais ça ! lança Sophie avec colère.

Cette fois, elle daigna se tourner vers toute la tablée. Son regard se chargea de défi.

— En tout cas, Roland est d'accord avec moi : il dit que c'est pas Thomas !

La déclaration les figea tous. Sophie leur tourna le dos et s'éloigna.

— Je vous présente ma fille, dit Blanche avec humour à Rondeau. Excusez-la : elle aimait beaucoup le docteur Riveiro.

— À Champagnole, ses patients aussi l'aimaient, remarqua sobrement le banquier.

— Si je ne m'étais pas mis ce foutu café sur les bras, je l'aurais bien accompagnée à son exposition, râla Myriam. Il ne faut pas se moquer de ses histoires d'extraterrestres, c'est sa façon de se défendre.

— De quoi ? demanda Blanche, inquiète. « Se défendre de quoi ? »

Julien avait regardé disparaître Sophie, pris d'un sourd malaise. « Roland est d'accord avec moi : il dit que c'est pas Thomas. » Le chirurgien avait-il vraiment parlé de cette façon irresponsable à une gamine révoltée ? Il se souvint de la présence du médecin près d'elle, la veille, lors de la conférence de presse. Était-ce le désespoir de Sophie qui lui avait tiré ces mots ? Mais celle-ci pouvait très bien les avoir inventés. Elle ne manquait pas d'imagination.

Il tenta d'écouter Blanche et Rondeau, embarqués sur le sujet des extraterrestres et n'y parvint pas. C'était comme si dans sa tête un aimant s'était fixé où convergeaient des éléments disparates formant une histoire qu'il refusait de se raconter à lui-même.

Les fleurs sous le hêtre : Roland Lagarde.

Une grande maison avec un parc aux environs de Saint-Rémi : Lagarde. La maison du photographe.

« Maintenant, vous êtes deux dans le secret, le docteur et toi », avait dit Charles.

LAGARDE ?

Halte ! s'ordonna-t-il. Lagarde, l'assassin ? Là, il allait vraiment trop loin.

Il essaya l'humour : jusqu'où la jalousie pouvait-elle mener un homme amoureux ! S'il avait toujours préféré l'hésitant Thomas au sûr de lui Roland, n'était-ce pas parce que le regard de Blanche sur le chirurgien l'irritait ? Et déjà, alors qu'il la connaissait à peine, lorsqu'il avait appris qu'elle avait dîné chez lui, il s'était senti courroucé.

Pauvre Blanche ! Si elle avait pu lire dans ses pensées, elle l'aurait carrément viré.

La jeune femme parlait à présent de Sophie avec Myriam. Il se pencha vers Rondeau.

— Vous souvenez-vous du nom de l'agence qui vous avait fait visiter cette fameuse « maison du photographe » ? s'entendit-il demander d'une voix neutre.

Le banquier lui sourit.

— Certainement. Elle a un nom qu'on n'oublie pas : « Agence RUBIS ». Comme « Rubis sur l'ongle ».

— Et elle se trouve à Genève, avez-vous dit ?

— C'est cela. Spécialisée dans la location de demeures de luxe pour étrangers de passage en Europe. Elle travaille beaucoup par Internet.

— Tu cherches une maison ? demanda malicieusement Blanche à Julien.

Il dut faire un effort pour répondre d'une voix enjouée : « Et pourquoi pas ? »

Il laissa passer quelques minutes puis s'éclipsa, prétextant un rendez-vous à son hôtel. Sitôt dans sa chambre, il se précipita sur le téléphone et obtint sans mal le numéro qu'il cherchait. En le composant, il se sentait à la fois ridicule, et honteux vis-à-vis de Blanche.

— Agence Rubis à votre service.

La phrase, prononcée par la voix d'une jeune femme, fut répétée en anglais.

— Je vous appelle de l'étranger, commença Julien

ce qui, après tout, n'était qu'un demi mensonge. L'un de mes amis, le docteur Lagarde, a loué par vos soins une maison près de Saint-Rémi, en Franche-Comté. Il s'y plaît beaucoup. Auriez-vous quelque chose à me proposer dans le coin ? Le plus près possible de lui.

— Monsieur Lagarde, dites-vous ?

Il épela le nom. C'était à présent vis-à-vis du chirurgien qu'il se sentait en faute. Tant pis ! Tout valait mieux que ce malaise qui gonflait en lui comme un gaz empoisonné.

— Voilà, j'ai votre ami ! reprit la jeune femme après quelques secondes. Monsieur Roland Lagarde, chirurgien, c'est cela ?

— C'est cela.

— L'affaire a été traitée de Montréal par e-mail, apprit-elle à Julien. Vous êtes également de là-bas, monsieur ?

— C'est de là que je vous appelle, mentit cette fois effrontément Julien dont le cœur battait soudain la chamade. J'ignorais que l'on pouvait tout régler de si loin. Pouvez-vous m'expliquer comment cela se passe ?

— C'est tout simple. Nous vous envoyons des dossiers comprenant films et photos des demeures correspondant à vos souhaits et au budget que vous souhaitez mettre dans votre location, ou votre achat. Si l'une vous intéresse, vous pouvez nous régler avec votre carte de crédit. La maison est à votre disposition lorsque vous arrivez.

— Est-ce ainsi que le docteur Lagarde a procédé ?

Au bout du fil, il perçut une hésitation. Sa question avait été trop directe, posée d'une voix trop pressante. Tu perds la main, mon vieux, se reprocha-t-il.

— Sans doute, monsieur, finit par répondre la jeune femme d'un ton plus sec. Puis-je avoir votre nom et savoir pour quelle période vous désirez louer ?

— Je vous rappellerai.

Julien raccrocha. Il demeura un moment immobile,

assis au bord du lit. Cette hâte qui montait en lui, cette excitation mêlée d'angoisse, lui étaient familières ; il les avait maintes fois éprouvées. Pour Nina, d'abord. Puis à l'occasion d'autres enquêtes qu'il avait suivies.

Il venait de mettre le doigt sur un élément nouveau. Élément qui pouvait se révéler crucial.

Il se leva et commença à arpenter la chambre, la tête bourdonnante. Qui, à Saint-Rémi, savait que Lagarde venait de Montréal ?

« Vous êtes également de là-bas, monsieur ? »

Montréal : Canada.

Julien était quasiment sûr d'avoir entendu Müller dire que le chirurgien débarquait d'Angleterre. Celui-ci avait-il menti ? Pourquoi ? Devait-il avertir le commissaire ?

Pour te faire à nouveau traiter d'emmerdeur et fiche à la porte ?

D'autant qu'aller vérifier au Québec le passé de Lagarde serait un peu plus compliqué que de descendre à Nice, pensa-t-il avec humour. Et puis, si Riveiro avait bel et bien un mobile : la privation de son fils, il ne voyait pas du tout quel aurait pu être celui de Roland.

Il ouvrit sa fenêtre. L'hôtel donnait sur la grand'rue qui traversait Saint-Rémi de part en part, de place en place. Il y avait cheminé avec Blanche. À nouveau, il tenta de se raisonner. Que de fois, pour d'autres affaires, son excitation n'avait-elle débouché sur rien ! Était-elle, comme on dit, retombée en eau de boudin ?

Ce fut l'image d'un bouquet de fleurs, déposé par Lagarde sous le hêtre où Jean-Lou avait été retrouvé qui le décida. Il n'était pas rare que les *serial killers* tournent autour des tombes de leurs victimes.

Il décrocha à nouveau le téléphone et, cette fois, appela Interpol, à Lyon. Là aussi, il s'était montré le pire des emmerdeurs lorsqu'il avait encore l'espoir de retrouver sa petite sœur ou, au moins, trace de celui qui l'avait enlevée et probablement assassinée.

Il obtint très vite l'ami de ses parents.

— J'ai suivi la triste affaire à Saint-Rémi, lui dit Hubert Legrand. Terrifiant, cette histoire de singe... Figure-toi que je connais un peu Müller, un type épatant. Il paraît que c'est réglé ?

— Quasiment, répondit Julien. Mais tu connais ma passion pour la petite bête... Pourrais-tu regarder s'il n'y aurait pas quelque chose dans ta phénoménale mémoire électronique sur un dénommé Roland Lagarde, à Montréal, Canada ? Il est chirurgien.

— Je m'en occupe dès demain, promit Hubert. Je te rappelle où ?

CINQUIÈME PARTIE

Sophie Fichini

54.

Vraiment, Sophie ne comprenait pas pourquoi elle avait décidé d'accompagner sa mère aux Quatre Lacs comme tous les mercredis.

Mercredi dernier, Charles avait été enterré. Ce mercredi-ci, c'était au tour de Thomas d'être mort, mais pour lui, à cause de l'autopsie, l'enterrement ne serait pas pour demain et, bien sûr, il n'aurait pas sa tombe à Saint-Rémi. On n'enterre pas un assassin à côté de ses victimes...

— Pourquoi ne viendrais-tu pas avec moi, dessiner avec les petits ? lui proposa Blanche comme elles attachaient leurs vélos côte à côte dans la cour de la clinique.

— Je préfère aller dans la salle de jeu, répondit Sophie d'une voix morne.

Lorsqu'elles furent arrivées dans le couloir du premier étage, Blanche posa un baiser sur son front.

— Je te reprends à cinq heures ?

Sophie acquiesça. Elle regrettait déjà d'être venue. Et encore, elle n'avait pas tout vu !

Sur le seuil de la salle de jeu, elle se figea, étouffée par l'indignation. Il n'y avait plus de pièce magique, la porte en était grande ouverte. Plus d'ordinateur non plus. Plus de souris. On avait mis la télévision à la place. Ravis de la nouveauté, tous les enfants étaient là, se pressant dans le petit espace.

Elle fit demi-tour et claqua la porte, le cœur débordant de rage et d'impuissance. C'était encore plus horrible que ce matin, quand son père avait téléphoné et qu'il avait ri lorsqu'elle lui avait expliqué que tout le monde se trompait : ce n'était pas Thomas. Pour le punir, elle lui avait raccroché au nez.

Derrière la porte, les enfants riaient eux aussi, comme s'ils se moquaient d'elle. Jamais, plus jamais elle ne retournerait dans cette salle.

Elle consulta sa montre : trois heures et quart seulement. Qu'est-ce qu'elle allait faire, maintenant ? Pas question de rejoindre sa mère et dessiner des cerfs-volants. Rentrer à la maison ? Aucune envie. Passer chez Charlotte ? Mais, honteuse de lui avouer que Blanche refusait de la laisser aller sans adulte à Besançon, elle avait raconté à son amie qu'elle devait voir un docteur à la clinique parce qu'elle avait mal à la tête.

Un docteur à la clinique ? C'est ainsi qu'elle eut l'idée.

Elle descendit quatre à quatre l'escalier et se précipita à la réception où se tenait Monique, que maman connaissait bien. Celle-ci était occupée avec un très vieux monsieur en robe de chambre et chaussons qui lui faisait un long discours. Sophie attendit son tour en piaffant.

— Qu'y a-t-il pour votre service, mademoiselle ? demanda Monique gentiment lorsque le malade fut parti.

— Est-ce que Roland est là ?

— Je suppose que tu parles du docteur Lagarde ? répondit Monique en riant. Eh bien, non. Il n'est pas là aujourd'hui. Il ne reviendra pas avant vendredi, ajouta-t-elle. Qu'est-ce que tu lui voulais ?

Sophie ne répondit pas. La déception la terrassait : elle avait eu une si bonne idée ! Roland, la seule personne qu'elle avait envie de voir, qui l'écoutait sans se moquer d'elle, qui la croyait pour Thomas. En plus, il s'intéressait vraiment aux extraterrestres. La preuve ? C'était lui qui, mercredi dernier, avait parlé de l'exposition à Besançon. Elle avait tellement espéré qu'il serait là.

Monique avait à nouveau du monde. Et soudain, Sophie sut ce qu'elle allait faire. Blanche lui reprocherait encore d'agir trop vite, sans réfléchir, tant pis ! Elle était trop malheureuse. Elle fit au revoir à Monique de la main et fila dans la cour. Si elle voulait être de retour à cinq heures, elle avait intérêt à se dépêcher.

Quand elle se baladait en vélo avec sa mère, elles se donnaient toujours un but, et après elles s'arrêtaient pour manger une glace ou un gâteau quelque part. Il y a quinze jours, le but avait été la maison de Roland. Blanche lui avait montré où elle se trouvait, une vingtaine de minutes de Saint-Rémi en pédalant bien. C'était un dimanche et Sophie aurait voulu sonner pour lui dire un petit bonjour, mais maman avait refusé. On ne s'invite pas comme ça chez les gens.

Eh bien elle, elle allait s'inviter !

Elle défit l'antivol qui reliait son vélo à celui de sa mère. D'abord, Roland n'était pas « les gens » mais un ami. Ensuite, elle était certaine qu'il ne lui reprocherait pas d'être venue sans avertir. Il avait eu l'air tellement content de parler avec elle, lundi.

Elle enfourcha sa bicyclette et quitta la cour de la clinique, le cou rentré dans les épaules. Si maman la voyait par la fenêtre, ça risquait de barder. Pourvu qu'elle n'ait pas oublié le chemin. Ce n'était pas compliqué du tout : la route de Champagnole et, très vite à gauche, celle, plus petite, direction Châteauneuf. C'était là qu'elles avaient mangé leur glace.

Déjà, elle se sentait moins en colère. Elle raconterait à Roland pour la pièce magique et lui aussi serait choqué. Un camion de bois la dépassa en klaxonnant deux fois ; ça voulait dire « salut ! ». Tiens, elle aurait pu lui rapporter son mouchoir pendant qu'elle y était. Maman prétendait qu'elle collectionnait les mouchoirs d'autrui. Celui-là était spécialement beau avec les ini-

tiales. Il avait dû lui coûter cher. Mais elle l'avait laissé
quelque part dans sa chambre et il n'était pas question
de faire demi-tour pour aller le chercher. Pas le temps.

C'était ici qu'il fallait tourner. Elle tendit le bras à
gauche. Presque tout de suite, on s'enfonçait dans les
pins, ça devenait sombre mais ça sentait super bon.
Maman, c'était les couleurs, elle, les odeurs. Elle portait à son nez tout ce qu'elle pouvait et Myriam disait
que c'était l'instinct des petites bêtes.

Elle se souvint que Roland avait Internet. Quand elle
lui avait posé la question, il avait répondu : « Bien sûr
que oui. » Pour maman, c'était : « Bien sûr que non. »
Grâce à Thomas, elle n'avait plus besoin de personne
pour naviguer, peut-être qu'un jour Roland la laisserait
se servir de son ordinateur. Peut-être même aujour-
d'hui ?

Hier soir, quand elle avait à nouveau demandé à
maman de la laisser aller à Besançon, Blanche s'était
mise en colère. « Comment peux-tu penser à tes trucs-
machins avec ce qui s'est passé ici ? » Ses trucs-
machins... Maman n'y comprenait rien.

Quand les gens perdent quelqu'un, ils vont à l'église
et lèvent les yeux vers le ciel en espérant y trouver
Dieu. Elle, là-haut, elle espérait qu'il y avait des êtres
un peu moins nuls qu'ici, c'est tout.

55.

Valence, Dakar, Recife. Et le but final : Caracas.

Sacs et valises sont déjà dans le coffre de la voiture
dont le plein a été fait. Il la laissera au parking public
de l'aéroport. Lorsqu'on s'y intéressera, il sera arrivé
depuis longtemps.

Vendredi matin, il appellera de Dakar, le directeur

de la clinique, Chauvin pour l'avertir qu'une affaire familiale importante l'a obligé à quitter Saint-Rémi en catastrophe et qu'il ne pourra donc opérer. Il a programmé exprès pour ce jour-là deux interventions bénignes. Il ne sera pas dit qu'à cause de lui ses patients auront couru un quelconque danger. Il n'est pas ainsi. Très vite, il fera savoir qu'il ne reviendra pas.

Il s'est débarrassé de l'ordinateur de la maison Martin dans l'Ain, près de Champagnole. Si celui-ci est retrouvé, le geste sera mis au compte de Riveiro. Riveiro... Désormais, le dégoût l'emplit lorsqu'il l'évoque. Est-il possible que celui aux côtés duquel il a travaillé presque chaque jour depuis un an ait été un détraqué sexuel, s'attaquant aux petits confiés à lui ? Un tel être ne méritait pas de vivre.

La location de la maison est réglée jusqu'en janvier. Il n'aura pas à se presser pour annoncer à l'agence qu'il ne prolonge pas le bail. Il avertira qu'il a laissé quelques objets, tous de qualité. Ils seront trop contents de les récupérer. Il n'a éliminé que ce qui pourrait laisser à penser qu'un enfant a vécu là. Le fauteuil de petit Paul est prévu dans les bagages. Cette nuit, il démantibulera le lit.

Restent les jeux.

« Un ami, papa, un dernier, pour lui donner mes jeux et après je serai d'accord pour partir. Je ne lui dirai rien, papa, je le jure. Je ne lui dirai rien. »

La douleur l'engloutit. Le peu de forces qui restent à petit Paul, celui-ci les emploie à le torturer en réclamant cet ami impossible. Il ne supporte plus la plainte lancinante, ni ce regard brûlant et accusateur qui le poursuit jusque dans ses moindres mouvements.

Il s'occupera des jeux quand petit Paul dormira. Il a préparé des sacs en plastique qu'il jettera dans une décharge sur le chemin.

L'enfant supportera-t-il le voyage ? Depuis trois

jours, il refuse toute nourriture. Il ne boit même plus de lait, juste quelques gorgées d'eau pour humecter ses lèvres sèches. Mister Chance sonne l'alarme, cherchant à attirer l'attention de son maître en gémissant et exécutant des sortes de danses macabres. Il a pensé à un goutte-à-goutte mais petit Paul l'arrachera dès qu'il aura le dos tourné. « Les âmes des enfants morts... » Zazou s'est emparé de l'âme de petit Paul comme, ici même, il l'avait fait de son esprit. Il cherche à le lui prendre, sa vengeance n'a pas de fin.

C'est décidé : il n'attendra pas Recife pour le faire soigner. Il profitera de la longue escale à Dakar pour l'emmener à l'hôpital et demander qu'on le mette sous perfusion. Aux yeux de ceux qui les accueilleront, ils ne seront rien d'autre qu'un père avec son fils souffrant. Les recherches ont cessé, ses papiers sont en règle, il lui reste assez de dollars pour tenir jusqu'au Venezuela où il trouvera facilement du travail. Tout ira bien, je ne te quitterai plus jamais, là-bas, tu auras la lumière du soleil, la mer, des amis tant que tu en voudras.

Il est quatre heures et quart, il passe l'aspirateur au salon lorsque la sonnerie de l'interphone retentit. Qui cela peut-il être ? Un représentant ? Un quêteur ? De ces enfants mal élevés qui sonnent puis s'enfuient ? Mercredi : jour de congé.

Il essuie ses yeux humides, passe dans l'entrée et décroche l'appareil.

— Qui est là ?

— C'est moi.

La petite voix, dans l'interphone, explose en lui comme un coup de tonnerre. Il s'appuie au mur, ses jambes flageolent.

— Sophie ?

— Oui. Est-ce que tu peux m'ouvrir ? Je ne resterai pas longtemps.

— Mais qu'est-ce que tu veux, Sophie ?

— Te voir.

Le sang frappe à ses tempes. Il ferme les yeux. « Un ami, papa, un dernier et je serai d'accord pour partir. » Le ciel lui enverrait-il enfin un signe ?

— Mais comment es-tu venue, Sophie ?

— En vélo. Il ne faudra surtout pas le dire à maman.

56.

Sophie n'était plus dans la salle de jeu. Blanche demanda aux enfants s'ils l'avaient vue : une petite fille blonde de onze ans. Seul l'un d'eux répondit : « Un peu, madame. » Un peu ? Elle avait dû en avoir assez et était rentrée à la maison.

Elle aurait pu me prévenir, pensa Blanche mécontente. Mais depuis lundi, tout était comme ça avec Sophie : la rébellion permanente.

Il y avait du monde en attente devant Monique : l'heure des admissions. Blanche lui adressa un signe amical en passant et quitta l'établissement. En constatant que le vélo de la petite n'était plus à côté du sien, elle eut un bref pincement au cœur.

Aujourd'hui, les enfants avaient terminé les dessins de cerfs-volants qu'ils avaient fièrement signés et datés. Ils les offriraient à leurs mamans. Seul Jules, le garçonnet qui circulait avec son goutte-à-goutte, avait glissé le sien, plié en quatre, dans la main de Blanche : « C'est pour toi, madame. » Elle en avait été si touchée qu'elle avait eu les larmes aux yeux. Cela lui arrivait souvent ces temps-ci : la sensibilité à fleur de peau et aussi un grand sentiment de fragilité.

« C'est le contrecoup », assurait Myriam. « Maintenant que l'affaire est terminée, tout ce qu'on a accumulé de peur et d'angoisse remonte. » Pour elle, c'était pareil.

Le vent s'était levé, dégageant le ciel. Tout en pédalant, Blanche lui offrit son visage ; le vent apporte l'avenir à celui qui veut l'écouter. Heureusement que j'ai Julien, pensa-t-elle. L'importance qu'il avait prise en si peu de temps dans sa vie la surprenait : Julien, son avenir ? Il lui semblait que le « ma chérie » qui lui avait échappé un jour avait comme déverrouillé son cœur. Tendre et sensible, Julien ! Et gai aussi, gai envers et contre tout. Suis-je en train de tomber amoureuse ? Se poser la question n'était-il pas s'avouer que c'était déjà fait ?

« Quand tout sera fini, je t'emmènerai ailleurs », avait-il projeté. Tout était fini, Müller l'avait annoncé : « L'affaire est close, dormez tranquilles bonnes gens... » Comment se faisait-il alors qu'elle n'arrivait pas à s'en persuader ? Ce soir, elle dînait avec Julien. Elle lui en parlerait.

Oui, emmène-moi vite, lui ordonna-t-elle. Vite, ailleurs, loin.

Point de vélo jaune et rouge dans la cour. Myriam n'avait pas vu passer la petite. Une bouffée d'angoisse effleura Blanche tandis qu'elle montait l'escalier. Il faudra quand même qu'un de ces jours j'arrête de galérer pour Fichini ! À force, je vais l'étouffer.

Lorsqu'elle avait l'âge de sa fille, à la fois elle détestait que l'on s'inquiète pour elle — sa mère —, mais elle détestait encore plus qu'on lui dise qu'elle était forte. Voilà sans doute ce que m'apporte Julien : à la fois confiance et protection.

Elle passa la tête dans la chambre de Sophie ; elle ne se permettait jamais d'y pénétrer en son absence. Le mobile était sur son bureau. Elle-même l'avait dissuadée de le prendre : « Puisque nous serons ensemble. » À présent, elle regrettait. Au moins, elle aurait su où était sa fille. Près de l'oreiller, elle remarqua un mouchoir blanc qui n'appartenait pas à la maison. Sophie et les mouchoirs ! Elle semait les siens partout et se remboursait sur ceux des autres. Il lui sembla distinguer des initiales sur celui-là et un sourire de tendresse lui échappa : la petite avait bon goût.

Elle ferma la porte, retira sa veste et passa dans son atelier. Mais où pouvait-elle bien être ? Après avoir hésité, elle forma le numéro de Charlotte. Tant pis si elle se faisait engueuler : « Tu ne peux pas me lâcher un peu, maman ? »

Le téléphone était sur répondeur et à nouveau l'angoisse frappa.

« Charlotte, c'est Blanche, je cherche Sophie, peux-tu me rappeler dès que tu reviendras ? »

Si la mère de Charlotte rentrait la première, Blanche pouvait compter sur elle pour le faire.

Cinq heures trente, le jour encore : « Au travail ! » Elle s'installa à sa table. Elle avait pris du retard pour son livre. L'éditeur l'attendait à la fin du mois.

Le chapitre qu'elle devait illustrer s'appelait : « La déception ». La petite Iris, propriétaire de la poupée magique, pleurait car elle avait été trahie par une camarade d'école qu'elle pensait, à tort, être sa meilleure amie. « Tu vois, disait la poupée à Iris, il ne faut pas se fier aux apparences. C'est dans les cœurs qu'il faut apprendre à lire. » Sous les traits angéliques de la fausse amie, comment dessiner un cœur dur et intéressé ?

« Le poète décalque l'avenir », se répéta Blanche en choisissant un pastel brun. Décidément, elle adorait cette phrase de Cocteau, que lui avait rappelée le gentil Pierre Rondeau.

Le téléphone sonna : Charlotte, enfin ! Non, Sophie n'était pas avec elle. Elle ne l'avait pas vue de l'après-midi.

— Tu n'as pas idée où elle pourrait être ?

— Elle m'avait dit qu'elle devait aller à la clinique avec vous pour voir le docteur, s'étonna la petite.

Le docteur ? La pensée de Blanche vola automatiquement vers Thomas, mais Thomas n'était plus.

— Qu'est-ce que c'est que cette histoire ? bredouilla-t-elle. Quel docteur ?

— Un docteur pour sa tête, parce qu'elle a mal à la tête, précisa Charlotte.

— Merci, souffla Blanche. Merci de m'avoir rappelée.

Elle raccrocha. Un docteur pour la tête de Sophie ? Première nouvelle.

Plus tard, elle se dirait que c'était à partir de cet instant qu'elle avait commencé à soupçonner la vérité, l'atroce, l'insupportable vérité.

— Les paroles de Charlotte : « Elle est allée voir le docteur. »

La phrase de Cocteau : « Le poète décalque l'avenir. »

Le conseil de la poupée magique à Iris : « Ne te fie pas aux apparences. »

Elle laissa retomber son crayon, retourna dans la chambre de Sophie et, cette fois, entra. Il lui semblait faire des gestes d'automate, comme si son cerveau était déconnecté d'avec son corps, que celui-ci agissait malgré elle, poussé par une panique qui brouillait ses pensées.

Il y avait bien des initiales sur le mouchoir : R.L. Roland Lagarde. Le docteur Roland Lagarde. « Roland est d'accord avec moi, il dit que c'est pas Thomas. » Elle revint dans son atelier et, cette fois, appela Monique à la clinique. Ses doigts tremblaient sur le clavier.

— As-tu vu Sophie sortir tout à l'heure ? lui demanda-t-elle. Elle n'est pas rentrée. Je m'inquiète.

— Bien sûr, je l'ai vue sortir, répondit Monique. Elle m'a même demandé si le docteur Lagarde était là. Elle voulait absolument le voir. Quand je lui ai répondu qu'il ne reviendrait pas avant vendredi, elle a eu l'air très déçue.

— Elle ne t'a pas dit où elle allait ?

— Ça, non.

Blanche raccrocha. Le docteur Lagarde... « Elle voulait absolument le voir. » Sophie pouvait-elle être allée chez Roland ?

La maison du photographe. Cette maison qu'un jour elle avait montrée à sa fille lors d'une promenade, où il l'avait invitée à dîner.

Elle rassembla ses souvenirs. « Le dîner au papillon. » Elle l'avait effacé de sa mémoire à cause de l'insecte. Qu'avait dit Roland ce soir-là qui l'avait intriguée ? « N'est-il pas injuste que ce soit les femmes qui portent les enfants ? » Quelque chose comme ça. Et lorsqu'elle avait répondu : « Un jour, vous verrez, les hommes se débrouilleront pour être enceints », il avait eu un cri du cœur : « Ne me parlez pas de bonheur ! »

Elle s'était demandé s'il n'était pas sérieux.

Julien, appeler Julien ! Elle composa son numéro et tomba sur le répondeur, raccrocha aussitôt. Je suis en train de divaguer complètement. Sophie va rentrer d'une minute à l'autre, elle me fera la gueule quand elle apprendra que j'ai appelé Charlotte, je n'oserai même pas lui demander d'où elle vient.

Déjà, sa fille était furieuse que Blanche dîne en tête à tête avec Julien, ce soir.

À l'évocation de ce dîner, sa poitrine se desserra un peu. Vite, le restaurant aux chandelles et feu de bois dont il lui avait parlé. Elle lui raconterait ses élucubrations, il se moquerait d'elle : le coupable a été trouvé, l'affaire est close, que te faut-il de plus ?

« Je ne sais pas, murmura-t-elle. Je ne sais pas. »

Depuis le tout début de l'histoire, elle était ainsi : incertaine.

Elle décrocha à nouveau le téléphone. C'était Roland qu'elle devait appeler, pour lui demander si, par hasard, Sophie ne serait pas passée chez lui. Dans la poche de son pantalon, elle sentit la feuille cartonnée pliée en quatre : le dessin de Jules. La dernière fois qu'elle avait vu Roland, mercredi dernier, la vision des cerfs-volants lui avait donné, à lui aussi, l'envie de partir. Il comprendrait ses angoisses.

Elle appuya sur les premières touches, s'interrompit. Non ! Si elle l'appelait, elle risquait de lui mettre la puce à l'oreille. Y aller plutôt. Maintenant ! Sa respiration se bloqua à nouveau : la puce à l'oreille... Voilà qu'elle recommençait. Roland, un danger pour Sophie ? R.L. Le docteur Roland Lagarde.

« Ne te fie pas aux apparences », disait la poupée magique à Iris.

Que connaissait-elle du chirurgien sinon l'apparence : un bel homme du genre réservé ?

Elle dévala les escaliers, poussa la porte du bistrot où, au comptoir, Myriam sirotait un café.

— Je t'en offre un, la belle ?

— Non merci. Je peux prendre ta voiture ?

— Les clés sont dessus. Mais tu es réchauffée, dis donc. Où tu vas comme ça toute nue ?

Elle avait oublié de mettre sa veste. Elle n'avait même pas pris son sac. Le regard de Myriam s'inquiéta. Blanche essaya de rire.

— Je vais chez le photographe.

Un rire complètement fêlé. Il arrive que l'amitié, ça vous casse le courage.

57.

Quand Sophie était arrivée dans la cour de la maison, une maison magnifique, Roland l'attendait et il avait l'air très fatigué, et triste aussi. Encore plus triste que lundi.

Après l'avoir embrassé, elle lui avait demandé si elle pouvait poser son vélo contre le mur couvert de vigne vierge rouge, presque noire, et il avait accepté. Ensuite, il l'avait emmenée dans un salon avec plein de livres sur les murs et un coin vidéo où elle avait tout de suite repéré l'ordinateur et mam'zelle souris.

Elle s'apprêtait à lui raconter la disparition de la pièce magique et lui expliquer pourquoi elle était venue, mais il avait tout de suite demandé :

— Est-ce que tu veux bien m'aider, Sophie ?

Il avait une drôle de voix un peu essoufflée. Bien sûr, elle avait répondu oui, qu'elle était d'accord, et il avait posé l'autre question qui, celle-là, lui avait fait honte.

— Est-ce que tu sais garder un secret ?

Pour Thomas, elle n'avait pas su et Thomas était mort. Elle avait promis quand même, alors il lui avait pris les mains, il l'avait regardée tout au fond et il avait dit : « Tu vas voir un petit garçon très malade. Il s'en va demain. Il voudrait te donner ses jeux avant de partir.

— Est-ce que je le connais ? avait-elle demandé, étonnée.

— Un peu, avait répondu Roland. Un peu. »

Ils avaient descendu un escalier et, en bas, il y avait une porte avec un code comme dans la maison de papa à Paris. Roland avait appuyé sur les boutons, la porte s'était ouverte et Sophie n'en avait pas cru ses yeux : la caverne d'Ali Baba.

On aurait cru qu'il y avait du soleil à cause des néons et des projecteurs partout. Les murs étaient couverts de posters : des animaux, des films, des champions, tout ce qu'aiment les garçons. Et, sur des étagères presque au ras du sol, il y avait les jeux, presque autant que dans un magasin.

Puis elle avait vu le petit garçon et elle avait eu peur.

Il était recroquevillé dans un fauteuil roulant, la tête

enfoncée dans un coussin, les yeux fermés, maigre comme un clou, le visage tout blanc. C'est cela qui lui avait fait le plus peur. Il était pâle comme un enfant qu'elle avait vu un jour à la clinique des Quatre Lacs et qui était mort le lendemain : la leucémie, avait expliqué maman.

— Je ne le connais pas, je ne l'ai jamais vu, avait-elle soufflé à Roland.

— Tu ne l'as jamais vu, mais tu as lu des messages de lui. Tu m'en as même parlé l'autre jour. C'est Mowgli.

Là, tout s'était brouillé dans la tête de Sophie. Mowgli ? Le Mowgli d'Hacuna-Matata ? Elle n'y comprenait plus rien.

Roland avait pris sa main et il l'avait entraînée vers l'enfant : elle n'avait pas envie du tout et puis il dormait. Ils allaient le réveiller.

— Petit Paul, voilà Sophie, avait-il annoncé. Elle est venue pour que tu lui donnes tes jeux avant de partir.

Le garçon avait ouvert les yeux, des yeux qui lui mangeaient la figure comme on dit, sauf que les siens n'avaient pas grand-chose à manger.

Même s'il était sûrement très malade, jamais elle n'avait vu un garçon aussi joli, sauf pour le bas bien sûr, qui semblait tout tordu. Joli comme certains dessins de maman, avec ses yeux bleus changeants sous les cils en corolle et ses cheveux de soie blonde. Un petit garçon de porcelaine.

Il avait tendu la main vers elle en hésitant et il avait touché son bras par-ci par-là, d'un air de n'être pas sûr qu'elle était vraie. Quand elle lui avait souri, ses yeux s'étaient remplis de larmes. « Il va bientôt partir », venait de dire Roland. Est-ce que ça voulait dire qu'il allait mourir comme celui qu'elle avait vu à la clinique ? Est-ce qu'il était muet en plus ? Il lui avait fait tellement pitié et il était si transparent que Sophie s'était penchée sur lui pour l'embrasser : bisou, bisou.

Et voilà que maintenant c'était Roland qui pleurait !

Avant qu'elle ait eu le temps de se demander pourquoi, le singe avait sauté dans ses bras et elle avait eu la frousse de sa vie. Elle avait bondi en arrière et crié. Roland et petit Paul s'étaient mis à rire. C'était encore plus triste quand ils riaient.

— N'aie pas peur, c'est Mister Chance, avait dit Roland en essuyant ses yeux.

Mister Chance ? Là, comme aurait dit Charlotte pour la géométrie, dans la tête de Sophie, cela avait été la purée de pois. Tout ce qu'elle savait, c'est qu'elle ne s'était pas trompée : Thomas n'était pas Mowgli. Mais pourquoi Roland n'avait-il pas averti la police ?

— Est-ce que je peux avoir à boire, papa ? Un peu de lait, s'il te plaît, avait demandé petit Paul d'une voix minuscule.

Papa ? Le visage de Roland s'était illuminé. Il avait couru au bout de la salle où il y avait comme une cuisine. Petit Paul avait attendu qu'il soit loin, il avait agrippé la main de Sophie, il l'avait serrée de toutes ses forces et il avait chuchoté :

— SOS, je suis prisonnier.

58.

Cet après-midi de mercredi, jour de congé des enfants, Julien avait accompli un geste difficile, qui lui avait beaucoup coûté : avec l'autorisation de la police, il avait rapporté aux Laurent les lunettes de leur fils.

N'avait-il pas été, le peu de temps qu'avait duré l'enlèvement, selon l'expression même de Müller, leur interlocuteur privilégié ? Ils lui avaient fait confiance. Ils ne lui en avaient pas voulu de l'atroce réponse qu'avait constituée, après l'appel de la mère sur sa radio, le corps du petit Charles déposé au cimetière. Le hasard — Pierre Rondeau aurait parlé de destin — avait voulu que ce soit lui qui découvre ces lunettes, c'était à lui de les leur rendre.

Il avait trouvé une famille accablée par le suicide de Thomas Riveiro. Pour pouvoir accomplir leur deuil de Charles, il aurait fallu aux Laurent avoir au moins quelques explications, même atroces à entendre, sur la façon dont les choses s'étaient passées, quelques éclaircissements sur l'homme qui avait fait prendre à leur vie le tournant du malheur. Alors seulement, Françoise Laurent aurait-elle pu cesser de se reprocher d'avoir envoyé son fils chez un ami, l'après-midi funeste, son mari de l'avoir initié au maniement de la souris et le grand-père de n'avoir pas su lui dire assez les dangers de la vie.

Ces explications, ces éclaircissements, ils ne les auraient jamais. Et ce n'était certainement pas Julien, lui-même dans le brouillard, qui aurait pu les leur donner.

Avant de faire ses adieux à la famille, le journaliste avait demandé discrètement à Sophie, la sœur aînée de Charles, de lui répéter très exactement les paroles de son petit frère : « Maintenant, vous êtes deux dans le secret, le docteur et toi. » Elle avait à nouveau affirmé que Charles n'avait rien dit d'autre, prononcé aucun nom.

Lorsque madame Laurent l'avait embrassé, il avait eu l'impression de ne pas le mériter.

Julien pensait regagner Besançon en fin de semaine. En réalité, cela dépendrait des projets de Blanche car il n'envisageait pas de partir sans l'assurance de la revoir très vite.

Elle avait accepté de dîner ce soir en tête à tête avec lui dans une auberge à truites d'un village voisin. Il était décidé à lui dire qu'il l'aimait et cette idée le remplissait à la fois de bonheur et d'angoisse.

Il était un peu plus de six heures lorsqu'il arrêta sa moto devant l'hôtel du Centre. Le ciel s'assombrissait déjà. Sans attendre d'être dans sa chambre, il réactiva son mobile qu'il avait éteint chez les Laurent : le moindre des égards.

Il avait deux messages. Le premier était de Myriam : pouvait-il la rappeler au plus vite ? La voix était anxieuse, une peur irraisonnée s'empara de Julien. Il ne pouvait s'agir que de Blanche. Sans se soucier du second appel, il forma le numéro du bistrot. Myriam décrocha tout de suite.

— Enfin ! J'ai cru que tu ne rappellerais jamais.

— Que se passe-t-il ?

— À vrai dire, je ne sais pas bien, avoua-t-elle. Tout ce que je sais, c'est que Blanche m'a emprunté ma voiture pour chercher Sophie et qu'elle était dans tous ses états. Quand je lui ai demandé où elle allait, elle a répondu : « Chez le photographe... »

— Chez le photographe ?

— Eh bien, oui. Et, comme tu le sais, il n'y en a pas à Saint-Rémi.

— La maison du photographe... murmura Julien.

— C'est ce que je me suis dit.

— Je te rappelle.

Il raccrocha. Il avait du mal à respirer. Blanche chez Roland ? Blanche dans tous ses états ? Il essaya de plaisanter pour se rassurer. Roland n'allait quand même pas lui chiper son amour le jour où il s'apprêtait à le déclarer ! Il remit son casque et remonta sur sa moto. Il ne vit pas l'employé sortir de l'hôtel et courir vers lui. Il ne l'entendit pas lui crier qu'il avait un message d'Interpol et qu'il devait rappeler d'urgence.

Blanche ouvrit les yeux. « Je vais mourir », pensa-t-elle.

Sous son corps glacé, elle sentait la terre pétrie d'odeur âcre, ocre, verdâtre, blanchâtre : l'odeur de la fiente. Perchée au-dessus d'elle, sautillant autour d'elle, sa mort roucoulait et battait des ailes.

Je vais mourir.

Bien qu'incapable du moindre geste, elle se sentait totalement lucide, comme on l'est, dit-on, juste avant le saut final.

Elle avait toujours su que sa vie se terminerait ainsi : ce moment était l'explication, pouvait-on dire « l'aboutissement » ?, de sa terreur viscérale des oiseaux, plumes et autres papillons. Quand son père faisait semblant de l'étouffer sous sa couette pleine de duvet, il lui annonçait ce jour où elle finirait, prisonnière d'un pigeonnier. Sa phobie n'était que la prescience de ce qui était inscrit pour elle.

Au prix d'un gigantesque effort, elle parvint à lever les yeux vers les meurtrières. Le jour filtrait encore, la nuit ne tarderait plus. Combien de temps était-elle restée inconsciente ? Un oiseau se posa non loin d'elle. Elle referma les yeux, se ratatina, cherchant à disparaître dans le sol. L'oiseau remonta dans un lourd bruit d'ailes. Là-haut, le ballet des entrées et des sorties ne cessait pas. « Un pigeonnier en activité... »

SOPHIE.

Comme le souvenir lui revenait, la douleur s'ajouta à l'épouvante : Sophie était ici, elle allait subir le sort des autres enfants, le monstre allait la tuer.

Ses ongles s'enfoncèrent dans la terre : Sophie, Sophie. Il n'avait même pas nié sa présence : « Venez, Blanche, je vais vous mener à elle. » Elle l'avait suivi en confiance le long d'un petit chemin qui menait vers les pins. Il était trop tard lorsqu'elle avait compris. Elle n'avait déjà plus de voix pour supplier. Avant de la jeter dans le pigeonnier, il avait dit de sa voix calme de chirurgien-bourreau : « Saviez-vous, Blanche, qu'il existe une espèce de pigeon qu'on appelle "le capucin" ? Ne pensez-vous pas que cela intéresserait votre ami ? »

La haine qu'il avait mise dans ce mot : ami.

Un sanglot monta dans sa poitrine. Comment ne s'était-elle pas douté ? Comment avait-elle pu, avant que « l'ami » prît toute la place dans son cœur, rêver de cet homme-là ?

Elle ouvrit à nouveau ses yeux pleins de larmes.

LA PORTE.

Elle était tombée à quelques pas seulement de la porte. Elle pouvait la distinguer dans le restant de jour. Ramper jusqu'à la porte, sauver Sophie, ma Fichini.

Centimètre par centimètre, sans les alerter, sans les irriter, elle bascula sur le ventre puis se redressa sur les coudes. Elle commençait à mouvoir le bloc de béton de son corps lorsqu'au loin un grondement s'éleva. Il enfla, enfla, jusqu'à emplir le pigeonnier, y déclenchant la colère générale. Un instant, l'espace ne fut plus qu'un furieux tourbillon d'ailes. Blanche se résigna à sa fin. Elle la souhaita.

Puis, aussi vite qu'il était monté, le bruit cessa.

JULIEN.

La moto de Julien. Il était venu la délivrer. Julien. Julien. De toutes ses forces, elle cria son nom sans qu'aucun son ne passât ses lèvres. Avertir Julien, lui faire savoir qu'elle était là.

Suffoquant, le cœur en débandade, centimètre par centimètre, elle reprit sa progression vers la porte. La fiente collait à ses bras nus. « Où tu t'en vas comme ça toute nue ? » Les sanglots la suffoquèrent. Julien. Julien. Ses doigts touchèrent enfin le bois. Maintenant, lever la main, centimètre par centimètre, sans les irriter, sans les alerter, tourner la poignée.

Celle-ci était trop haute. Elle ne pourrait jamais l'atteindre ainsi.

À GENOUX.

Combien de temps lui fallut-il avant de parvenir à rassembler suffisamment d'énergie pour détendre les liens de la terreur, sortir du gouffre, dépasser le vertige, soulever la montagne, traverser les flammes, puis, à genoux contre la porte, fondue à cette porte, sans les irriter, sans les alerter, des hurlements plein la tête, lever à nouveau la main, atteindre cette fois la poignée, tourner.

La porte était fermée à clé.

59.

D'abord, il y avait eu le bruit d'une voiture qui toussait comme la deux-chevaux de Myriam. Sophie s'était précipitée vers les soupiraux : maman ! Elle était sûre que c'était maman. Mais avec le grillage et les carreaux en plus, elle pourrait toujours crier, personne ne l'entendrait.

Après, ça avait été le bruit d'une moto. La moto de Julien ? Les deux fois, avant la voiture et avant la moto, une sonnette avait retenti dans la maison : l'interphone. Roland était monté. Il n'était pas revenu après la voiture.

Maman et Julien étaient-ils venus la chercher ?

On n'entendait plus rien maintenant.

Sophie abandonna son soupirail et revint en courant vers petit Paul, suivie par Mister Chance. On aurait dit que le singe l'avait adoptée, et, même s'il était cause de beaucoup de dégâts, elle ne pouvait s'empêcher de le caresser. Sa chaleur la rassurait.

Parce que Sophie avait une peur bleue.

Petit Paul lui avait tout raconté : Simba, Zazou, et lui, Mowgli. Il lui avait dit que Roland était fou. Il était certain maintenant qu'il avait tué aussi sa maman parce que c'était de sa faute s'il était infirme et qu'en plus elle avait essayé de les séparer.

— Il promet toujours de me libérer, mais c'est pas vrai. Il ne le fera jamais.

Pendant que le petit garçon parlait, à la fois il pleurait et il pianotait sur ses genoux en la regardant avec ses yeux qui n'avaient plus rien à manger et Sophie pensait à Thomas. Elle était contente qu'il ne soit pas un assassin mais encore plus triste qu'il se soit donné la mort pour rien.

« Il ne faudra pas dire à papa que je t'ai tout raconté », avait recommandé petit Paul à Sophie. « Sinon, ça sera comme pour Zazou, ça sera dangereux pour toi. »

Si elle avait si peur, c'est qu'elle se disait qu'elle n'arriverait jamais à être la même qu'avant avec Roland. Il s'en apercevrait forcément. Est-ce qu'il la tuerait comme les autres ?

Parmi les jeux présents dans la caverne d'Ali Baba, elle avait remarqué la maquette d'un vaisseau spatial. Alors, pour se donner du courage, elle la regardait souvent en se racontant que ses amis les extraterrestres l'avaient envoyée en mission : elle devait sauver le petit garçon de porcelaine.

« On y va, mam'zelle E.T. ? » demandait Thomas avant de l'emmener dans la pièce magique.

Petit Paul était m'sieur E.T.

Le cœur battant, elle se pencha sur le prisonnier.

— Tu as entendu ce bruit ? Cette fois, c'est la moto de Julien, un ami. Il va nous délivrer. Comment est-ce qu'on peut l'avertir qu'on est là ?

Petit Paul s'agrippa à ses mains.

— Je ne veux pas que tu t'en ailles, gémit-il. Si tu t'en vas, ce sera comme pour les autres, tu ne reviendras jamais, je le sais, je le sais.

— Je reviendrai, promit-elle. Je ne te laisserai pas tomber.

Elle désigna le bip qu'il portait autour du cou.

— Si on appuie là, qu'est-ce qui arrive ?

— Si j'appuie, c'est que c'est grave et papa descend tout de suite.

Papa... Roland... Dire que personne ne se doutait. Que tout le monde lui faisait confiance avec ses beaux mouchoirs et tout. Même elle avait encore du mal à croire qu'il était le vrai assassin. Peut-être que c'était juste un cauchemar.

Elle tendit l'oreille. Il n'y avait plus aucun bruit là-haut, zéro. Est-ce que Roland allait embobiner Julien ? Est-ce que Julien repartirait sans savoir qu'elle était là ? Et maman ? Est-ce que maman était toujours ici ? Sophie n'avait pas pensé à écouter si la voiture repartait, elle était trop occupée à écouter ce que petit Paul racontait à toute vitesse, profitant de ce que Roland était monté.

Soudain, la terreur l'emplit. Elle sentit les poils de ses bras se hérisser. Et si Roland avait fait du mal à maman ? S'il l'avait tuée comme il avait tué la maman de petit Paul ?

Les sanglots montèrent. Elle cacha son visage dans ses mains.

— Pleure pas, supplia E.T. Pleure pas.

Les doigts fins tentaient d'écarter ses mains de ses joues. Elle en avait vraiment marre de E.T. Maintenant, elle le détestait. Mais en relevant la tête, elle vit que ses yeux à lui aussi étaient pleins de larmes. Ça les rendait encore plus beaux, ça le rendait encore plus malade.

— C'est à cause de maman, lui expliqua-t-elle. Je crois qu'elle est ici et j'ai très peur pour elle.

Le regard de petit Paul s'éloigna. Il eut un gros soupir : « Mother », murmura-t-il. « Mother. »

Comme s'il avait compris le mot, le capucin se mit à se dandiner en poussant des cris d'oiseau : un singe oiseau, il ne manquait plus que ça ! Il était si comique que Sophie ne put s'empêcher de rire dans ses larmes. Elle comprenait maintenant pourquoi ça pouvait être encore plus triste de rire.

— Il a de la chance, Mister Chance, remarqua-t-elle. C'est le seul de la troupe qui ait envie de danser.

Petit Paul, lui, ne rit pas. Il avait l'air de réfléchir, d'hésiter. Soudain, il tendit ses deux mains à Sophie. Elle avait remarqué qu'il voulait tout le temps la toucher et elle les prit, même si elle n'en avait aucune envie.

— Si je te dis comment on ouvre la porte, est-ce que tu reviendras me chercher ? demanda-t-il d'une voix tremblante.

— La porte ? s'exclama Sophie. Tu sais ouvrir la porte ?

Il fit oui de la tête, comme honteux de le lui avoir caché.

— Je crois que j'ai trouvé le code, avoua-t-il. Seulement, je ne peux pas l'atteindre. Il est trop haut pour moi. Et, de toute façon, après il y a un escalier.

Il montrait ses jambes. Bien sûr, il ne pourrait jamais le monter... Sophie serra très fort ses mains. Elle avait encore plus peur mais, cette fois, c'était l'espoir.

— Je reviendrai te chercher, je te le jure sur la tête de ma mère.

À nouveau, petit Paul soupira puis il mit son fauteuil en marche et le dirigea vers la porte. Il conduisait super bien.

— Il y a deux combinaisons possibles, prévint-il Sophie. Il faudra que tu apprennes la bonne par cœur, sinon tu ne pourras pas revenir. La porte se referme automatiquement. Tu te souviendras ?

Sophie voyait bien qu'il craignait toujours qu'elle l'abandonne, alors elle se pencha sur lui comme tout à l'heure et l'embrassa.

— Je ne l'oublierai pas, promit-elle. Tu sais comment on m'appelle à l'école ? La reine de la mémoire. Et j'irai chercher tout le monde pour te sauver.

60.

Il avait ouvert la grille au fouineur. Pouvait-il faire autrement ? S'il refusait de le laisser entrer, le maudit journaliste imaginerait qu'il avait quelque chose à cacher. Ne s'acharnait-il pas depuis le début contre lui ?

Il n'avait pas été long à savoir ce qui l'amenait.

— Je cherche Blanche. Elle n'est pas là ?

Voix anxieuse, regard méfiant. Il n'avait pas hésité.

— Elle était là il y a un instant avec Sophie. Elles sont reparties toutes les deux. Voulez-vous entrer une minute ?

Sans répondre, le journaliste avait posé son casque sur sa moto et l'avait suivi dans le salon.

— Je vous offre quelque chose à boire ?

— Non merci.

L'œil soupçonneux faisait le tour de la pièce, s'attardait sur les objets, les livres, les quelques tableaux ou gravures. Rien, ici, ne pouvait laisser deviner que ce soir il aurait quitté l'endroit pour toujours.

— Elles sont venues ensemble ?

Un piège. Manceau savait que Blanche cherchait Sophie. Probablement par Myriam.

— Pas du tout. Sophie est venue la première. Elle voulait que je l'emmène à Besançon. Vous n'ignorez sans doute pas qu'il s'y tient une exposition sur le sujet qui la passionne. Je crois avoir réussi à convaincre sa mère de l'y conduire elle-même.

Il était parvenu à rire.

— Cela n'a d'ailleurs pas été facile de caser son vélo dans la deux-chevaux ! Mais la petite refusait de s'en séparer.

Il avait senti le fouineur ébranlé. Le détail, c'est toujours le détail qui convainc. Ce qui fait dire : « Ça, il ne peut pas l'avoir inventé. » Allait-il le laisser à présent ? Il avait hâte de retrouver les enfants. À chaque fois qu'il revoyait le baiser donné par Sophie à petit Paul, son cœur bondissait de bonheur. Et ce lait qu'il avait bu ! Il continuait à en savourer chaque gorgée avec lui.

Bien entendu, ces nouveaux événements allaient l'obliger à modifier ses plans, avancer son départ. Mais quelle importance puisque petit Paul ne refuserait plus de le suivre. « Un ami, papa, un dernier, et je serai d'accord pour partir. »

— Saviez-vous qu'on appelait votre maison : la « maison du photographe » ? lance soudain le journaliste.

Il retombe sur terre. Il était si heureux avec petit Paul qu'il en avait presque oublié le trouble-fête.

— On m'a raconté ça. Et également qu'un bonhomme peu recommandable l'avait habitée.

— On ? L'agence Rubis ?

Une stupeur mêlée de colère l'emplit. Qui a parlé de l'agence à Manceau ? Et que cherche-t-il encore ? N'a-t-il pas compris que l'affaire était close ?

Il prend une longue inspiration, parvient même à sourire.

— L'agence Rubis, en effet. Vous la connaissez ?

— J'ai un ami qui s'est adressé à elle. Il paraît qu'elle est spécialisée dans la clientèle étrangère et travaille essentiellement par e-mail.

Dans la tête de Roland Lagarde, une alarme s'est déclenchée. IL SAIT. Le journaliste a appris d'où il avait loué sa maison. L'agence a trahi le secret professionnel, comme Grosjean l'aurait fait s'il n'avait pas agi à temps. Et derrière cet acharnement, Roland ne devine que trop bien qui se cache : le mauvais génie de petit Paul, celui qui a semé la haine et, à présent, s'emploie à contrarier ses plans : Charles Laurent.

Garde ton calme ! Si le fouineur avait appris quoi que ce soit d'autre, Müller, son complice, serait ici avec lui.

Une seule solution : prendre les devants.

— L'e-mail... une invention magique en effet. Vous ne devinerez jamais d'où, moi-même, j'ai réservé cette maison. Du Québec ! J'ai vécu là-bas quelques années heureuses. Ces paysages me les rappellent un peu.

Touché ! Dans le regard de Manceau se dessine l'incertitude. Venu en procureur, il repartira en s'excusant d'avoir dérangé. Il est temps. Il n'en peut plus d'être privé du bonheur qui l'attend en bas : la renaissance de son enfant. Il enrage de devoir sourire à celui qui se plaît à le persécuter.

Si tu avais encore ce pistolet, il se montrerait moins arrogant.

— Bien ! Je vais vous laisser, docteur. Vous devez avoir à faire.

Enfin ! Le « docteur » dont le journaliste ne l'avait pas honoré à son arrivée l'emplit d'un sentiment de triomphe. Il désigne la bibliothèque bien garnie.

— J'ai, en effet, un ouvrage en train. Je vous raccompagne.

Tandis qu'ils traversent le hall d'entrée, un frisson le glace en découvrant que la porte du fond, celle qui mène au sous-sol, est entrouverte. Dans sa hâte de répondre à l'interphone, il a dû mal la refermer. Manceau n'a rien remarqué, trop occupé à tirer une dernière flèche de son carquois.

— Sophie nous a dit que vous n'étiez pas convaincu de la culpabilité de votre collaborateur ?

NOUS. Blanche et lui, bien sûr. Elle n'a eu que ce qu'elle méritait ! Un mauvais point pour Sophie qui n'a pas su tenir sa langue. Il a commis une erreur lundi, il le reconnaît volontiers. Mais cette petite a le don de vous désarmer. Le voilà averti. Il ne l'emmènera pas à Genève comme, un instant, il l'avait envisagé. Elle restera ici. N'a-t-il pas dit à Blanche qu'elle allait retrouver sa fille ? Ce sera la fille qui rejoindra la mère. Les murs du pigeonnier sont épais. Avant qu'on ne vienne les chercher là.

— Sophie a sans doute mal interprété mes paroles, répond-il en descendant les marches du perron. J'ai simplement tenté de lui expliquer que certaines personnes n'étaient pas toujours responsables de leurs actes. Elle avait tant de peine pour... son ami.

Les voici à la moto. Que va faire le fouineur à présent ? Va-t-il aller chercher Blanche à Besançon ? Le temps qu'il en revienne, lui sera déjà sur la route.

Le journaliste lui tend la main.

— Au revoir, docteur.

Mais avant qu'il ait pu la saisir, cette main retombe. Dans les yeux agrandis de Manceau, il lit la stupéfaction, l'incrédulité. L'horreur ? Suivant le regard de celui-ci, il se retourne.

Mister Chance est sur le seuil de la maison.

Tombe la nuit, glace son cœur. Par l'intermédiaire d'une petite fille, ELLES ont gagné, refermé sur lui, pour toujours, la porte de la chambre noire. Entre l'ami et le père, le fils a choisi l'ami. Sa plainte lancinante, ses regards brûlants recelaient un piège. Petit Paul a choisi l'ami en toute connaissance de cause, sachant ce que cela signifierait pour lui.

Leur séparation. La mort.

Derrière le capucin, Sophie vient d'apparaître.

61.

Bach ne répondait plus.

Ce clavecin bien tempéré qui, si souvent, avait aidé Müller à... tempérer ses humeurs et ses sentiments, et même parfois à admettre l'inacceptable, était aujourd'hui impuissant à lui apporter la sérénité.

Les phrases limpides, se mêlant ou se répondant harmonieusement, ne faisaient que soulever en son cœur d'angoissantes interrogations. La musique aimée ne disait plus : « Il en est ainsi. » Elle répétait le « pourquoi ? » lancé par l'innocent à la face de Dieu.

Mercredi noir.

Le cédérom était arrivé en express en fin de matinée, il l'avait aussitôt visionné avec ses hommes.

Quelque chose ne collait pas.

C'était bien Riveiro qui avait créé le site, au printemps dernier. Un site peu et irrégulièrement fréquenté, à en juger par les messages, essentiellement par de jeunes enfants. Le nom de Zazou apparaissait au mois de juin : la date correspondait à celle de l'hospitalisation de Charles à la clinique, Charles dont Riveiro avait été l'anesthésiste.

Peu après arrivait Simba. Simba-Jean-Lou que Charles, une fois rentré chez lui, avait dû brancher sur Hacuna-Matata. Les enfants correspondaient entre eux ainsi qu'avec quelques autres amateurs du site, dont deux ou trois jeunes étrangers. La vie sauvage, la destruction de l'environnement par l'homme étaient leurs thèmes favoris : de petits croisés de la nature.

Le cœur de Müller s'était serré lorsque Charles-Zazou avait déclaré dans l'un de ses messages que, plus tard, il serait explorateur.

Mowgli faisait son apparition sur le forum de discussion début septembre et se montrait tout de suite très assidu, intervenant quotidiennement. Ses interlocuteurs favoris devenaient très vite Simba et Zazou. Il disait habiter comme eux, à Saint-Rémi, fait qui semblait de grande importance pour lui, mais gardait le mystère sur son adresse. Il ne parlait presque pas de lui-même, se vantant seulement d'avoir des centaines de cassettes de dessins animés. Contrairement à ses correspondants, son orthographe était parfaite.

Thomas-Mowgli ?

Mais où étaient donc ces cassettes ? On n'en avait pas trouvé trace chez l'anesthésiste.

Le sujet favori de Mowgli, son faire-valoir en quelque sorte, était Mister Chance, le singe qu'il affirmait posséder. Il décrivait avec enthousiasme ses multiples talents et qualités. À le lire, le capucin alliait l'intelligence, l'affection, la malice. Il aimait beaucoup dessiner à condition qu'on lui fournisse le modèle.

Incrédules, les correspondants de Mowgli demandaient à voir des photos de l'enfant avec son singe.

« Elles sont toutes restées au Canada. »

Le Canada ? Müller et ses hommes s'étaient regardés, déroutés. Que venait fiche le Canada ici ?

À leur manière, les enfants répondaient à leur interrogation.

« Et pourquoi pas sur la Lune ? Tu dis ça parce que ton singe n'existe pas. »

Bientôt, hélas, deux d'entre eux auraient la preuve que l'animal existait bien.

Julien Manceau se serait étonné : quel besoin avait donc Thomas de dépenser tant d'énergie et prendre ces chemins tortueux pour appâter des petits qui le connaissaient et, de toute façon, l'auraient suivi ?

Le singe continuait à emmerder Müller.

C'était après l'enlèvement de Jean-Lou, le jeudi 15 septembre, que l'anomalie — pouvait-on appeler ainsi une telle horreur ? — se produisait. Et le commissaire et ses hommes s'étaient bien passé dix fois la fin du cédérom.

Entre ce jeudi-là et le samedi 1er octobre, date du rapt de Charles, Mowgli continuait à envoyer des messages à Simba, messages qui, bien entendu, restaient sans réponse. « Réponds-moi, réponds. Pourquoi tu ne réponds plus ? »

Quelle abominable distorsion de l'esprit poussait-elle l'anesthésiste à interpeller ainsi celui dont il avait, de ses propres mains, arrêté le cœur ?

Enfin, Mowgli disparaissait définitivement de la toile après l'enlèvement de Charles. Et Riveiro avait effacé le site le soir même où Julien avait parlé des poils de singe.

L'anomalie n'était pas le seul élément qui faisait de ce mercredi, un mercredi noir. Les résultats finaux de la balistique étaient tombés en début d'après-midi. Le trajet de la balle dans la bouche de l'anesthésiste était horizontal, ce qui ébranlait sérieusement la thèse du suicide. Aucun résidu de tir n'avait été trouvé sur la main de la victime.

Francis Müller arrêta la cassette.

« Ce n'est pas possible », dit-il à voix haute. Ce n'est pas possible.

Ce qui voulait dire : « Je ne veux pas. »

Julien Manceau avait-il vu juste en envisageant que Thomas ait pu « être suicidé » et les preuves disposées autour de lui ? Les doutes du journaliste, ce malaise dont Müller n'avait pas voulu tenir compte, étaient-ils fondés ? Se pouvait-il que l'assassin coure toujours ?

Dans ce cas, d'autres vies étaient en danger, et alors qu'une partie de son équipe avait quitté les lieux, que l'autre s'apprêtait à le faire, que lui-même avait décidé de rentrer chez lui vendredi, mission accomplie, il allait devoir reprendre l'enquête. Jamais il ne s'était trouvé dans une telle situation.

Et il n'osait imaginer ce que dirait la presse.

D'un pas lourd, il alla à la fenêtre et, une fois de plus, contempla cette place où deux jours auparavant, en présence du Parquet, il avait annoncé la fin de la terrible histoire.

Les traînées d'un soleil rouge dessinaient dans le ciel l'enterrement du jour : une belle image de carte postale. Il ne pouvait plus voir cette ville en peinture.

Quoi qu'il lui en coûte, il devait appeler le juge d'instruction.

Alors qu'il revenait vers son bureau, le téléphone sonna : Boyer.

— J'avais demandé qu'on ne me dérange pas, cria-t-il.

— Excusez-moi, patron, mais monsieur Legrand, d'Interpol, insiste pour vous parler. Il dit que ça peut avoir un rapport avec notre affaire.

— Passe-le-moi.

Interpol... notre affaire... L'angoisse se fit plus forte.

— Hubert ?

— Pardonne-moi de te déranger, Francis. C'est au sujet d'un coup de fil que j'ai reçu hier.

Il reconnaissait bien là son ami : en cas d'urgence, foin de formules de politesse. Droit au but.

En cas d'urgence ?

— Mon interlocuteur était Julien Manceau, le journaliste. Ses parents sont des amis, tu te souviens certainement de la petite Nina Manceau... Julien souhaitait que je me renseigne sur un dénommé Roland Lagarde, au Québec. J'ai trouvé quelque chose mais je n'arrive pas à le joindre. Voilà plus d'une heure que j'essaye. J'ai pensé que ça pourrait t'intéresser.

Müller regarda le cédérom posé sur son bureau. « Toutes les photos sont restées au Canada. » Roland Lagarde, au Québec ? Une chappe d'accablement tomba sur ses épaules.

— Continue.

— Lagarde, praticien reconnu à Montréal, a disparu il y a environ deux ans après avoir assassiné sa femme Roselyne. Il...

— Une piqûre ? le coupa Müller. Une piqûre de chlorure de potassium ?

— Pas du tout. Une balle. Automatique Beretta 9 mm. Lagarde est passé aux États-Unis. Là, on perd sa trace. À part ça...

Müller se leva : « Attends, je te passe quelqu'un pour que tu lui racontes tous les "à part ça". J'ai quelque chose d'important à faire. Je te rappelle plus tard. »

Sa voix se brisa : « Si tu veux savoir, je crains d'avoir commis la plus belle connerie de ma carrière. »

62.

Une voix de petite fille s'entêtait à percer le brouillard qui enveloppait Julien. Cette voix criait : « Maman, maman. »

Nina ?

Au prix d'un énorme effort, il parvint à ouvrir les yeux. La douleur cognait dans sa tête à coups de marteau. Il porta la main à son front et la ramena gluante de sang. Les souvenirs lui revenaient : le râteau, Lagarde brandissant le râteau.

Pourquoi ne m'a-t-il pas achevé ?

« Maman, où tu es, maman ? »

Une vague noya son cœur. Pas Nina, Sophie, bien sûr ! Sophie et Blanche. Blanche était-elle ici ? Était-elle en danger ? Il tourna la tête en direction des cris. La fillette tournait en rond, suivie par un drôle d'animal.

UN SINGE.

Dans sa tête douloureuse, les images se pressaient à présent, à la fois floues et impérieuses : Mister Chance apparaissant sur le perron, puis Sophie. Roland Lagarde se retournant. Dieu merci, elle était vivante.

Il parvint à se redresser sur un coude et l'appela. Sophie ne l'entendit pas, mais le singe le vit et bondit jusqu'à lui en poussant des aboiements plaintifs. Suivant l'animal du regard, elle le découvrit, se figea, comme épouvantée, puis courut vers lui et tomba à ses côtés.

— Je croyais que tu étais mort, hoqueta-t-elle. Tu saignes beaucoup.

Elle évitait de regarder son front. Il semblait à Julien que les dents du râteau y étaient encore enfoncées. Une nausée monta en lui.

— Je suis là, murmura-t-il. Je suis là, chérie. N'aie pas peur.

Ces quelques mots l'avaient épuisé. Sophie, Nina,

tout se mélangeait. C'était pour toutes les deux qu'il les avait prononcés. N'aie pas peur, je suis là. Il avait si souvent rêvé de le dire à sa petite sœur.

— Maman est là aussi, cria Sophie. J'ai entendu sa voiture.

— Blanche n'a pas de voiture, rectifia-t-il faiblement.

— Mais si ! Elle a celle de Myriam, tu sais bien. Je l'ai entendue. J'en suis sûre. C'était elle.

Les pleurs de la fillette redoublèrent. « Est-ce que tu crois qu'il l'a tuée ? » demanda-t-elle tout bas.

L'effroi referma les yeux de Julien. Il revoyait le visage de Lagarde au moment où celui-ci avait levé le râteau. Haine, souffrance. Incommensurable souffrance. Si l'enfer existait, il devait être peuplé de ces visages-là. Il entendait encore le terrifiant sanglot du chirurgien.

Il rouvrit les yeux et prit la main de la fillette.

— Tu l'as vue ? Tu as vu ta maman avec Roland ? Elle secoua négativement la tête.

— Non. Je ne pouvais pas encore sortir.

— Et lui ? Tu sais où il est ?

Chaque parole qu'il prononçait déchirait son front. À chacune, il lui semblait qu'il allait rendre son cœur.

— Il est rentré dans la maison, affirma Sophie, sanglotant à nouveau. J'ai peur d'y aller. Il est là.

IL EST LÀ, se souvint Julien. Ce que Blanche ne cessait de répéter. Il était là et allait peut-être revenir. Il devait mettre Sophie à l'abri. Mais, comme dans les cauchemars où il tentait de sauver Nina, il avait un corps de plomb qu'il ne parvenait pas à mouvoir.

— Dans ma poche... le téléphone, bredouilla-t-il.

Sophie comprit. Sans cesser de pleurer, elle glissa la main dans la poche de son blouson et en tira l'appareil qu'elle lui tendit. Il ne parvint pas à refermer les doigts sur l'objet et le posa sur le sol, près de son visage. La petite le regardait, retenant son souffle. Il tenta de lui sourire.

— Je vais appeler le commissaire Müller, murmura-t-il. Il va venir nous aider. Tout ira bien.

Il releva un peu la tête et appuya sur quelques touches. Le numéro était en mémoire. Les chiffres dansaient dans un voile rouge. La sonnerie retentit enfin. Plusieurs sonneries.

— Allô ?

Une voix de femme. S'était-il trompé ?

— Müller, bafouilla-t-il. Passez-moi Müller, vite.

— Le commissaire Müller n'est plus là, monsieur.

— Alors quelqu'un d'autre, s'il vous plaît. La police...

Il avait conscience de sa voix pâteuse. Son interlocutrice devait le prendre pour un ivrogne.

— Mais il n'y a plus personne, monsieur. Toutes les voitures sont parties. Vous avez vu l'heure ?

On raccrocha. Il laissa retomber sa tête : plus personne ? « Je ne veux plus vous voir », avait dit Müller. Contre la poitrine de Sophie, le singe le fixait de ses yeux jaunes. Le T-shirt de la petite serait plein de poils. Müller. Appeler Müller sur son portable. Julien appuya sur des touches. Une voix masculine s'éleva, autoritaire, et le singe recula. « Julien, s'il te plaît, rappelle-moi à Interpol. L'homme dont tu m'as parlé est dangereux. » Hubert. Hubert Legrand. « Message terminé, appuyez sur la touche étoile. » La touche étoile. Cet homme est dangereux. Il avait envie de rire, mais n'en eut pas la force. Vous avez vu l'heure ? La nuit s'étendait sur le parc. Elle se répandit aussi en lui. Il était si fatigué. Rassurer Sophie. Rassurer Nina. Je vais seulement dormir un peu, pas mourir. Mais qu'est-ce que Nina lui racontait en pleurant comme ça ? Qui était ce Paul dont elle parlait ? Paul. Interpol. Lui, c'était Blanche qu'il voulait. Blanche qu'il appelait en se sentant partir. Dormir. Pas mourir.

Au moment où Blanche abandonnait le combat, se laissait prendre par la chape de glace qui entourait son cœur et son corps, elle avait entendu les appels de Sophie : « Maman, où tu es, maman ? »

La souffrance extrême qui était alors montée en elle, elle l'avait reconnue. C'était pendant un séjour à la montagne, au ski. Lorsque la circulation était revenue dans ses doigts de pied gelés.

Sophie était vivante, le sang revenait à son cœur : une douleur comme celle d'un enfantement.

« Maman, où tu es maman ? »

« Je suis là. »

Il n'était sorti qu'un murmure de ses lèvres. Mais, combien même aurait-elle été capable de crier, qui l'aurait entendue ? Les murs du bâtiment étaient trop épais, celui-ci trop éloigné de la maison.

Puis les appels avaient cessé et la terreur empoignait de nouveau. Et si on ne la retrouvait jamais ? Tout avait commencé le matin de la disparition de Jean-Lou par un pigeon venu l'avertir sur son balcon. Tout se terminerait dans ce pigeonnier. Logique.

Pour l'instant, là-haut, ils se tenaient tranquilles. Était-ce l'heure de dormir pour eux ? Le jour ne passait plus qu'à peine par les meurtrières.

« Où tu t'en vas comme ça toute nue ? »

« Chez le photographe. »

Myriam avait-elle compris ? Était-ce Julien qui était venu tout à l'heure sur la moto ? Julien. Julien. Allait-elle mourir sans lui avoir dit qu'elle l'aimait ? Qu'elle l'aimait énormément, que je t'aime comme le frère qui m'a tant manqué, comme l'amant que tu n'as pas été.

Les sanglots l'étouffèrent. La glace l'entourait de nouveau. Qu'au moins cela finisse vite.

Pour l'aider à s'endormir, lorsqu'elle était petite, sa grand-mère lui lisait des contes de fée. Son préféré s'appelait : « La princesse au petit pois ». La fille du roi se faisait reconnaître à la délicatesse de sa peau. Un simple petit pois sous une pile de matelas l'empêchait de dormir. Blanche revoyait encore l'image.

Mais pourquoi donc se souvenait-elle de ce conte maintenant ? Dans sa semi-inconscience, son semi-coma ? Parce que le petit pois meurtrissait sa hanche. Mais non ! Ce n'était pas le petit pois, mais une feuille de dessin cartonné : le dessin de Jules, l'enfant au goutte-à-goutte qu'elle avait baptisé en elle-même : « le petit garçon Courage. »

COURAGE.

Au prix d'un effort extrême, elle parvint à soulever ses paupières. Elle était étendue tout près de la porte, le visage collé au bas de celle-ci, à la recherche d'un filet d'air qui lui permette d'échapper à l'odeur abominable. Un filet d'air. Un reste de jour.

Courage.

Sans les éveiller, sans les irriter, tirer cette feuille de sa poche, la déplier, la glisser sous la porte, la pousser jusqu'à ce qu'elle disparaisse. Lâcher la ficelle du cerf-volant.

Comme en réponse, un bruit de moteur s'éleva au loin. Des voitures, cette fois, beaucoup de voitures. Inventait-elle ces hurlements de sirène ?

À nouveau, le pigeonnier s'enflamma et la princesse au petit pois perdit connaissance.

63.

Une petite fille aux boucles blondes se précipitait vers les voitures qui envahissaient la cour de Lagarde en criant des paroles que les sanglots rendaient inintelligibles.

Julien Manceau gisait près de sa moto, le visage ensanglanté.

Un drôle de singe au front blanc sautillait en poussant des cris d'oiseau, un singe que les hommes de Müller avaient beaucoup cherché et dont jamais ils n'oublieraient le nom : Mister Chance.

Jaillissant de leurs véhicules, main sur la crosse de leur arme, les policiers se demandaient s'ils ne rêvaient pas.

Un moment avant, les rassemblant pour une descente chez le respectable chirurgien de la clinique des Quatre Lacs, Müller leur avait recommandé la plus grande prudence : celui qu'ils allaient chercher — s'il était encore là — avait très probablement cinq crimes à son actif. Sa propre femme, Victor Grosjean, Thomas Riveiro et les deux enfants de Saint-Rémi. Il ne tenait pas à voir la liste s'allonger.

La voix du commissaire était lourde de colère et de résolution farouche. Jamais ses hommes ne l'avaient vu ainsi et, lorsque à la grille du parc, nul n'avait répondu à ses appels dans l'interphone, il avait, sans hésiter, donné l'ordre de faire sauter la serrure.

Une décision que Francis Müller ne regrettait pas devant le spectacle qui s'offrait à lui.

Deux hommes s'occupaient déjà du journaliste, d'autres, conduits par Boyer, prenaient position autour de la maison. Le commissaire s'approcha de Sophie et s'empara de ses mains, arrêtant sa course folle. La petite semblait proche de la crise d'hystérie.

— Calme-toi, petite. Calme-toi. Essaie de me raconter ce qui s'est passé.

— Maman, il faut retrouver maman, sanglota-t-elle.

— Tu veux dire que ta maman est ici ? Vous êtes venues ensemble ?

— Moi, je suis venue d'abord. Mais j'ai entendu sa voiture. C'était la voiture de Myriam. J'en suis sûre.

— L'as-tu vue où l'as-tu simplement entendue ? demanda Müller avec patience.

— Entendue.

Müller fit signe à l'un de ses hommes.

— Cherche-moi cette voiture. C'est une deux-chevaux.

Le singe s'était approché. Il sauta dans les bras de Sophie. Normalement, Müller aurait dû se saisir de l'animal et le mettre en lieu sûr. Mais, dans cette histoire de fou, y avait-il quoi que ce soit de « normal » ? Et il ne se sentait pas le cœur de l'arracher à cette fillette désespérée. En outre, Mister Chance ne semblait nullement désireux de s'échapper : un capucin domestique dont il avait passé l'après-midi à lire les descriptions enthousiastes sur la Toile.

Il revit la petite dans son bureau, quelques jours plus tôt, venue lui apporter la formule magique : Hacuna Matata, qui allait permettre à l'enquête de progresser de façon foudroyante. Et voici qu'il la retrouvait là, sur le lieu probable des crimes, Mister Chance dans les bras.

— Dis-moi, Sophie, poursuivit-il avec précaution. Et Roland ? Est-ce que tu sais où il est ?

— Il est rentré dans la maison.

Elle n'avait pas hésité. Müller se tourna vers l'élégante demeure de deux étages. Une maison dans un grand parc, près de Saint-Rémi ! Était-ce vraiment ici que Jean-Lou et Charles avaient été détenus ?

— Mais quel pourrait être le mobile de Lagarde ? avait demandé l'un de ses enquêteurs durant le trajet.

— Nous ne le connaîtrons probablement qu'en allant chercher du côté de son enfance, avait répondu Müller.

Comme pour tous les assassins en série.

Comme pour expliquer le comportement de chacun d'entre nous, aurait dit sa mère.

Il tendit la main à Sophie.

— Viens, petite.

Il l'entraîna vers l'estafette où des premiers soins étaient donnés à Julien. Un homme nettoyait son visage que les griffes du râteau avaient profondément entaillé. Il avait eu de la chance pour ses yeux. Il était blanc comme un linge et semblait beaucoup souffrir.

Voyant s'approcher Müller, d'un geste faible, il désigna le capucin, toujours accroché à Sophie.

— Le singe ne vous emmerdera plus, commissaire, murmura-t-il.

Müller ne répondit pas. Nul besoin d'explication entre eux. Tout avait été dit. Il y avait simplement eu confusion de noms : Thomas au lieu de Roland. Thomas n'avait fait que créer le site dont s'était servi Roland ; il l'avait payé de sa vie.

— Inutile de vous demander qui vous a arrangé comme ça, constata-t-il d'une voix bourrue. Sophie assure qu'il est dans la maison. Vous confirmez ?

— Je ne peux rien confirmer du tout, répondit le journaliste. Mais Sophie dit aussi que Blanche est là. Il l'a peut-être prise en otage. Je vous en supplie, faites attention.

L'homme que Müller avait envoyé à la recherche de la voiture revint au pas de course, suivi par Boyer. Cela ne faisait pas dix minutes qu'ils étaient arrivés.

— Pas de trace de la deux-chevaux, patron. En revanche, on a trouvé la voiture de Lagarde dans une remise. Le coffre est fermé à clé. Faut-il l'ouvrir ?

— On verra plus tard pour le coffre. Occupons-nous déjà du conducteur. Il se peut que Lagarde soit dans la maison. Je vais avoir besoin de tout le monde.

Au loin, on entendit la sirène de l'ambulance que Müller avait appelée. On y prendrait Manceau et Sophie en charge. Les policiers se rassemblèrent autour de lui. Occupé à leur parler, Müller ne vit pas le capucin se détacher de Sophie et s'engager sur un chemin qui menait à un bâtiment rond entouré de pins. L'animal ramassa un papier dont la blancheur tranchait dans l'obscurité qui tombait. Il revint vers la fillette et le lui tendit en poussant de brefs aboiements, comme s'il réclamait quelque chose. Sophie le prit.

— C'est elle ! C'est maman ! cria-t-elle. Je le savais qu'elle était ici. Ils ont dessiné des cerfs-volants, aujourd'hui.

Tous se tournèrent vers la petite. Julien s'arracha de son siège et vint lui prendre la feuille qu'elle brandissait.

C'était une feuille de papier à dessin. Un cerf-volant y était en effet représenté, tenu par un enfant sur une plage. Le dessin était signé et daté.

— Commissaire !

La voix altérée de Julien alerta Müller. Il laissa ses hommes et s'approcha. Julien lui tendit la feuille.

— La date... regardez la date...

Voyant le dessin changer de main, le singe s'énervait. Il sautillait, cherchant à l'attraper. « Il aime beaucoup dessiner à condition qu'on lui fournisse le modèle », disait Mowgli sur la toile. Mowgli-Roland ?

Le dessin était signé Jules. Daté du 12 octobre. Aujourd'hui.

Sophie avait recommencé à courir en appelant sa mère. Müller la rattrapa.

— Tu avais raison. Ta maman est là, reconnut-il. On te croit. As-tu vu où Mister Chance a ramassé cette feuille ?

Sophie s'arrêta. Elle tendit le doigt vers un chemin au bout duquel on distinguait un pigeonnier.

— Je crois que c'est par là.

— Oh mon Dieu, mon pauvre amour ! dit Julien.

64.

Ils avaient trouvé Blanche évanouie et l'avaient portée jusqu'à l'ambulance où l'on s'était, avant tout, employé à la réchauffer car elle était glacée. Revenue à elle, elle avait refusé qu'on l'emmène. Elle ne voulait quitter ni Julien ni sa fille. Dans leurs bras, elle pleurait de soulagement et de gratitude envers ceux qui l'avaient délivrée. Elle pleurait aussi d'étonnement d'être encore en vie et d'horreur devant les blessures de Julien.

« Mon amour. Mon amour. »

La deux-chevaux de Myriam, avec le vélo de Sophie à l'intérieur, serait retrouvée plus tard sur une petite route de forêt.

Müller et ses hommes avaient fouillé pièce par pièce les deux étages de la maison sans y trouver Lagarde. Restait le sous-sol. Au bas d'un escalier abrupt, ils avaient découvert une porte blindée. Un sacré morceau à ouvrir ; il y faudrait un spécialiste. Si Lagarde ne s'était pas sauvé, il ne pouvait être que là. On ne distinguait rien par les soupiraux, trop étroits pour qu'un homme puisse s'y glisser. Il semblait qu'un store ait été baissé de l'intérieur.

— La maison du photographe... murmura Blanche.

— Un photographe habitait ici autrefois, expliqua Julien à Müller. Il avait installé ses studios au sous-sol. Il n'avait pas bonne réputation.

Sophie jaillit soudain des bras de sa mère. Alors qu'elle semblait s'être calmée, elle était à nouveau en larmes.

— C'est là qu'on était ! Il faut aller le chercher, vite !

Avant qu'on ait pu la retenir, elle se précipita vers la maison où un homme l'arrêta. Müller la rejoignit.

— Tu veux dire que Roland t'a gardée en bas ? l'interrogea-t-il doucement.

— Mais oui, cria-t-elle. C'était pour qu'il me donne ses jeux. Il faut que j'y aille, j'ai promis.

Elle martelait la poitrine de Müller de ses poings. Celui-ci échangea un regard avec ses policiers : la pauvre petite en avait trop vu...

— Écoute-moi, Sophie, dit-il en emprisonnant ses mains dans les siennes. Personne ne peut y aller, pas plus toi que nous. La porte est munie d'un code. On ne peut pas l'ouvrir.

— Mais je le connais, insista-t-elle avec désespoir. Il me l'a donné. Je l'ai appris par cœur.

Les enquêteurs se regardèrent à nouveau, apitoyés. Comment Lagarde aurait-il pu donner le code à Sophie ? Elle déraillait. Mais, pour sa mère, elle a dit vrai, elle était bien ici, pensa Müller.

Il s'accroupit devant elle.

— Puisque tu l'as appris par cœur, confie-le-moi. Je descendrai voir si ça marche. C'est trop dangereux pour toi.

Sophie dégagea ses mains en un geste de colère. « Tu ne comprends rien », disaient les fils de Müller lorsqu'ils avaient ce regard-là.

— Je veux aller avec toi. Sinon, il aura trop peur.

Et il n'aura pas tort, le salaud, pensa Müller. Tout en continuant à pleurer, Sophie fixait le sol d'un air buté. Il comprit qu'elle ne céderait pas.

De l'ambulance, enveloppée dans des couvertures, Blanche suivait la scène avec anxiété. Julien les rejoignit. Il tenait à peine sur ses jambes.

— Blanche voudrait savoir ce qui se passe avec Sophie.

Müller prit sa décision.

— Dites-lui de ne pas s'inquiéter. Nous allons l'emmener en bas. Elle prétend détenir le code de la porte. Nous ne prendrons aucun risque.

Julien hocha la tête. Il se sentait toujours dans le brouillard. Les calmants qu'on lui avait administrés n'arrangeaient pas les choses, mais il souffrait moins. Aucun risque ? Il faisait confiance à Müller, Müller et ses deux garçons. En bas... en bas... que lui avait donc raconté Sophie avant qu'il ne s'évanouisse à nouveau ? Un nom lui revenait : Paul. Paul... Interpol. Ne mélangeait-il pas tout ?

— Faites attention à elle, bredouilla-t-il, à nouveau en proie au vertige.

— N'ayez aucun souci. Et d'ailleurs, il n'est pas sûr qu'il soit là.

Müller se tourna vers ses hommes.

— Allons-y.

Entourant Sophie, armes au poing, ceux-ci entrèrent à nouveau dans la maison. D'un pas décidé, la fillette traversa le hall, allant droit à la porte qui menait à l'escalier. De toute évidence, elle connaissait le chemin. Dans quelles circonstances Lagarde l'avait-il emmenée là ? « Pour me donner ses jeux », venait-elle de dire. De quels jeux s'agissait-il ?

Ils descendirent l'escalier. Le silence régnait, absolu, funèbre. Le cœur de Müller se serra. Qu'allaient-ils trouver dans les studios du photographe ?

Arrivés en bas, deux hommes prirent position de chaque côté de la porte tandis qu'un autre se plaçait derrière la fillette, prêt à s'emparer d'elle si celle-ci s'ouvrait.

— Tu peux y aller, petite.

Rarement, Müller avait donné un ordre aussi difficile.

Sophie ne pleurait plus. Elle serrait fort les lèvres. Après s'être concentrée durant quelques secondes, elle tendit le doigt vers les touches et appuya sur cinq d'entre elles. La porte bascula. Lorsque le policier placé derrière elle l'attrapa dans ses bras pour l'écarter, elle cria.

De sa vie, Müller n'oublierait le spectacle qui s'offrait à lui. S'il y avait bien une pièce magique, c'était celle-là. La salle, voûtée, était immense, superbement éclairée, le sol dallé, les murs couverts de posters, les plus beaux qu'il ait jamais vus.

Et partout il y avait des jeux. Jeux de construction, de société, maquettes de toutes sortes, certaines en cours de réalisation, d'autres achevées, avions, bateaux, un vaisseau spatial. Une invitation au voyage. Sans compter les jeux vidéo, les cassettes, livres et bandes dessinées.

Roland Lagarde avait-il amassé tout cela dans l'espoir de retenir ici les enfants qu'il projetait d'enlever ? Où serait-ce dans sa propre enfance qu'il faudrait chercher les raisons de dépenses aussi somptueuses. Aussi vaines ?

Après des sommations restées sans réponse, les policiers exploraient lentement les lieux, presque respectueusement. Müller se dirigea vers une porte close.

— Si vous êtes là, Lagarde, sortez ! ordonna-t-il.

Il attendit quelques secondes puis poussa la porte du pied : celle-ci s'ouvrit.

Petite et sans fenêtre, la pièce était chichement éclairée par une lampe pendant au plafond. Tout un côté était occupé par des bacs. Il s'agissait, sans aucun doute de la chambre noire du photographe qui avait opéré ici.

Roland Lagarde gisait sur un lit de camp, la manche gauche de sa chemise relevée, la main frôlant le sol, à côté de la seringue avec laquelle il avait arrêté son cœur.

— Cette fois, c'est réellement fini, annonça Müller d'une voix sourde.

Étonné par le silence qui accueillait sa déclaration, il se retourna et demeura pétrifié.

Entre une haie formée par ses hommes, Boyer poussait vers lui un fauteuil roulant. Une à une, les armes rentraient dans leurs étuis, les visages se baissaient.

Cette émotion qui les poignait tous, cette tragique interrogation, seule la musique aurait pu la rendre.

L'enfant infirme qui occupait le fauteuil devait avoir une dizaine d'années. Son visage était d'une grande finesse et comme transparent, entouré de cheveux blonds, presque blancs, éclairé — mais pouvait-on dire « éclairé » ? — par des yeux d'un bleu intense. Une beauté irréelle qui rappela à Francis Müller celle du Petit Prince, tant vu, tant lu. Un petit garçon tombé d'une autre planète.

Arrivé près de lui, l'enfant tendit le cou vers la chambre noire dont la porte était restée ouverte. Il découvrit l'homme sur le lit. Ses yeux se remplirent de larmes.

— Papa, murmura-t-il.

En même temps que Sophie, Mister Chance déboula dans la salle. Le singe sautilla jusqu'à la dépouille et se mit à pleurer. Sophie se précipita sur le garçonnet et entoura ses épaules d'un bras protecteur.

— Tu vois, je suis revenue.

— Mais qui es-tu ? demanda Müller d'une voix frémissante au petit garçon.

Celui-ci leva ses yeux vers lui.

— Je suis Mowgli, répondit-il.

Composition réalisée par NORD COMPO

IMPRIMÉ EN ESPAGNE PAR LIBERDUPLEX
Barcelone
LIBRAIRIE GÉNÉRALE FRANÇAISE - 43, quai de Grenelle - 75015 Paris
Dépôt légal Édit. : 32746-03 / 2003
Édition 02

ISBN : 2 - 253 - 15422 - 9   ◈ 31/5422/6